Fröhling & Reuß

DER ZERRISSENE ROSENKRANZ

Fröhling & Reuß

DER ZERRISSENE ROSENKRANZ

Philipp Laubmanns erster Fall

KNECHT
FRANKFURT AM MAIN

Jede Ähnlichkeit mit lebenden oder verstorbenen Personen oder mit tatsächlichen Ereignissen wäre rein zufällig und nicht beabsichtigt.

Gedruckt auf umweltfreundlichem,
chlorfrei gebleichtem Papier

Originalausgabe
2. Auflage 2005

Herstellung: fgb · freiburger graphische betriebe 2005
www.fgb.de
Gesamtgestaltung und Konzeption:
Weiß – Grafik & Buchgestaltung, Freiburg
Illustrationen: Hans G. Weigel, Freiburg
ISBN 3-7820-0884-7

I

DER HERBST HATTE SICH in diesem Jahr früher angekündigt als in den Jahren davor. Viele Straßen hatten längst einen glitschigen Blätterbelag, der sich durch den leichten Bodennebel noch heimtückischer ausnahm. Die breite zweispurige Straße verlief, wenn auch in einer künstlichen Senke, mitten durch den historischen Stadtpark. Nachts war kaum jemand auf ihr unterwegs. Und der nur an wenigen Stellen von Laternen erleuchtete Park war in der kalten Jahreszeit sogar tagsüber oft menschenleer.

Die Straße wurde von einer Fußgängerbrücke überspannt, eine Holzkonstruktion auf einem Stahlgerüst, und war an beiden Seiten von mehrere Meter hohen Böschungen begrenzt. Die Frau war nahe der Brücke, wo dichte Büsche und Gestrüpp den oberen Rand der rechten Böschung säumten, von dort plötzlich herab auf die Fahrbahn gestürzt, hatte sich dabei ein- oder zweimal überschlagen und war sowohl durch den Sturz als auch durch den harten Aufprall auf der Straße so benommen, daß sie nicht mehr aufstehen, ja überhaupt reagieren konnte. Der Lkw erfaßte sie sofort und zog sie am Straßenrand ein Stück mit sich, bevor er zum Halten kam.

Der Fahrer hatte gar keine Chance, seinen Wagen rechtzeitig abzubremsen, zumal der feuchte Blätterbelag den

Bremsweg verlängert hatte. Eine überhöhte Geschwindigkeit war ihm nicht nachzuweisen. Als Spediteur war Eduard Lang öfter in der Dunkelheit unterwegs, mußte frühzeitig los, bei weiten Strecken, und kam spät zurück. Diesmal, in der Nacht des 22. Oktober gegen elf Uhr, hatte er Möbelstücke für einen der zahlreichen Bamberger Antiquitätenhändler geladen. Er war allein in seinem Lkw und konnte von Glück sagen, daß ein Zeuge später seine Aussage bestätigte. Denn ein wenig Müdigkeit hatte Eduard Lang auf den letzten Kilometern schon beschlichen, was ihm in jüngeren Jahren nie passiert war.
Er stand sichtlich unter Schock. Zitternd war er aus dem Wagen gestiegen, die Stimme versagte ihm, und er brachte eine ganze Weile, als sich andere an ihn wandten, kein Wort heraus. Er sah nur die am Straßenrand liegende Frau, ihren leblosen Körper, das weiße Kostüm, das sie trug, den vielen Schmutz – und er hatte sie überfahren, er hatte sie getötet.

Der Moraltheologe Dr. Philipp Laubmann hatte mit dem Todesfall zunächst genausowenig zu tun wie der Barockbaumeister Balthasar Neumann, nach dem die Straße, an der sich der Unfall ereignet hatte, benannt war. Eine Verbindung hätte allenfalls darin bestehen können, daß Laubmann von den prächtigen Kirchen- und Profanbauten Meister Neumanns sehr angetan war und sich gern in ihnen aufhielt. Denn Balthasar Neumann hatte mit seinen in die Innenräume hineinschwingenden Mauervorsprüngen, Säulen und vor allem Lichtdurchlässen Philipp Laubmann einiges zu bieten. Eine dieser Neumann-Kirchen stand am Rande des Stadtparks und damit ganz in der Nähe des Unfallorts: St. Veit – oder lateinisch St. Vitus, was Laubmann besser gefiel.

Zum Zeitpunkt des Unfalls fuhr Walter Frantz mit seinem Wagen der gehobenen Mittelklasse aus entgegengesetzter Richtung auf die Fußgängerbrücke zu. Er war, wie sich zeigen sollte, zufällig im gleichen Alter wie Eduard Lang, 59, ihm davor allerdings noch nie begegnet. Als er das Unglück sah, ahnte er sofort, daß er ein wichtiger Zeuge war, und er wollte sich alles einprägen.
Wahrheitsgemäß konnte Walter Frantz deshalb aussagen, daß die Frau, rückwärts gewandt, aus den Büschen heraus auf die Straße gestürzt war, und zwar nur Sekundenbruchteile vor dem ankommenden Lkw, ja er wollte geradezu beschwören, daß sie gewaltsam gestoßen worden sei und sich auch gewehrt habe; als hätte man ein Fahrzeug wie den Langschen Lkw abgepaßt, um sie zu töten. Der Zeuge hatte sogar den Eindruck, für einen Augenblick schemenhaft eine zweite Person gesehen zu haben, mehr einen Schatten, der gleich wieder verschwunden war. Und im Scheinwerferlicht war ihm die Frau in ihrem weißen Kostüm und mit ihrem wehenden weißen Schal für einen kurzen Moment, als hätte die Zeit ausgesetzt, fast überirdisch erschienen.
Das Bild ließ ihn nicht los; er wiederholte seine Schilderung mehrmals. Seine anfängliche Umsichtigkeit, als er den Wagen verlassen hatte und auf Eduard Lang und die Tote zugegangen war, als er hatte helfen wollen, war gewichen. Die verständigten Polizeibeamten, die den Unfallort weiträumig absperrten und die Beobachtungen des Zeugen Frantz protokollierten, waren sich sofort darüber im klaren, daß seine Aussage die Angelegenheit nicht vereinfachen würde.
Auf der Straße hatte sich mittlerweile einiges getan. Rettungsfahrzeuge standen bereit, Hilfskräfte waren im Einsatz, der Verkehr mußte umgeleitet werden, auch wenn er

spärlich war, und etliche Zuschauer hatten sich eingefunden. Nur von der Parkseite her blieb es merkwürdig ruhig; niemand war dort unterwegs.

Wenn Philipp Laubmann über sein Leben nachdachte, beschlich ihn häufig ein Gefühl der Unzufriedenheit, weil ihm noch viel zuviel ungeklärt erschien. Das ging ihm auch mit Gott nicht anders, denn der war ihm entschieden zu fern, zu unnahbar. Als Theologe war er ein «von Gott Redender», in seiner fachlich-wissenschaftlichen Ausrichtung als Moraltheologe hingegen sprach er meist über Menschen, über ihr Schuldigwerden, ihre Schwächen.
Das wissenschaftliche Sprechen über Gott war freilich genauso nur ein Reden über Menschen, nämlich über ihre Vorstellungen von Gott und über ihre religiösen Erfahrungen. Allerdings, so glaubte er zu beobachten, ging es für viele Menschen außerhalb der Theologie oder der Kirche, der Religion, gar nicht mehr darum, Antworten zu entdecken, sondern darum, überhaupt noch Begriffe zu haben, um religiöse Gedanken formulieren und Fragen nach Gott stellen zu können. Ihre Sprachlosigkeit machte ihm zu schaffen.
Dr. Philipp Erasmus Laubmann war Assistent an der katholisch-theologischen Fakultät der staatlichen Universität Bambergs und gehörte dem Lehrstuhl für Moraltheologie an, den sein Vorgesetzter, Professor Dr. Raimund Hanauer, seit mehr als zehn Jahren innehatte. Er war zwar seit etlichen Jahren promoviert, aber trotz seiner 39 Jahre noch nicht habilitiert.
Laubmann war nicht hochgewachsen, knapp 1,75, und ein wenig dicklich, was er lieber «leib-haftig» nannte. Sein Kopf schien verhältnismäßig groß, wobei der Eindruck durch seine hohe Stirn hervorgerufen wurde. Die dunkel-

blonden glatten Haare waren schütter, seine Lippen waren eher schmal, die Nase ging ein bißchen in die Breite. Am auffälligsten an ihm war der neugierige Blick hinter der randlosen Brille, der so entlarvend wirken konnte. Das liebten manche an ihm nicht. Weil er aber gelegentlich auch unsicher war, außerdem bekannt für nicht immer auf Anhieb verständliche Wortwitze, erschien er vielen doch recht sympathisch und war nicht zuletzt seines Wissens wegen bei Kollegen und Studenten geschätzt.

Laubmann war zwar Theologe, aber kein Priester. Als theologisch Denkender fühlte er sich hauptsächlich der Wissenschaft verpflichtet. Dennoch war er der kirchlichen Institution nicht gänzlich abgeneigt, obwohl er letztlich nicht in der Kirche, sondern im Leben Gott suchte. Jedenfalls hatte er die Möglichkeit, den Weg des katholischen und damit zölibatär lebenden Priesters zu beschreiten, für sich noch nicht endgültig verneint; aber er reagierte schnell gereizt, wenn ihn jemand darauf ansprach. Er kam in dieser Frage mit sich nicht zurecht. Denn eine, im christlichen Sinne, von Gott bewirkte Berufung spürte er nicht so richtig, wollte sie aber zukünftig nicht völlig ausschließen. In vollkommener Keuschheit hatte Philipp in den vergangenen Jahrzehnten allerdings nicht gelebt.

Daß Philipp Laubmann auch kriminalistisch begabt war, zumal er sich als Moraltheologe um das Böse zu kümmern hatte, ahnten die wenigsten. Von dem Todesfall nahe bei St. Vitus, seiner Lieblingskirche, hatte er noch nichts mitbekommen.

II

Am Abend ging Dr. Philipp Laubmann durch den altehrwürdigen Teil der Universität, durch die Theologische Fakultät. Es war der zweite Abend nach dem Unfall. Doch Laubmann wußte noch immer nichts davon, was diesmal freilich nicht seiner gelegentlich auftretenden Weltfremdheit zuzuschreiben war, sondern dem Umstand, daß er den größten Teil des Tages ein wenig kränkelnd zu Hause verbracht hatte. Er sah sich unschlüssig um, putzte seine Brille und schaute nur beiläufig durch die altertümlich verzierten Fenster auf den gartenähnlichen Innenhof, der im graublauen Abendlicht kaum mehr zu erkennen war. Die Äste eines seltenen Schwarznußbaumes überragten das erste Obergeschoß, in dem sich Laubmann aufhielt, bei weitem, warfen jedoch keine Schatten mehr, sondern waren selber nur noch Schattengebilde. Die Gänge waren nur spärlich beleuchtet.

Sein Ziel war die Bibliothek. Dort wollte er wie so oft die Neuerscheinungen «kontrollieren», wie er sich ausdrückte, um seiner Tätigkeit den Anstrich eines Dienstgeschäftes zu geben; denn niemand sollte den Eindruck haben, seine Studien seien nur eine Art Steckenpferd. Soviel Spaß machten sie ihm nun auch wieder nicht. Immerhin hatte er nach langem Zögern und schon vor geraumer Zeit mit seinem Pro-

fessor einen vorläufigen Titel für seine Habilitationsschrift vereinbart: «Die Unmöglichkeit finaler Antworten auf moralische Probleme». Ein «unendliches» Thema.
Wie gewohnt hielt er Karteikarten bereit, denn er schwor auf sein persönliches Karteisystem, auch wenn es in vielen Fällen nicht die Systematik aufwies, die ihm selbst nötig erschien. Dennoch bereitete es ihm Freude, sich wichtige Begriffe, Gedanken, Zitate oder Bücher handschriftlich notieren zu können, selbst wenn sie nicht direkt seine Habilitation berührten.
Schließlich hatte er Vorbilder. Er dachte an Arno Schmidt und dessen unendlich ausufernde Notizen, an Gerhart Hauptmann mit seinen Kalendern und den nächtens hingeschriebenen Einfällen auf der Schlafzimmertapete. Jean Paul, dessen Bücher Laubmann so liebte, hat seine humoristische Erzählung über das «Leben des Quintus Fixlein» in «funfzehn Zettelkästen» eingeteilt, wie die Kapitel lauten, ja er läßt seinen Fixlein sogar eine Druckfehler-Sammlung besitzen.
Und nicht zuletzt berief sich Philipp Laubmann auf den Soziologen Niklas Luhmann und dessen grundlegenden, kongenialen Aufsatz über die «Kommunikation mit Zettelkästen»: der Zettelkasten als Kommunikationspartner, offen angelegt oder spezialisiert, als Zweitgedächtnis oder Alter ego des Autors, als Ordnungs- und Zufallsprinzip in einem. Das Versickern der Notizen und das überraschende Wiederfinden des lange schon Vergessenen waren zwei Seiten ein und derselben Medaille.
Auch Laubmann «verzettelte» sich auf zweierlei Weise. Neben seinen Karteikästen, in denen er seine wissenschaftlich brauchbaren Karteikarten aufbewahrte, hatte er eine kleine Truhe, in die er andere Zettel und Karteikarten

mit ausgefalleneren Ideen, seltenen Wörtern und treffenden Zitaten hineinwarf. Manchmal griff er wie bei einer Lotterie blind hinein, zog einen der Zettel heraus und ergötzte sich an dem, was er dann las.

Dr. Philipp Laubmann näherte sich dem Eingangsbereich der theologischen Bibliothek. Die Kopierautomaten waren bereits abgeschaltet. Studenten waren kurz vor Schließung der Bibliothek nur selten dort anzutreffen. Laubmann öffnete die große, doppelflügelige Tür und freute sich, daß er sogleich auf die Bibliotheks-Sekretärin Sibylle Schmidt traf, die noch Dienst hatte. Sie war klein und wirkte trotz ihrer 29 Jahre schon etwas älter; die Art, wie ihre glatten blonden Haare sorgfältig nach innen geföhnt waren, ließ ihn an die bezaubernd-harmlose Doris Day denken. Außer ihren hellen Augen mochte Philipp Laubmann an Sibylle Schmidt ganz speziell ihre Nähe zu Büchern. Doch er fühlte sich ihr gegenüber immer ein wenig verlegen.
Die Bibliotheksangestellte grüßte ihn zwar höflich, kümmerte sich aber nicht weiter um ihn. Aus diesem Grund entschied er sich, den im Vorraum stehenden Zeitschriftenstand unbeachtet zu lassen und gleich in den Großen Saal zu gehen. Dabei bewegte er sich so, als dürfe er keinerlei Geräusch verursachen, was bei dem historischen Holzboden und angesichts seines stattlichen Körpergewichts gar nicht so einfach war.
Laubmann drückte den Türgriff, der aus Messing und Holz bestand, herunter und trat in den Bibliothekssaal. Er hatte noch kaum einen Blick in den Saal geworfen, da erschreckte ihn ein Geräusch. Zwar hatte er die Tür ungeschickt ins Schloß fallen lassen, aber das war es nicht, auch kein Nachhall davon, sondern ein Schluchzen! Ein relativ lautes, auf-

stöhnendes Schluchzen, und das an einem Ort, an dem es so etwas eigentlich nicht geben durfte. Ihm schauderte im ersten Augenblick ein bißchen, konnte Laubmann sich die Herkunft dieses Geräusches doch nicht auf Anhieb erklären. Außerdem war es für einige Sekunden nun wieder ganz still im Saal. Dann hörte er erneut ein heftiges Weinen: Ganz in der Nähe gab es einen Menschen, der verzweifelt war.

Philipp Laubmann hielt den Atem an. Seine scharfe Beobachtungsgabe forderte ihr Recht. Das Weinen ließ bald nach, nur ein verhaltenes Seufzen war bisweilen noch zu vernehmen. Philipp lokalisierte es in der oberen Etage, der Galerie der Bibliothek. Insgeheim sah er eine hübsche weinende Studentin vor sich.

Der barocke Bibliothekssaal erstreckte sich über zwei Stockwerke: Der untere Bereich barg neben den alten offenen Wandschränken mit ihrem dunkelbraunen Holzfarbton und ihren schweifenden barocken Formen eine Reihe quer eingestellter metallener Zusatzregale mit der erweiterten Präsenzbibliothek. Die hier vorhandenen großen Lexika-Reihen, zum Beispiel die berühmte «Theologische Realenzyklopädie», mochte Laubmann besonders. Zwischen den Regalen standen Tische für Studenten und Doktoranden, die im Bibliothekssaal arbeiten wollten. Trotz der neuen Regale und Arbeitstische hatte der Saal seinen ursprünglichen Charakter als Bibliothek des ehemaligen Jesuitenklosters gewahrt.

Die Galerie mit ihrem schwarz gefaßten Metallgeländer verlief rundherum und ließ den Saal erst so richtig zur klassischen Bibliothek werden. Sie ermöglichte den Zugang zu Buch- und Zeitschriftenreihen, die sich in aufwendig geschnitzten Regalen befanden. An manchen Stellen waren die Regale und das Geländer mit Gemälden von

wichtigen Theologen und von Kirchenfürsten der Universitätsgeschichte geschmückt, die meist ernst oder gelehrt-ausdruckslos auf den Betrachter herabblickten.
Die schluchzende Studentin vor Augen, stieg Laubmann die Wendeltreppe zur Galerie hinauf. Sie knarzte bei jedem Schritt, denn es handelte sich um eine teilweise bewegliche Treppe, die mit einer überdimensionierten Schranktür verbunden war. Rechts und links des Bibliotheksportals waren solche «Schränke» mit eingebauten Wendeltreppen zu finden, die im unteren Teil «herausfuhren», wenn man die Treppentür öffnete.
Als er oben auf der Galerie angelangt war, sah er bald hinter einem mit Büchern beladenen, fahrbaren Aktenständer Beine hervorschauen, halb ausgestreckt, halb angezogen. Philipp Laubmann wußte sofort, daß das Weinen von diesem Menschen kam, der sich dort verkrochen hatte. Und er brauchte nur dessen graue Haare, dünne Gestalt und seine dunkle Kleidung zu sehen, um zu erkennen, daß es keine Studentin, sondern Professor Erich Konrad war.
Er saß einfach auf dem Boden und hörte nicht auf zu weinen, auch dann noch nicht, als Dr. Philipp Laubmann direkt neben ihm stand. Hatte Konrad ihn nicht längst wahrgenommen? Er konnte ihn eigentlich nicht übersehen oder überhört haben. Denn kurz nachdem Laubmann die schwere Tür aus Versehen zugeschlagen hatte, war ja das Schluchzen zumindest für einige Augenblicke unterbrochen. Und auch das Hinaufsteigen über die Schranktreppe war im stillen Bibliothekssaal gewiß deutlich vernehmbar gewesen.
Erich Konrad hielt seinen Schmerz einfach nicht mehr aus, konnte ihn nicht mehr in seinem Gehirn einschließen. Manche Menschen können den seelischen Schmerz ver-

beißen, ihn in sich hineinfressen, statt ihn nach außen deutlich werden zu lassen. Konrad gehörte im Grunde zu diesen Menschen. So war es ihm anerzogen worden, und so hatte er es im Laufe der Jahre verinnerlicht, denn für einen Theologieprofessor und Priester war es selbstverständlich, immer Haltung zu bewahren. Doch jetzt sah er keinerlei Sinn mehr in der Verheimlichung seines Schmerzes; es fiel ihm derzeit überhaupt schwer, noch irgendeinen Sinn seiner Existenz auszumachen.

Laubmann kam gerade richtig. Bei ihm konnte er damit rechnen, nicht von oben herab behandelt zu werden. Er würde sich mit dem Schmerz eines weinenden Kollegen beschäftigen, würde einfühlsam darauf eingehen.

Und das tat er auch. «Kann ich Ihnen helfen?» sprach Laubmann ihn an.

«Mir kann jetzt niemand mehr helfen. Eine Tote kann man nicht mehr zum Leben erwecken.»

«Eine Tote?» Philipp Laubmann ignorierte das Selbstmitleid des Professors: «Ist es jemand, der Ihnen sehr nahestand?»

«Sie war mir der liebste Mensch auf der Welt!» Konrad heulte beinahe sentimental auf. Die beiden Männer schwiegen ein paar Sekunden. Professor Konrad war froh, daß der Theologe Laubmann ihm nicht mit irgendwelchen oberflächlichen Beileidsformeln kam, die nicht das geringste mit seinem tiefen Gefühl zu tun haben konnten.

«Ich glaube, es hilft mir, wenn Sie mich einfach reden lassen.» Konrad war Dr. Laubmann nun wirklich dankbar.

«Erzählen Sie ruhig.»

Konrad wartete einen Moment. «Franziska war mir der liebste Mensch. Und ich hab sie verloren …», er stockte, «weil man sie umgebracht hat.»

«Umgebracht?» Laubmann hielt sich mit der Hand an einer Regalecke fest, denn er hatte sich weit nach vorn gebeugt – erstaunt und überrascht von der Behauptung des Professors.
«Ja, Sie haben richtig gehört, Franziska Ruhland wurde umgebracht, ermordet! Das war kein Unfall, so unaufmerksam ist sie nie gewesen.»
«Franziska Ruhland? Wer ist das?»
«Haben Sie denn nichts davon gelesen? Sie wurde überfahren; vorgestern. Jemand soll sogar gesehen haben, wie sie gestoßen wurde.» Er weinte wieder auf. «Warum sollte sie sich auch vor ein Auto werfen? So ein Unsinn; und was für eine ungeschickte Art, sich zu töten. Nein, sie hatte einfach keinen Grund, sich was anzutun. Wir haben uns doch geliebt; ich hab sie so sehr geliebt.»
Laubmann griff bereits unwillkürlich nach seinem Taschentuch. Aber Professor Konrad beruhigte sich langsam. Seine Stimmung schlug mehr in Anklage und Aggression um. «Diese Zeitungen schreiben so verallgemeinernd! Man erfährt nichts genau. Und Angehörige hatte Franziska hier nicht, an die ich mich wenden könnte; zu ihren wenigen Verwandten hat sie keinen Kontakt gehalten.»
«Hatte sie außer Ihnen niemanden Vertrauten?»
«Eine sehr gute Freundin, ihre beste Freundin; aber die ist zur Zeit in Neuseeland. Deren Cousine wohnt hier in der Nähe. Mit ihr hat sich Franziska jedoch nie so recht verstanden, obwohl sie sie gemocht hat. – Ich war ihr der wichtigste Freund und ‹Angehörige›; mich hat sie geliebt. Und trotz meines Priesterseins hab ich sie genauso geliebt.»
«Aber Sie hätten als Priester beziehungsweise ohne eine Dispens von Ihren Weiheversprechen und damit vom Zöli-

bat Ihre Liebe nie richtig leben können», platzte es aus Laubmann heraus, der sich sofort darüber ärgerte, daß er den falschen Ton getroffen hatte.
Konrad lachte nur bitter auf. «Jetzt hab ich kein Problem mehr damit. Jetzt kann ich dem Zölibat wieder gehorchen.»
«Ich hab mich immer gefragt: Warum sollen Priester nicht heiraten dürfen, wenn eine solche Liebe entstanden ist?»
Der Moraltheologe hatte ohne Zweifel den wunden Punkt berührt, und nicht nur den Konrads.
«Ich bin froh, daß Sie da auf meiner Seite sind, Herr Laubmann, daß Sie nicht so verbohrt darüber denken wie viele Kirchenleute. – Wir wollten tatsächlich heiraten.» Konrad klang illusionslos. Der Professor war mühsam aufgestanden. Er stützte sich auf ein Fensterbrett und sah in die Dunkelheit hinaus, die vom gelben Licht einer Laterne durchbrochen wurde.
Nun richtete sich Konrad ganz auf. Er war ein ziemlich großer Mann mit guter, sportlicher Figur. Nase, Mund, Augen und auch die vollen grauen Haare wirkten sinnlich und verliehen ihm einen sehr lebensfrohen Anstrich. Stets trug er dunkle, perfekt sitzende Anzüge. Damit sah der 49jährige eleganter und weltmännischer aus, als das manche von einem Bamberger Theologieprofessor vermutet hätten.
«Wenn ich nur wüßte, was die Polizei über ihren Tod herausbekommen hat!» Konrad verkrampfte sich wieder.
«Sie haben nur aus der Zeitung erfahren, daß Ihre ... wie soll ich sagen ... Geliebte ... durch einen Unfall oder auf andere Weise gestorben ist?»
«Wir wollten unsere Beziehung erst in einiger Zeit bekannt werden lassen. Wenn wir Kraft dazu gefunden hätten. Das will ja erst einmal überstanden sein, wenn es heißt: ‹Ein katholischer Priester, Theologieprofessor, hat ein Verhält-

nis›, und die Leute zerreißen sich das Mundwerk und zeigen mit Fingern auf einen.»
«Ganz abgesehen von den kirchenrechtlichen Konsequenzen.» Auch diese Bemerkung wäre jetzt wirklich nicht nötig gewesen. «Warum sollte jemand Ihre Geliebte überhaupt umbringen wollen?» fuhr Laubmann fort.
«Ich habe keine Ahnung.»
«Ich fürchte aber, es wird auch ein Verdacht gegen Sie entstehen. Man wird nach Motiven suchen; falls Sie trotz des Zölibats geheiratet hätten; oder wenn sie, Ihre Geliebte, das zum Beispiel plötzlich nicht mehr gewollt hätte ...»
«Meinen Sie, daß die Polizei auf mich zukommen wird?» fragte der Professor.
Unten ging die Tür des Saals auf. Frau Schmidt kam herein und rief: «Ich gehe jetzt. Haben Sie den Schlüssel, Herr Dr. Laubmann, zum Absperren, wenn Sie fertig sind?»
«Ja, ich schließe ab! Danke!» rief Laubmann überlaut zurück, so daß der neben ihm stehende Professor das Gesicht verzog. Nach einem Gutenabendgruß war die Bibliotheksangestellte auch schon verschwunden. Den Professor hatte sie nicht bemerkt. «Sie weiß anscheinend gar nicht, daß Sie hier sind.»
«Ich habe in letzter Zeit gelernt, mich sehr unauffällig zu benehmen. Ich wollte allein sein. Und das kann man manchmal zwischen all den Büchern hier recht gut. Vor allem nachts. Meinen Sie, die Polizei wird auf mich stoßen?» wiederholte Konrad seine Frage.
«Ich vermute, daß immer zuerst die Menschen vernommen werden, die einem Mordopfer am nächsten stehen, schon deshalb, weil die Polizei mehr über die Tote erfahren möchte – wenn es wirklich ein Mord war. Da wird man bald auf Sie stoßen.»

«Das glaube ich kaum. Wir haben unser Verhältnis sehr geheimgehalten.»
«Warum sind Sie wegen der Polizei denn so besorgt? Sie wollen doch selbst wissen, wie die Ermittlungen weitergehen, ob man vielleicht einen Täter gefunden hat. Und Sie kannten das Opfer in letzter Zeit doch mit am besten. So gesehen, haben Sie sogar die moralische Pflicht, die Polizei zu unterstützen.»
«Es ist schon zutreffend, wie Sie das einschätzen, Herr Dr. Laubmann», bemerkte Konrad nüchtern. Und nach einer kurzen Pause: «Trotzdem möchte ich Sie bitten, mir zu helfen. Ich weiß, daß Sie da über Kontakte verfügen …»
«Zur Polizei … na ja.»
«Es würde mir wirklich helfen, wenn Sie da etwas tun könnten. Aber», gab sich der Professor einen Ruck, «wir sollten uns in meinem Büro weiterunterhalten. Hier könnte uns vielleicht doch noch jemand zuhören.»
«Meinetwegen», stimmte Laubmann zu, wobei ihm völlig klar war, daß sich außer ihnen – und dem einen oder anderen Kirchenvater in den Bücherschränken – niemand zwischen den Regalen befand.
Sie gingen die Galerie entlang, dann die «Schranktreppe» hinunter und bis zum Eingangsportal. Dort knipste der Professor an mehreren Schaltern das Licht aus. Der Saal versank stufenweise in eine Dunkelheit, mit der alle Bibliotheksgemütlichkeit endgültig schwand.
Sie schritten durch die Gänge der Fakultät, in denen am Abend aus Sparsamkeitsgründen nur wenige Deckenlampen brannten. Anders als in der Bibliothek war hier eine Strenge in der Architektur zu spüren, schließlich hatte sich die Fakultät aus einem Jesuitenkolleg der Gegenreformation entwickelt.

Auch bei Tage vermittelte das frühbarocke Kollegium mit seinen beiden langgestreckten und einander gegenübergestellten dreigeschossigen Hauptgebäuden den Eindruck gestrenger Symmetrie, die durch die regelmäßigen Fensterreihen, die Fensterkreuze und durch die als Gehweg gestaltete heckengesäumte Mittelachse des breiten Innenhofs zusätzlich betont wurde. Der rechte Trakt beherbergte hauptsächlich Hörsäle, der linke Büro- und Verwaltungseinrichtungen, an die sich der Bibliothekssaal anschloß. Im rückwärtigen Teil der Anlage war ebenfalls ein Querbau eingefügt, der die beiden Seitenflügel miteinander verband und als architektonisches Ausrufezeichen einen Treppenturm aufwies. Der achtunggebietende Schwarznußbaum im Innenhof der Fakultät, dessen Äste erst weit oben am mächtigen Stamm begannen, mußte schon über 200 Jahre alt sein, hatten doch die Jesuiten die Sämlinge und Früchte aus ihrem Missionsland Japan mitgebracht.

Das Büro Konrads war hingegen neu und funktionell eingerichtet, nicht so wie einige andere Theologen-Büros mit ihren düsteren Schrankwänden und restaurierungsbedürftigen Gemälden. Hier standen ein moderner höhenverstellbarer Schreibtisch – darauf ein neuer Computer der Marke Apple mit Flachbildschirm –, ein metallener Rollschrank, eine weißlackierte Regalreihe und vor dem Schreibtisch ein Stahlrohrsessel.
«Bitte, nehmen Sie Platz!» Der Professor wies auf den unbequem wirkenden Stahlrohrsessel. Er selbst setzte sich auf einen gepolsterten Arbeitsstuhl hinter dem Schreibtisch. «Ich möchte Sie einfach um Ihre christliche Nächstenliebe bitten. Ich muß wissen, wie es mit den Ermittlungen bei der Polizei steht. Ob sie den Fall als Mord

erkennen. Und wenn nicht, dann muß sie jemand darauf bringen ...»
«Aber Sie wissen vielleicht, wie kritisch gerade in solchen Dingen die Polizei mit einem umgeht. Das ist genau das, was sie am wenigsten haben wollen: daß man sich in ein schwebendes Ermittlungsverfahren einmischt. Ich kenn das schon.»
Laubmann konnte das Gefühl nicht leugnen, zu etwas Ungutem überredet zu werden. Und der Stuhl war tatsächlich unbequem. «Was soll ich denn als Grund angeben, warum ich zur Polizei komme?» Seine Frage klang fast bockig.
«Sie könnten sagen, Sie hätten die Frau gekannt.»
«Das wäre eine Lüge!» Laubmann war entrüstet.
«Na gut, wenn Sie meinen ...» Der Professor wurde unsicher.
Nach einem Moment des Nachdenkens klang Laubmann wieder versöhnlicher. «Ich könnte vorgeben, ich würde jemanden kennen, der mehr über den Fall weiß, es aber nicht wagt, sich an die Polizei zu wenden. Nur mir habe er sich anvertraut, als Theologen.»
«Und damit werden Sie vorgelassen?»
«Das wird man sehen. Aber ich weiß noch gar nicht, ob ich das überhaupt tun sollte.»
«Würde ich nicht ... wie sagt man? ... polizeilich erfaßt, wenn ich beispielsweise selber nachfragen würde? Das heißt, meine Beziehung zu Franziska wäre offen für alle sichtbar. Sie müssen verstehen, das will ich nicht, zumindest wenn es sich vermeiden läßt. Können Sie meinen Namen nicht vorläufig rauslassen ... wenn Sie das andere für mich tun wollen?»
Wieder herrschte für einen Moment Stille. Laubmann hatte noch nie so ganz einschätzen können, welchen Charakter Konrad besaß. Sie kannten sich zwar offiziell und kollegial,

und Philipp Laubmann war ab und zu mit anderen zusammen sogar bei Konrad zu Hause gewesen, aber privat hatten sie sich bisher nichts zu sagen gehabt. Sie hatten einander eher gemieden. Und jetzt war es nötig, ja Konrad drängte es ihm förmlich auf, in dessen privateste Bereiche vorzudringen.

«Sie müßten mir schon etwas mehr über sich und Frau Ruhland erzählen», sagte Laubmann zurückhaltend.

«Wo soll ich da anfangen? – Vielleicht, wie ich sie kennengelernt habe», begann Professor Konrad langsam zu erzählen. Laubmann lag zwar der «brummige Charme» eines Karl Rahner näher, aber schon früher war ihm der sinnliche Zug an Konrad aufgefallen, und er ahnte, daß genau dies der erste Eindruck gewesen sein mußte, den der Professor auf Franziska Ruhland gemacht hatte.

«Ich möchte meine Haushälterin manchmal von der Kocharbeit entlasten – obwohl sie sich übrigens keineswegs damit überlastet fühlt. Und deshalb gehe ich hin und wieder in ein Restaurant, auch mit ihr zusammen. Diesmal war ich allein. Ich hatte wegen einer Meßfeier noch meinen schwarzen Anzug an und war auch beim Restaurantpersonal als Priester bekannt. Eine schlechte Voraussetzung, um eine Frau kennenzulernen.

In dem Restaurant jedenfalls bin ich Franziska zum ersten Mal begegnet. Ich sehe sie noch wie heute dasitzen, mit ihren blonden, halblangen Haaren und ihrem seidenen Kleid, das sehr fein an ihr aussah und ihre weiblichen Formen auf eine sehr anziehende Art betont hat. Es hatte ein Dekolleté, die Schultern waren frei, der Hals nur mit einer Kette bedeckt … Auch wenn das vielleicht nicht mehr zeitgemäß erscheinen mag, ihr Auftreten war ausgesprochen damenhaft.

Der Witz an der Geschichte ist, daß sie nicht allein war und daß ich ihr gerade deswegen vorgestellt wurde. Sie war zusammen mit ihrem Verlobten dort, und dieser ‹Verlobte› ist ein Freund von mir … ein Freund gewesen – ich möchte seinen Namen nicht erwähnen. Der nahm die Gelegenheit wahr, mir seine ‹Zukünftige› vorzustellen, denn das war sie damals für ihn. Ich mußte mich natürlich zu ihnen setzen … wollte das ja.

Ich war wohl sehr aufgeregt, auch vom Wein, und ich weiß nicht, ob er es gleich bemerkt hat, daß ich Franziska unentwegt angestarrt habe. Ich war wie gebannt, so wie ich es vorher nie bei einer Frau erlebt habe. Obwohl, viele Gelegenheiten dazu hatte ich vor meiner Priesterweihe nicht. Aber hier fügte sich sozusagen alles in mir, alle Gefühle flossen auf einmal in eine Richtung, hin zu diesem Menschen. Und sie hat mir gleichsam geantwortet. Sie hat meine Blicke sicher gespürt – und gelächelt. Darin lag für mich alles, alles! Wie ein Engel, der aus einer anderen Welt in mein Leben trat.

Und ab diesem Zeitpunkt muß mir wohl alles andere egal gewesen sein. Und wenn Sie's nicht für übertrieben halten: Ihr erging's nicht viel anders. Sie hat das gleiche empfunden wie ich. Wir waren füreinander bestimmt, davon bin ich überzeugt.»

Natürlich wußte Konrad, daß sich Dr. Laubmann bisher noch nicht hatte entschließen können, wie er die katholische Priesterlaufbahn zu wählen – noch immer nicht, wie sich einige hochwürdige Herren in schwarzen Anzügen ermahnend auszudrücken pflegten; denn einem katholischen Theologen im Wissenschaftsbetrieb war das Priesteramt förderlich. Philipp Laubmann war ungebunden, freier und damit vielleicht verständnisvoller, hoffte der Professor.

«Und wie hat Ihr Freund reagiert?» wollte Laubmann wissen.
«Er behauptet, ich hätte sie ihm weggenommen – was soll er auch sonst denken; ich kann das verstehen –, obwohl sie wirklich aus freien Stücken zu mir gekommen ist und ebenso aus freien Stücken die Verlobung mit ihm gelöst hat. Wir wollten ihn nicht kränken, aber das ließ sich nicht vermeiden.» Konrad schilderte das nicht ohne Schmerz. «Aber eins sag ich Ihnen: Ich hab dabei überhaupt nicht an mein Zölibatsversprechen gedacht, nicht eine Sekunde!»
«Trotzdem haben Sie das Verhältnis geheimgehalten», warf Laubmann ein.
«Ja sicher; Sie müssen sich vorstellen, ich mußte erst einmal mein Gefühl prüfen und mir darüber klarwerden, wahrscheinlich manches abbrechen und aufgeben, ein neues Zuhause aufbauen – da kann man nicht gleichzeitig an die Öffentlichkeit gehen!»
Das sah Laubmann natürlich ein. Und gegen Ende des Gesprächs rang er sich schließlich – nun doch ein wenig gerührt – dazu durch, dem Professor zu helfen; so gut er's eben vermochte.

III

Gleich am nächsten Morgen machte sich Philipp Laubmann auf den Weg, um Nachforschungen anzustellen. Sonst überwogen bei ihm eher die Trägheitsmomente, aber an diesem Morgen spürte er eine Neugierde, die ihm keine Ruhe ließ. Dazu war das Gespräch in der Bibliothek viel zu aufregend gewesen – und anregend für seine kriminalistische Phantasie. Ebenso anregend schien ihm die Wirkung des Pfefferminztees zu sein, den er sich nach dem Aufstehen gekocht hatte, denn er hatte heute bewußt auf den von ihm sonst bevorzugten Kamillentee verzichtet.

Laubmanns Wohnung war eine Dachwohnung in einem der ältesten Teile Bambergs, versteckt, verwinkelt und mit einem komplizierten Eingang über eine Hintertreppe, die an Monsieur Hulots Wohnung in Tatis Film «Mon Oncle» erinnerte. Diese eilte Philipp nun herab. Aus dem Treppenhaus hatte er einen Blick auf den hohen Dom der Stadt mit seinen vier schlanken Türmen, die mit ihrer Kupferabdeckung wie grünlich schimmernde Spitzhelme aussahen.

Er stieg in seinen gebraucht erworbenen, weißen zweitürigen Opel und fuhr zum Kommissariat, obwohl er auch zu Fuß recht schnell dorthin gekommen wäre. Doch ihn trieb die Ungeduld.

Dietmar Glaser, den Kriminalhauptkommissar, hatte Philipp Laubmann vor Jahren bereits bei einem Fall von Gelddiebstählen im universitären Bereich kennengelernt. Jener Fall war alles andere als undurchsichtig gewesen und im Grunde unbedeutend und rasch gelöst, wäre Laubmann – noch ohne Doktortitel – nicht in die Nähe der Untersuchung geraten. Er hatte sofort komplexe moralische Vorgänge hinter den Diebstählen vermutet und ungefragt über die grundlegenden Verurteilungen des Diebstahls im Alten und im Neuen Testament doziert.

Seit damals kannten sie sich, wobei Dietmar Glaser ziemlich abweisend auf den Wortschwall Philipp Laubmanns reagiert hatte, was die Sympathie zunächst nicht steigerte. Der Kommissar ging stark auf die Fünfzig zu. Seine Kleidung war unauffällig, die Haare waren stark ergraut. Nur der Oberlippenbart spiegelte das ehemals satte Braun wider.

Es war kurz vor halb zehn, als seine junge und diensteifrige Sekretärin nach einem flüchtigen Anklopfen zu ihm ins Zimmer trat, um «Herrn Laubmann» anzumelden, der nicht lange auf sich warten ließ, sondern sich dankend und mit «der Kommissar kennt mich bereits» ein wenig ungalant an ihr vorbeischob.

«Herr *Doktor* Laubmann», verbesserte der Kommissar, und Philipp hielt es für eine Schmeichelei. «Sie kommen doch nicht etwa wegen unseres neuen Falls?» Er ließ einen Rosenkranz zwischen Daumen und Zeigefinger baumeln. Der Rosenkranz war an einer Stelle zerrissen.

«Ich hab für einen Moment gedacht, Sie sind fromm geworden. Aber vermutlich ist es nicht so, und der Gegenstand, den Sie in der Hand haben, ist ein Corpus delicti.»

«Das wohl eher in Ihr Ressort gehört. Erzählen Sie mir bitte gleich mal was über Rosenkränze, genauer, über Rosen-

kranzträger«, erwiderte der Kommissar. »Deswegen sind Sie hier, wegen des Unfalls, oder täusch ich mich?»
Dr. Philipp Laubmann setzte sich mit höflich fragendem Blick auf einen der Stühle vor dem Schreibtisch und bemühte sich um den Ausdruck unwissenden Erstaunens.
«Ich seh's Ihnen an, Sie besuchen mich nicht zufällig», wiederholte Dietmar Glaser.
Laubmann zuckte kurz die Schultern und gab sich geschlagen: «Es gehen tatsächlich Gerüchte um, die die Theologische Fakultät mit einem Unfall in Verbindung bringen. Wissen Sie da Näheres?»
«Das wundert mich, daß jetzt schon Gerüchte entstanden sind und bei Ihnen kursieren; der Unfall ist ja erst vor drei Tagen passiert. – Na gut, er war schlimm genug und hat mehr als üblich Aufsehen erregt.»
«Stand manches in den Zeitungen.» Laubmann hatte die Lektüre nachgeholt.
«Sie wollen mir doch nicht allen Ernstes einreden, Sie hätten's nur aus der Zeitung; ich denke mal, Sie vermuten etwas Universitäts-Internes dahinter.»
Philipp Laubmann überhörte die Anspielung, schließlich war er hergekommen, um selbst etwas zu erfahren.
«Wie verhält sich das denn jetzt mit dem Rosenkranz?» griff Kommissar Glaser den anfänglichen Gedanken wieder auf.
Und Laubmann führte den Gedanken in seiner Art fort: «Ja, die Rose, das Symbol der Zuneigung, der Liebe, auch der Verschwiegenheit einst und der Jungfräulichkeit, rot wie das Blut, siebenblättrig in der Alchimie – ein vielfältiges Zeichen eben. Da kann sich jeder seinen Reim drauf machen, wie er mag. Aber ich hab Sie unterbrochen; was wollten Sie sagen?»

«Nun mal sachlicher», merkte der Kommissar mit unbewegtem Gesichtsausdruck an, «erkennen Sie diesen Rosenkranz?»
«Wenn Sie mich so direkt fragen, muß ich das verneinen.» Und den Rosenkranz mit den Fingern berührend: «Eine ziemlich einfache Ausführung; nichts Wertvolles. Ob er von einem Priester gesegnet wurde, oder wie man's landläufig nennt: geweiht wurde, sieht man ihm nicht an. – Ist der denn wichtig?» Laubmann bemühte sich, seine Frage recht beiläufig zu stellen.
«Davon gehen wir aus. Oder glauben Sie an einen Zufall, wenn man einen solchen Gegenstand in der Nähe einer Toten entdeckt, nämlich am Ausgangspunkt ihres Sturzes?»
«Das ist keine Glaubensfrage. Und warum ist er zerrissen?»
«Das ist die Frage. Vielleicht hat es was mit dem Vorfall zu tun. Sieht nach Gewalteinwirkung aus.» Dietmar Glaser legte den Rosenkranz – aus dunklen Holzperlen über einer silbern scheinenden Kette – beiseite, wobei er zufrieden lächelte: «Das hab ich mir schon gedacht, daß Sie bestens über den Unfall informiert sind.»
«Wie gesagt, nur was in den Zeitungen gestanden hat. Eine Franziska R. soll das Opfer gewesen sein, hab ich gelesen.»
Der Kommissar sprach nahezu vertraulich weiter, sich ungezwungener gebend, um wiederum Dr. Laubmann einiges zu entlocken. «Wir kennen natürlich den Namen der Toten: Franziska Ruhland, 37 Jahre alt und ledig. – Sagt Ihnen der Name etwas?»
«Nicht so direkt ... nein.» Philipp fühlte sich verpflichtet, jetzt seinen Mund zu halten und notgedrungen zu lügen, weil er Erich Konrad am Vorabend sein Wort gegeben

hatte. Er verkrampfte sich etwas – richtig lügen hatte er noch nie gekonnt.
Glaser warf Philipp Laubmann einen prüfenden Blick zu, dann zog er ein Foto aus seinen Unterlagen hervor. «Ich geh davon aus, daß Ihnen dieser Herr auf dem Bild bekannt sein dürfte. Offensichtlich ein Priester, seiner Kleidung nach zu urteilen. Und ich werde das Gefühl nicht los, ihm bereits irgendwo in der Universität begegnet zu sein.»
«Ich fürchte, das ist Professor Erich Konrad», bestätigte Laubmann. «Er ist Ordinarius für Christliche Soziallehre, an der Theologischen Fakultät.»
«Ordinarius?» Der Begriff war dem Kommissar in seiner rechtlichen Bedeutung nicht geläufig.
Philipp antwortete sachlich: «Die Bezeichnung für einen Lehrstuhlinhaber an einer Hochschule. Wußten Sie, daß auch Oberhirten so genannt werden können, Päpste, Äbte, Bischöfe? Dabei können trotz dieser Gemeinsamkeit Professoren und Bischöfe theologisch sehr unterschiedliche Meinungen vertreten; sollte man nicht glauben.»
«Sollte man nicht», unterbrach ihn Glaser lapidar. «Sie sollten aber wissen, daß wir auf das Bild dieses Herrn, dessen Namen Sie mir eben genannt haben, in der Handtasche der Toten, Frau Ruhland, gestoßen sind. Finden Sie das nicht merkwürdig?»
Da hab ich mich auf was eingelassen, dachte Laubmann, denn erneut mußte er sich dumm stellen: «Meine Güte, manchmal haben auch Theologieprofessoren Bewunderer. Wir alle halten Vorträge und wissen nicht, wie sensibel das Publikum auf unsere Thesen reagiert. Es geht schließlich um's Religiöse. Ich möchte nicht wissen, in wie vielen Handtaschen sich mein Konterfei befindet», sagte er leichthin.
Der Kommissar hielt diese Erklärung für unsinnig. «Und

wenn wir es mit einem wirklich sensiblen Vorgang zu tun hätten? Gibt es da nicht ... wie heißt das? ... das Zölibat?»

«*Den!* Den Zölibat; der Zölibat ist männlich, theologisch gesehen: die Ehelosigkeit von Priestern; jedenfalls von Männern offiziell verkündet, denn Ehelosigkeit und Keuschheit können sehr wohl auch von Frauen gelebt werden.»

«Professor Konrad ist doch Priester?» Laubmann nickte. «Dann müßte er doch Schwierigkeiten bekommen, wenn er, sagen wir mal, ein Verhältnis hätte – oder gehabt hätte?»

«Vorausgesetzt, man weiß höheren Orts davon. Aber ein Betroffener würde das sicher nicht an die große Glocke hängen; ich zumindest tät's nicht, wenn ich Priester wär.»

«Sind Sie's inzwischen nicht geworden?»

«Dazu konnte ich mich bisher nicht entschließen. – Das ist aber eine sehr persönliche Frage», protestierte Philipp Laubmann. «Haben Sie denn einen Beweis für Ihre Annahme hinsichtlich des Zölibats, außer dem Foto, das Professor Konrad zeigt?»

«Leider nicht. Und das Foto ist auch nur als Hinweis zu werten, obwohl ich mich frage, wie die Tote in den Besitz dieser Porträtaufnahme gelangt ist. Das ist ja kein beliebiger Zeitungsausschnitt, sondern ein richtiger Abzug. Und Sie werden ja wohl an der Universität trotz ihrer Vorträge und Vorlesungen nicht so weit gehen, Ihre Fanpost mit signierten Fotografien zu beantworten.»

Philipp mußte schmunzeln: «Leider nicht, Sie sagen es.»

«Wir könnten jetzt», fuhr der Kommissar fort, «Fotogeschäfte abklappern und nachfragen, ob sich jemand an den Professor oder eine andere Person als Auftraggeber erinnert, aber was würde das bringen? Da halte ich mich lieber an jemanden, der sich so gut in der Materie auskennt wie Sie.»

Laubmann hob abwehrend die Hände. «Um ehrlich zu sein, mich interessiert, wie Sie Ihre Untersuchung des Unfalls im Sinne eines ungeklärten Todesfalls begründen wollen. Den Berichten der Zeitungen nach können Sie allenfalls einen vagen Verdacht haben.»
«Wenn Sie die Berichte schon zu Rate ziehen, müßte Ihnen eine bestimmte Zeugenaussage aufgefallen sein, in der von einer möglichen zweiten Person die Rede ist. Ob mir das gefällt oder nicht, das scheint mir durchaus ein begründeter Verdacht zu sein.»
«Jaja, der Schatten und die Dunkelheit; die haben mich auch fasziniert. Aber der Zeuge wirkt furchtbar aufgeblasen. Ich weiß nicht, ob ich ihm an Ihrer Stelle trauen würde», zweifelte Dr. Laubmann. «Mich würde das weiße Kostüm mehr interessieren. Tragen Frauen das in diesem Herbst?»
Doch Glaser hielt Modefragen für nebensächlich.

Ernst Lürmann betrat das Zimmer, nachdem ihn Kommissar Glaser über seine Sprechanlage gebeten hatte, an der Besprechung mit Dr. Laubmann teilzunehmen. Kollege Lürmann sei derjenige, welcher die Aussage des Zeugen aufgenommen habe und sie demzufolge am besten wiedergeben könne. Lürmann war der Mitarbeiter des Kriminalhauptkommissars, gut fünfzehn Jahre jünger als dieser und selbst Kriminalkommissar dem Dienstgrad nach. Er war Brillenträger wie Philipp Laubmann, aber erheblich schlanker. Auf den ersten Blick wirkte er sehr korrekt, obwohl seine dunkelbraunen Locken immer ein wenig wirr abstanden.
Ernst Lürmann hatte, wie gewohnt, wenn er ins Zimmer kam, einen Blick in die Runde geworfen, um die Situation zu erfassen, denn Überraschungen mochte er nicht. Er

liebte es, wenn eine Arbeit klar strukturiert ablief und man sich somit ganz auf die Inhalte konzentrieren konnte. Er sammelte Fakten, verfolgte Spuren in Gedanken und mit Hilfe von Notizen. In Diskussionen hingegen sah er häufig eine Ablenkung vom Wesentlichen. Das Protokoll der Zeugenaussage hatte er weisungsgemäß als Akte bei sich.

«Sie kennen Herrn Dr. Laubmann?»

«Er hat Sie bei einem schwierigen Fall unterstützt ...?»

«Na, sagen wir ... beraten», unterbrach ihn der Kommissar, und Philipp Laubmann grinste kopfnickend.

«Ich hab sie noch einmal überflogen ...», Lürmann blätterte in der mitgebrachten Akte, «... das Protokoll beziehungsweise die Aussage. Die meinen Sie doch?»

«Ja, bitte, die Aussage ... wie heißt der Zeuge?»

«Frantz, Walter, mit t z ... also Walter ohne t z ... Walter Frantz ... Frantz ist nicht der Vorname, sondern Walter.» Ernst Lürmann mußte selber ob der von ihm gestifteten Verwirrung lächeln.

«Die wichtigste Aussage des Zeugen ist», fing Lürmann erneut an, «sie erscheint mir jedenfalls für uns am wichtigsten ...»

«Könnten Sie die Aussage bitte vorlesen!»

Lürmann blätterte wieder: «‹Ich sah› – der Zeuge sah –, ‹ich sah den Schatten einer anderen Person, die die arme Frau meiner Meinung nach gestoßen hat.› Über die unbekannte Person, zu der der Schatten höchstwahrscheinlich gehörte, konnte der Zeuge keinerlei dienliche Angaben machen.» Kommissar Glaser strich sich mit Daumen und Zeigefinger nervös über seinen Oberlippenbart. «Wiederum der Zeuge», fuhr Lürmann fort, «bezeichnete die fallende Frau als ‹Lichterscheinung›. Den Begriff hat er mir so diktiert, ins Protokoll.»

«Die Fakten, bitte», warf Glaser ungeduldig ein. «Liegen wenigstens konkrete Angaben zur Tatzeit vor?»
«Unser Zeuge geht – besser: ging – von einer Tatzeit kurz vor 23 Uhr aus; genau 22 Uhr 58. Das stimmt aber nicht! Er gibt an, ‹instinktiv› die Autouhr abgelesen zu haben; ‹als hätte ich geahnt, daß es wichtig ist›, sagt er. Ich hab sie aber überprüft. Die Uhr ging mindestens – mindestens! – sechs Minuten vor.» Ernst Lürmanns Faible für akkurate Polizeiarbeit und generell für das Dienstliche war bekannt.
«Halten Sie das für so entscheidend, ich meine, beim momentanen Stand der Ermittlungen?» fragte der Kommissar.
«Im Moment nicht so sehr; aber so was kann sich ja ändern.» Kriminalkommissar Lürmann wunderte sich immer wieder, wie Details bei Ermittlungen anfänglich heruntergespielt wurden, obwohl sie später von großer Bedeutung sein konnten.
Laubmann mischte sich ein. «Sie sprechen die ganze Zeit von den Angaben des Zeugen, als wären sie absolut verläßlich. Was aber, wenn der Zeuge sich nur wichtigtuerisch verhält? Wie ernsthaft ist seine Aussage über den ominösen Schatten zu bewerten, wenn er sich schon mit der Uhrzeit irrt? Und dann erst seine Erscheinungsphantasie; kommen Sie mir doch damit nicht! So engelsgleich.»
«Er will aber gerade an der Stelle, von wo aus Franziska Ruhland auf die Straße gestürzt ist, kurz nach dem Unfall Schritte gehört haben», konterte der Kommissar.
«Sich entfernende Schritte», verbesserte Lürmann.
«Kann das nicht genauso ein Hirngespinst sein?» fragte Laubmann nach. «Selbst wenn wir davon ausgehen, daß nach dem Unfall für einige Zeit eine recht bedrückende Stille geherrscht hat – die Stille des Todes immerhin –, wie

will der Zeuge unter dem Eindruck des Ereignisses von der gegenüberliegenden Straßenseite aus die Richtung von Schritten exakt bestimmen?»
«Zumindest hat er seinen Wagen sofort verlassen und sich zum Unfallort begeben. – Das ist doch so im Protokoll festgehalten?»
Lürmann bestätigte dies.
Laubmann bereiteten die Gedankenspiele Vergnügen. «Und wenn er nur seine eigenen Schritte vernommen hat?»
«Er hat ja auch den Schatten gesehen», betonte Glaser.
«Haben Sie denn Fußspuren entdecken können?»
«Das war leider unmöglich», antwortete ihm der Kommissar bedauernd. «Der Rasen ist noch sehr dicht und beim Fußweg im Park handelt es sich um einen Kiesweg, der keine brauchbaren Spuren hergibt. Und um Ihrer nächsten Frage zuvorzukommen, nein, der Weg ist nicht beleuchtet. Außerdem hätte der Zeuge aufgrund der Bäume und der vielen Büsche dort von seinem Blickwinkel aus nie und nimmer jemanden erkennen können.»
Lürmann ergänzte: «Der Fahrer des Unfallwagens, Eduard Lang, kann übrigens die Aussagen des Zeugen Walter Frantz nicht bestätigen. Das müssen wir einfach seinem Schockzustand zugute halten. Er ist deshalb aus seinem Wagen auch nicht gleich ausgestiegen. Und bedenken Sie bitte, wenn der Zeuge Frantz ein ‹Wichtigtuer› wäre, würde das Verhalten des Unglücksfahrers möglicherweise in einem viel schlechteren Licht erscheinen.»
Glaser zog den Rosenkranz noch einmal in seiner vollen Länge von der Tischplatte hoch. «Aber ein Indiz haben wir jetzt ganz außer acht gelassen. Der Rosenkranz könnte auf einen Tatverdächtigen hinweisen, der ihn am Unfallort verloren hat, etwa an dem Platz, wo der Schatten im Schein-

werferlicht zu sehen war. Ich kenn mich damit ja nicht so aus, aber der Rosenkranz wirkt wie neu, abgesehen davon, daß er zerrissen wurde. Der hat da nicht lang gelegen.»
Lürmann betrachtete den Rosenkranz mit gemischten Gefühlen: «An das Rosenkranzbeten kann ich mich erinnern, zur Zeit meiner Großmutter, besonders an seine Endlosigkeit.»
«Dabei kann ich Ihnen weiterhelfen», sagte Dr. Laubmann, indem er auf das Gebetsutensil deutete. «Das wollten Sie mich doch schon von Anfang an fragen, was ein Rosenkranz ist; das hab ich gleich gemerkt. Der Rosenkranz ist nämlich in seiner Entstehung nicht mal so einfach zu erklären. Zunächst wechseln sich, rein äußerlich, kleinere Kügelchen mit größeren ab; sehen Sie das? Die größeren symbolisieren das ‹Vaterunser›, die kleineren den ‹Englischen Gruß›. Damit wird der Gruß des Engels bezeichnet, der sich an Maria wendet und ihr die Geburt eines Kindes ankündigt, dem sie den Namen ‹Jesus› geben soll; Lukasevangelium, Kapitel 1, Vers 28 herum. Man sagt meistens ‹Ave Maria› oder ‹Gegrüßet seist Du, Maria› statt ‹Englischer Gruß›.»
Die religiöse Übung, ein Gebet mehrfach hintereinander zu wiederholen, fuhr der Theologe fort, habe einen meditativen Charakter und lasse sich bis ins frühe orientalische Mönchtum der ersten Jahrhunderte nach Christus zurückverfolgen, was die christlichen Gebete betreffe. Eine meditative Gebetshaltung würden ja auch andere Religionen kennen, ebenso Gebetsschnüre, und mehr sei der Rosenkranz zuerst mal nicht. «Gab's denn für Sie verwertbare Fingerabdrücke auf den Holzperlen?»
Der Kommissar verneinte.
«Im Mittelalter wird es dann etwas komplizierter, weil mehrere Traditionen ineinanderfließen. Das in der Jesus-

tradition stehende ‹Vaterunser› wird zunächst mit dem ‹Ave Maria› der Marientradition verwoben. Es spielte ja damals eine Rolle, daß die meisten des Lesens unkundig waren. Und wenn man jemandem als Buße das Abbeten der 150 verschiedenen Psalmen des Alten Testaments auferlegen wollte, mußte das zwangsläufig scheitern. Wenn man für die Psalmen aber ein Gebet wie das ‹Ave Maria› einsetzt, das alle auswendig und dementsprechend oft wiederholen können, erzielt man die gleiche Bußleistung; wobei die rein quantitative Einschätzung des Gebets sicher als ein kritischer Punkt beurteilt werden muß.» Philipp Laubmann verdrehte die Augen; Dietmar Glaser hatte seine fast geschlossen; Ernst Lürmann stierte geradeaus, Laubmanns Erklärung schon überdrüssig.

«Nun besteht so ein Rosenkranz, wie er vor uns liegt, hauptsächlich aus fünf Reihen mit jeweils zehn ‹Ave Marias›. Das ergibt aber nur die Zahl 50.» Doch zusätzlich könne man den Rosenkranz in verschiedener Weise beten, nämlich als freudenreichen, schmerzhaften und glorreichen Rosenkranz. Zähle man die drei unterschiedlichen Rosenkränze zusammen, erreiche man schließlich die Zahl 150. «Das ist aber noch nicht alles …»

«Herr Dr. Laubmann», schaltete sich Kommissar Glaser ermüdet ein, «Sie halten sicher großartige Vorlesungen, und ich weiß Ihre Kenntnisse zu würdigen, aber ganz gegenwärtig gefragt: Wer könnte solch einen Rosenkranz in der Tasche haben, im Alltag?»

«Vermutlich ein sehr religiöser Mensch; vielleicht ein einseitig religiöser Mensch, der sich verrannt hat, vielleicht sogar ein ernsthaft Glaubender, könnt ich mir denken.»

«Nehmen wir noch mal an, Professor Konrad stand in engerer Beziehung zu Franziska Ruhland, und nehmen wir an,

jemand hatte Kenntnis davon und hielt die Angelegenheit aus religiösen Motiven heraus für wesentlich schlimmer, als sie wohl war, wären dann der Professor und die Getötete nicht erpreßbar gewesen?» fragte Glaser.
«Und der Rosenkranz sollte vielleicht zur Abwehr des Bösen dienen», mutmaßte Laubmann. «Es ist allerdings nach wie vor umstritten, ob der Mensch, wie unter anderen Kant meint, von Natur aus einen Hang zum Bösen hat. Oder ob das Böse, das der Mensch tut, nicht vielmehr seinem Mangel an Phantasie und der Trägheit seines Herzens zuzuschreiben ist.»
«Trägheit des Herzens», unterbrach ihn Glaser, seine letzten Worte wiederholend. «Wir werden auch darüber nachzudenken haben.»

IV

Der Kommissar ahnte es bereits: Diese ganze kirchliche Atmosphäre würde ihm suspekt vorkommen; denn so war es seiner Erfahrung nach immer mit solch großen Organisationen. Sie machten aus ihrem Innenleben ein Geheimnis. Einzelne Vorgänge würden nie bis ins letzte durchschaubar sein. Gleichwohl hatte Glaser sich vorgenommen, wenigstens etwas Licht in dieses Dunkel zu bringen.

Deshalb begab er sich am späten Nachmittag zu einem ehemaligen profanen Adelspalais auf dem Domberg, wo «Seine Herrlichkeit» – wie man ihn fast ansprechen möchte –, Prälat Albert Glöcklein, residierte. Er nahm als Bischofsvikar unter anderem die Aufgabe wahr, seinen Bischof und das Ordinariat, also das Verwaltungszentrum des Erzbistums, gegenüber dem Fachbereich Katholische Theologie an der staatlichen Universität zu vertreten. Da die meisten Theologieprofessoren Priester sind, können sie von der Kirchenbehörde auch seelsorgliche Aufgaben übertragen bekommen, sofern es ihre Zeit erlaubt. Und dies zu organisieren, gehörte beispielsweise zum Aufgabenbereich des Prälaten Albert Glöcklein.

Natürlich entstanden bisweilen Differenzen zwischen der höheren Kirchenverwaltung und den Herren Professoren, was zum Beispiel das Verkünden strittiger Lehrinhalte in

den Vorlesungen und Seminaren anging, die nicht der Meinung des Papstes entsprachen. Auch bei solchen Streitigkeiten wurde der Prälat Glöcklein eingeschaltet. Zwangsläufig unterhielt er Kontakte zum Ministerium.
Glöcklein hätte zudem von sich aus die Initiative ergreifen und seinen Bischof auf «falsche Lehren» aufmerksam machen, ja sogar die Professoren gleichsam inquisitorisch kontrollieren können. Aber ein offenes Vorgehen war insofern vom Charakter her nicht Glöckleins Sache, als er Konflikte mied. Der Prälat – und auf diesen Ehrentitel legte er wert – schützte seinen Papst, seinen Bischof und seine Kirche, und damit sich selbst, denn die Kirche bot ihm Halt und Gewißheit. Er glaubte beinahe an die Kirche wie er an Gott glaubte, den einen, den erlösenden Gott. Er empfand sich als Diener dieses Gottes und der Kirche, demütig und aufrecht zugleich. Kein Falsch sollte an ihm sein. Er stand treu zur verkündeten Lehre. Darauf konnten sich seine Gegner verlassen.
Seine Priesterweihe lag über dreißig Jahre zurück, aber er fühlte sich mit 60 noch kraftvoll und tatendurstig genug. Aus wohlhabenden ländlichen Verhältnissen stammend, war er schon als Kind nie mager gewesen. Vom Pfarrer des Dorfes nach dem Abitur ins bischöfliche Priesterseminar empfohlen, schmeckte ihm auch dort das von Ordensschwestern zubereitete Essen immerzu wunderbar. Und diese Freude nahm mit dem Alter nicht ab. Er wirkte erschreckend gesund, obgleich sich sein ergrautes Haupthaar nur mehr in Andeutungen verlor.
Nach einigen Telefonaten wurde also dem Kommissar nahegelegt, sich mit seinen Fragen, die in den Bereich der katholischen Fakultät und der Kirche hineinzureichen schienen, an den Herrn Prälaten Albert Glöcklein zu wen-

den. Bereits am Tor des alten Palais – unweit des erzbischöflichen Amtssitzes und der hohen mittelalterlichen Kathedrale, die die Stadt überragte – verstärkte sich das Gefühl Glasers, daß er diese Strukturen auch am heutigen Tag nicht werde durchdringen können.

Während er sich fragte, woher dieses Gefühl wohl kommen mochte, schaute er sich um: Das Palais entfaltete mit seiner reichen Fassadengliederung zu jeder Tages- und Jahreszeit seine ganze barocke Pracht. Der hellbraune, unverputzte Sandstein schien an sonnigen Tagen zu leuchten. Der Mittelteil der Fassade mit dem ebenerdigen Eingangsportal, das breit genug für Pferdekutschen war, trat aus den insgesamt sechs vertikalen Fensterachsen, drei zu jeder Seite, gut einen Meter hervor und war zusätzlich von zwei vorgestellten freistehenden Säulen flankiert. Diese trugen einen mit der Wand verbundenen angedeuteten Bogen, der einen allegorischen Figurenschmuck aufwies – Liebe und Treue als liegende Frauengestalten. Unter den Fenstern, abwechselnd von runden und dreieckigen Bögen überdacht, waren rechteckige Brüstungsfelder angefügt, die mit Halbkreisen eingekerbt waren.

Gleichsam die Krönung und das Zentrum der Fassade bildete eine Immaculata über dem Portalbogen, die die allegorischen Figuren überragte und den Kopf der teuflischen Schlange auf der Weltkugel zertrat.

In das ehrwürdige Gebäude war eine moderne Sprech- und Videoanlage eingebaut worden. Nachdem Glaser geläutet und seinen Namen angegeben hatte, bat ihn eine Frauenstimme einzutreten. Gleichzeitig öffnete sich das Tor mit einem kaum hörbaren Summton. Ein Schild mit der Aufschrift «Sekretariat» wies nach oben.

Das Treppenhaus überwältigte jeden, der es betrat, immer

wieder aufs neue. Alle Wand- und Deckenflächen waren weiß und mit weiß stuckiertem Bandelwerk überzogen. In drei Kehren wanden sich die dunkelgrauen Steinstufen hinauf, zunächst ins erste Geschoß, um nach einem größeren Absatz genauso ins zweite Stockwerk weiterzustreben. Mehrfach tauchten Vogelmotive – Adler und kleinere Vögel – innerhalb der Stuckmuster auf, die vielleicht auf den Namen des Künstlers hinweisen sollten, nämlich den Hofstukkator Johann Jakob Vogel. Die Geländer, in üppigen Pflanzenformen prachtvoll geschnitzt, waren aus dunkelbraunem Holz, so daß sie zu den weißen stuckbelebten Wandflächen in einen starken Gegensatz traten.
Vom Treppenhaus aus gelangte der Kommissar durch eine verzierte Flügeltür in einen sich nach links und rechts erstreckenden großzügig angelegten Flur, dessen Dielenboden leicht abgenutzt war. Glaser hielt sich rechts, indem er erneut einem Hinweisschild folgte, um alsbald auf eine kaum verzierte geöffnete Tür zu treffen. Dahinter erwartete ihn bereits die Sekretärin des Prälaten, eine streng wirkende Ordensschwester in schwarzer Tracht. Langsam, sorgfältig und still zeigte sie auf einen Warteplatz im Vorzimmer des Prälaten-Büros. Dietmar Glaser nahm dort Platz.
In dem dürftig ausgestalteten hohen Raum erschienen ihm das Kreuz ohne Corpus und eine schlichte Muttergottesstatue weniger heiligend als abweisend. Alle Einrichtungsgegenstände waren betont schmuck- und zeitlos. Der kantige Stuhl der Schwester Sekretärin, ihr Schreibtisch in einer Ecke des Raumes und die beiden mit Glastüren versehenen Aktenschränke waren von so fahlem Braun, daß sie beinahe farblos aussahen. Die Wände waren nur weiß und matt; der rückwärtige Ausblick über einen engen Innenhof

hinweg auf einen Seitentrakt war nicht gerade als freundlich-hell zu bezeichnen. Der Stuck, sofern noch vorhanden, blieb unter einer abgehängten Holzdecke mit Neonröhren verborgen.

Glaser mußte kurz eingenickt sein, denn plötzlich stand der Prälat vor ihm. Er schaute wartend, von oben herab, auf Glaser, während der vorherige Gast des Prälaten das Vorzimmer gerade verließ. ‹Ein typischer Schwarzrock›, dachte der Kommissar, ihm nachblickend, und zu allem Überfluß sogar mit pechschwarzem Haar und schwarz umrandeter Brille.

«Grüß Gott, entschuldigen Sie meine Schläfrigkeit, ich bin seit letzter Nacht durchgehend im Dienst», stammelte er.

«Aber freilich, lieber Herr Kommissar, das kann ich sehr gut verstehen!» Die gesamte sündenvergebende Autorität der Kirche offenbarte sich in der Antwort des Prälaten. Seine Arme waren ausgebreitet, der eine lag leicht an Glasers Oberarm, der andere wies in das offenstehende Büro. Wenn ihn dort auch nicht gerade das Fegefeuer erwartete, so empfand der Kommissar doch eine Scheu, einzutreten; es ließ sich aber nicht vermeiden.

Welch ein Gegensatz, welch eine Steigerung und, in Anbetracht des Vorzimmers, welch eine Inszenierung kirchlicher Herrschaftlichkeit! Über die barocken grünen Stofftapeten, mit denen die Wände bespannt waren, hatte man großformatige Heiligenbilder in wertvollen vergoldeten Rahmen gehängt. Dem Schreibtisch des Prälaten gegenüber war eine edle Intarsien-Kommode zu bewundern, auf die eine Meißner Porzellanvase gestellt war. Linker Hand befand sich zwischen zwei Stühlen, in deren Bezügen die Farbe der Tapeten wiederholt wurde, ein feiner Rokokotisch auf zarten, geschwungenen Beinen, der allerdings eine so schwere

Marmorplatte und eine Biedermeieruhr darauf trug, als müsse er unter dem Gewicht des Marmors und der Uhr zusammenbrechen. Rechter Hand waren in regelmäßigen Abständen drei Fenster angeordnet, die zum Innenhof gingen und von bodenlangen grünlichen Vorhängen eingerahmt wurden.

Alsbald sah sich Kommissar Glaser auf dem Bittsteller-Platz vor dem Schreibtisch – ebenfalls einem Barockstuhl. Vor Glaser thronte der Amtsinhaber in einem mächtigen, geradezu antiken Sessel mit sehr hoher Lehne, genüßlich zurückgelehnt und durch die runden Gläser der Goldrandbrille blinzelnd. Seine Hände waren vor dem Bauch auf seinem schwarzen Gewand gefaltet.

Hinter dem breiten, näher zur Rückwand gesetzten Eichenschreibtisch – nicht alle Möbelstücke waren stilgleich – prangte ein kleineres biblisches Bild, auf welchem die Vertreibung aus dem Paradiese wiedergegeben war. Ein daneben hängendes schwergewichtiges schwarzes Kruzifix mit elfenbeinfarben lackiertem Corpus beherrschte den Raum. Die schräg davorgestellte barocke Kniebank war an den Auflagen für Arme und Knie gepolstert und mit rotem Samt bezogen. Eine ganz filigrane Kreuzigungsgruppe aus Alabaster stand seitlich auf dem Schreibtisch und verlieh ihm die Aura eines Altars. Über dem Schreibtisch hing ein prächtiger Kronleuchter, aus venezianischem Glas gefertigt. Der Prälat liebte diese katholische Pracht. Hier fühlte er sich in seinem Element. Glaser spürte, wie von ihm so etwas wie klerikale Würde ausströmte.

«Was führt Sie nun zu mir, geehrter Herr Kommissar?»

«Ich muß zugeben, daß ich wegen einer unangenehmen Angelegenheit innerhalb der Universität an Sie verwiesen wurde.»

«Sprechen Sie nur, dafür bin ich ja da!»
«Wie Sie wissen, arbeite ich bei der Mordkommission. Ich forsche da in einer Sache, die wir zunächst eher für einen Unfall gehalten haben. Vielleicht haben Sie davon gelesen; es handelt sich um die Frau, die in der Balthasar-Neumann-Straße überfahren wurde und dabei zu Tode kam.»
«Ich entsinne mich. Aber da kann ich ja nun nicht mehr helfen, lieber Kommissar!» Der Prälat vermochte noch nicht so recht einzuschätzen, ob der Besuch des Kommissars kirchlich relevant werden würde.
«Wir haben Hinweise, daß die Frau gestoßen wurde. Eine Zeugenaussage. Zusätzlich muß ich sagen, daß die Spuren aufgrund einiger Verdachtsmomente, wie ich bereits angedeutet habe, in den Bereich der Universität führen, und zwar zu Professor Konrad, mit dem das Opfer möglicherweise ein heimliches Verhältnis unterhalten hat.»
«Wie ist denn der Name der Frau?» Nun war Glöcklein plötzlich ernst und sachlich geworden. Fast selbst wie ein verhörender Beamter, der einen neuen Akt anlegt und Papier und Stift gezückt hat, um sich «Aktennotizen» zu machen.
«Franziska Ruhland.»
«Woraus entnehmen Sie, daß diese Frau ein Verhältnis mit einem Priester gehabt haben soll? Und wie soll dieses sogenannte Verhältnis ausgesehen haben?»
«Ihnen war also von dem Verhältnis nichts bekannt?» Glaser beantwortete Fragen gerne mit Gegenfragen.
«Wir haben davon nichts gewußt. Und ich würde Ihnen übrigens nicht viel mehr dazu mitteilen dürfen. Wir werden nicht einen unserer Priester aufgrund irgendeines vagen Verdachts vor der Polizei gleichsam bloßstellen.» Glöckleins Ton wurde immer kälter.

«Dann kann ich also bei keiner Kirchenbehörde mit Auskünften über Herrn Professor Konrad rechnen?»
«Wie ich gesagt habe.»
«Bei einem Mordfall kann das Gericht allerdings die Beschlagnahme Ihrer Akten anordnen.» So hoffte der Kommissar zumindest.
«Hören Sie, Herr Kommissar, das ist ja wohl so noch nicht vorgekommen! Die Kirche hat sich immer mit den höchsten Staatsorganen – mit den *höchsten*, sage ich! – arrangiert. Wir werden freilich zusehen, daß sich alles bis auf weiteres auf dieser unteren, informellen Ebene bewegen kann.» Glöcklein wählte zwar starke Worte, wünschte insgeheim aber, nicht mit Taten dafür einstehen zu müssen. Das konnte nur Ungelegenheiten bedeuten.
«Dann müssen Sie mir mehr Informationen geben, Herr Prälat. Zum Beispiel darüber, wie es in der Kirche gehandhabt wird, wenn ein Geistlicher ein Verhältnis hat.»
«Dazu kann ich mich nun gerne äußern, wenn Sie mir versichern, daß nichts an die Öffentlichkeit kommt.»
«Ich werde nur das Notwendigste in die Ermittlungsakten aufnehmen.»
«Sie wissen ja», sagte Prälat Glöcklein, «wie so etwas dann in der Journaille dargestellt wird; das erfolgt bekanntlich ohne jeden moralischen Maßstab. Das Ziel ist immer nur die sensationelle Entblößung einer Persönlichkeit oder einer Institution wie unserer Kirche – welche höheren Werte man dabei destruiert, das wird nicht bedacht. Wieviel menschliches Leid hilft gerade Professor Konrad lindern, als Professor für Christliche Soziallehre! Man sollte ihn nicht verleumden.»
«Dann müßte gerade er daran interessiert sein, daß ein Mord aufgeklärt wird, bei dem er übrigens zum Kreis der

Verdächtigen zählt.» Mit diesen verflixten moralischen Fragen war dem Kommissar schon Philipp Laubmann immer wieder gekommen. Er hatte deshalb Erfahrung, wie man die Sache wieder auf den konkreten kriminalistischen Punkt zurückbrachte.

«... zu den Verdächtigen?» Der Prälat schien überrascht, er betonte jede Silbe. Anschließend fuhr er in alter Sprechgeschwindigkeit fort: «Dann braucht er aber rechtliche Beratung. Ich kann Ihnen nur allgemein erläutern, wie sich die Kirche zu solchen Verhältnissen von Geistlichen stellt.»

«Ja, bitte! Wie?»

«Also, auf jeden Fall ist das eine Aufgabe der Diözesanleitung. Es gibt manches Verhältnis dieser Art – auf diese Aussage können Sie sich aber nicht berufen! –, von dem die Diözese weiß. Eigentlich», doch das war mehr Glöckleins private Sicht, «möchte die Kirchenbehörde am liebsten gar nichts davon wissen, denn erstens ist jeder Priester seinem Gewissen verpflichtet und muß so etwas mit seinem Beichtvater ausmachen, der zweitens darüber Stillschweigen zu bewahren hat. Ein Priester ist jedoch ebenso gegenüber der Diözese und seiner Beauftragung verpflichtet. Uns obliegt die Aufsicht darüber, und wir dürfen letztlich nicht tatenlos zusehen, wenn ein Priester der Würde seines Amtes Schaden zufügt und sein Versprechen bricht. Insgesamt ist solch ein Vorfall zwar nur ärgerlich, aber eben auch ein kirchenrechtlicher Vorgang.»

«Ah ja, das Kirchenrecht», murmelte der Kommissar, ohne eine nähere Vorstellung davon zu haben.

«Und wenn die Kenntnis über ein solches Verhältnis an die Öffentlichkeit gerät und dadurch untragbare Konflikte entstehen, dann muß die Diözese handeln. Meistens wird der Priester versetzt, oder er kann sogar sein Hirtenamt ver-

lieren. Seine Weihe ist freilich nicht rücknehmbar.»
«Nun, dann sehe ich vorerst keine größeren Probleme zwischen uns; denn Herr Professor Konrad hat seine Beziehung ja, wie es scheint, sehr gut geheimgehalten und folglich keine Konflikte der Kirche mit der Öffentlichkeit heraufbeschworen. Wenn Sie mir nun zusichern können, daß die Kirche in dieser Sache nicht schon von sich aus eine Initiative ergriffen hat ...»
«Was verstehen Sie darunter?»
«Daß Sie mit Professor Konrad etwa eine Unterredung geführt haben oder bereits eine Versetzung in Erwägung ziehen.»
«Das kann ich Ihnen auf jeden Fall zusichern, daß bis dato nichts Derartiges geschehen ist.» Prälat Albert Glöcklein sah keinen Grund, das Dossier, welches er über Erich Konrad angelegt hatte, eine erweiterte Personalakte, an dieser Stelle zu erwähnen.
«Dann habe ich vorerst keine Fragen mehr.» Glaser machte eine kleine Pause, bevor er sich verabschiedete. Auch diesen kleinen Trick hatte er sich im Laufe der Jahre angewöhnt. Wenn er so tat, als müßte er noch nachdenken, danach aber nichts mehr sagte, löste das bei dem anderen oft das Gefühl aus, als stehe noch etwas aus, was später vielleicht nachgefragt werde, ja als sei die entscheidende Frage noch gar nicht gestellt worden. Der Prälat reagierte auf den Glaserschen Leerlauf auf seine Weise, indem er sich räusperte und die rechte Augenbraue hochzog.
«Ich bedanke mich, Herr Prälat, daß Sie mir Ihre Zeit zur Verfügung gestellt haben.»
«Aber bitte, und ... wenn es noch etwas gibt, wenn Sie noch Angaben benötigen sollten, wenden Sie sich ruhig an mich. Sagen Sie nur immer, was Sie auf dem Herzen haben!»

Dabei waren sie schon aufgestanden und bei der hoch aufragenden Zimmertür angelangt.

Auf die Straße zurückgekehrt, fragte sich der Kommissar, ob der Prälat nicht doch gewußt hatte, daß er wegen Konrad zu ihm kommen würde, selbst wenn Glöcklein so getan hatte, als wäre der ganze Vorgang neu für ihn. Der Prälat war Glaser nicht geheuer. Glöcklein schien die Institution, für die er arbeitete, geradezu zu verherrlichen, ja gleichsam anzubeten. Darin konnte Glaser ihm jedenfalls nicht folgen. Bereits im Auto sitzend, drehte er sich ein letztes Mal um und ließ seinen Blick über den allegorischen Figurenschmuck des Portals schweifen. Dann schlug er die Autotür zu.

V

In der romanischen Krypta des Doms brannte ein warmes Licht, das hauptsächlich vom Altarraum ausging und von Kerzen herrührte; kleine auf dem steinernen Altar und große, die zu beiden Seiten aus kunstvollen Halterungen ragten. Draußen war es wolkenverhangen, es regnete leicht. Trotz der Kühle, die zu jeder Jahreszeit aus den Wänden und dem Steinboden kroch, vermittelte der in die Tiefe, die «heilige Tiefe», hineingebaute Kirchenraum eine Art Geborgenheit, die das schützende Verborgensein der frühen Christen in den römischen Katakomben erahnen ließ. Die gedämpfte elektrische Beleuchtung blieb auf das Nötigste beschränkt.

Die wenigen Gottesdienstbesucher, meist Studenten, hatten ihre Mäntel anbehalten, und sie trugen bereits Winterschuhe. Die Heizung unter den Kirchenbänken war zu schwach. Die Messe begann wie immer um 8 Uhr 45. Professor Konrad war beauftragt, einmal im Monat an einem Werktag einen Universitätsgottesdienst zu zelebrieren. Der Tag wechselte von Semester zu Semester. Die Teilnahme an der Meßfeier war nicht nur für katholische Studenten möglich, sondern ebenso für andere Besucher, etwa für Bedienstete des Ordinariats, und sogar für evangelische Studenten, obwohl letztere nicht allein von Prälat Glöcklein ungern hierbei gesehen wurden. Die evangelisch-lutherische Kirche bot schließlich eigene Gottesdienste an, und wer bitte sollte kontrollieren, daß nicht ein evangelischer Student an der katholischen Kommunion teilnahm, obwohl dies nur in äußersten Ausnahmefällen gestattet war.

Der Zelebrant, Erich Konrad, bemerkte an diesem Tag etwas Sentimental-Weihevolles in seinen Handlungen. ‹Wie bei einer Totenmesse›, fiel ihm auf. Kälte beschlich ihn, aber nicht bloß die Kälte des Raumes. Die Nähe des Todes, der ihn in seiner unmittelbaren Umgebung erschreckt hatte, berührte ihn. Schuldgefühle stiegen in ihm auf.

Stämmige Säulen unterteilten die Krypta in ein breiteres Mittelschiff und zwei schmale Seitenschiffe. Bischöfe waren hier bestattet; und ein König, in einer neoromanischen Tumba – der Staufer Konrad III., der 1152 zu Bamberg gestorben war. Gewiß waren das von Tilman Riemenschneider kunstvoll geschaffene Kaisergrab, das die Überreste der Bistumsgründer Heinrich und Kunigunde bewahrte, oder die Marmortumba Papst Clemens II. im Dom bedeutender, doch der Professor mochte das Grab Konrads III. lieber, schon der Namensgleichheit wegen. Sogar ein Ziehbrunnen fand sich in der Krypta, ein Symbol für die Taufe und ein Ort der realen Taufspendung zugleich. In den hinteren Teil des unterirdisch gelegenen Kirchenraums führten steile Treppen hinab. Der rechte Treppenabgang, der als Zugang zur Krypta genutzt wurde, war nur wenig ausgeleuchtet; der linke lag in völliger Dunkelheit.

Professor Konrad hatte hier unten oft den Eindruck, beobachtet zu sein, was einfach daher rührte, daß er aufgrund des helleren Altarraums die Mitfeiernden nur schwerlich erkennen konnte. Heute aber fühlte er sich von ihnen richtig kontrolliert. «Herr, vergib uns unsere Schuld ...» – vielleicht

hatte er diese Bitte etwas zu inbrünstig vorgebetet. Hatten da und dort nicht einige Gläubige verwundert den Kopf erhoben? Und stand nicht dahinten am linken Treppenabgang, halb verdeckt von einem Gewölbebogen und ganz in Dunkelheit gehüllt, ein Mann, der ihn auch mit seinen Blikken verfolgte und der ihm früher bereits aufgefallen war? Wenn er ihn wenigstens hätte richtig sehen können!
Etwas schneller als sonst, so schnell, daß sich die Gottesdienstbesucher wirklich wundern mußten, wollte Professor Konrad die Feier zu Ende bringen. Außer den Studenten waren nur drei oder vier Angehörige des Ordinariats anwesend. Fast stolpernd hastete er vor den Altar, um die Kommunion auszuteilen. Sein Ministrant, dessen Hosenbeine unter dem roten Rock hervorschauten, konnte gerade noch ausweichen, um ihn vorbeizulassen.

Dr. Philipp Laubmann hielt an diesem Morgen, kurz nach Allerheiligen, zum ersten Mal in diesem Semester sein Seminar, was zu seinen Verpflichtungen als Assistent gehörte. Einige der schon fortgeschrittenen Studentinnen und Studenten besuchten es immer wieder gern – und nicht nur am Semesteranfang –, um ihren theologischen Horizont zu erweitern; denn in Dr. Laubmanns Seminaren «roch» es nicht nach allzu heftiger Anklammerung an offizielle Kirchenmeinungen, eher waren mehr oder minder versteckte Angriffe gegen dieselben herauszuhören. In diesem Semester ging es um das Thema: «Biblisch-theologische Grundlagen für moralische Fragestellungen im sozialen Bereich», so daß ausnahmsweise auch einige Angehörige der sozialwissenschaftlichen Fakultät anwesend waren. Für Laubmann blieb freilich die Theologie die Krone der Wissenschaften.

Philipp Laubmann war stets ein wenig aufgeregt, wenn ein Seminar bevorstand. Er verließ sein Arbeitszimmer einige Minuten früher als nötig und strich noch durch die Gänge, sich dem Seminarraum nähernd. Aus den Hörsälen drang das Stimmengewirr der Studenten.

Am Ende eines der Gänge gelangte Laubmann an eine Tür, die einmal das Außentor eines Vorgängerbaus gewesen sein mußte und ursprünglich ganz aus Holz gefertigt war, heute aber den Flur unterbrach, der sich hin zu einem angebauten Flügel erweiterte. Deshalb waren schmale längliche Glasscheiben in die Tür eingesetzt worden. Wie immer lugte Philipp, bevor er den angrenzenden Bereich betrat, zuerst durch die Scheiben hindurch, um gegebenenfalls jemandem, dem er nicht begegnen wollte, rechtzeitig ausweichen zu können.

Die Tür war nur halb geschlossen, und er konnte dem Tonfall nach eine scharf geführte Belehrung vernehmen, die in dem Satz gipfelte: «Da liegt ja heutzutage das Problem!» Danach erklang eine ruhigere, tiefere Stimme. Laubmann blieb wie angewurzelt stehen und sah erneut so angestrengt durch eine der Scheiben, daß er glaubte, seine Brillengläser müßten von innen beschlagen. Es war ihm überhaupt zu heiß, wie so oft, und wenn er nicht befürchtet hätte, daß es unschicklich sei, hätte er sein nicht unbequem sitzendes Dozentenjackett auf der Stelle ausgezogen.

Erwartungsgemäß bog Josef Maria Hüttenberger um die Ecke, sehr langsam gehend und immer wieder stehenbleibend, als wollte er mit seinem Gesprächspartner endgültig auf dem Flur verweilen. Josef M. Hüttenberger war sozusagen Philipp Laubmanns «eifernder» Kollege, etliche Jahre jünger und ständig disputierend. Philipp traf ihn nie bei einer Diskussion an, bei der Hüttenbergers Meinung nicht von vorneherein unverrückbar festgelegt gewesen wäre. Das mochte Philipp nicht. Und wenn er es nachprüfte, waren die «Meinungen» Hüttenbergers oft nur einem Mangel an Kritikfähigkeit, an Problembewußtsein und echtem Differenzierungsvermögen zu verdanken.

Ein konservativer Denker also, erzkonservativ, den manche für das kirchentreue Feigenblatt der Theologischen Fakultät hielten. Was Josef Maria verkündete, war schlicht das, wovon er meinte, daß es die offizielle Kirchenleitung, insbesondere der Papst, nun einmal so haben wollte. Natürlich war vielen Theologen längst klar, wie sehr diese offiziellen Verlautbarungen berechtigten Widerspruch herausfordern mußten. Nicht aber Hüttenberger. Er nahm für sich selbst in Anspruch, aufrichtig zu sein. Und eifrig war er allemal. So mußte er es auch zu einer Assistentenstelle gebracht haben.

Da kam er nun den Flur entlang, schon äußerlich ein Gegensatz zu Laubmann: mager im Gesicht und dünn, kurze und dennoch ungeordnete dunkle Haare, unendlich lange Arme mit unerklärlich großen Händen daran. Er schaute sich, während er auf den anderen einredete, oft prüfend um, wechselte zwischen laut und betont gesprochenen Worten und gepreßt leisem Reden.

«Aber das darf doch niemals wahr sein!» war einer der Gesprächsfetzen, die Philipp aufschnappte. Der arme Diskussionspartner, ein Priesteramtskandidat in Anzug und Krawatte, beides schon priesterlich schwarz, versuchte gegenüber dem wissenschaftlichen Assistenten Hüttenberger bedächtig zu reagieren, wenn auch mit kleinen Andeutungen von Nervosität: Er hielt die Arme meist verschränkt, manchmal steckte er eine Hand in die Hosentasche, ohne dabei lässig zu wirken.

Nach Laubmanns Erfahrung war der Gesprächsverlauf mit Hüttenberger jedesmal der gleiche. Zuerst machte er nur einige extrem konservative Bemerkungen, und wenn er ein Opfer gefunden hatte, das nicht rechtzeitig ebenso entschieden konterte, verstieg er sich in ein immer engeres Umreißen kirchlich-katholischer Grundsätze, so daß am Ende nur die Forderung nach härtesten Strafen für imaginäre Delinquenten übrigbleiben konnte – die reinste Inquisition.
Und darauf hatte ihn der Theologe Laubmann auch hingewiesen, damals, als es «Hütte» – der Ausdruck war nicht nur Laubmanns Versuch, sich Hüttenbergers kirchlicher Blasiertheiten zu erwehren – erstmals bei ihm probiert hatte. Daß nicht nur er, Laubmann, sondern genauso auch Hüttenberger hin und wieder Prälat Glöckleins korrigierende Einwände über sich ergehen lassen mußten – Glöcklein wagte dies bei Assistenten, kaum bei Professoren –, stimmte Philipp nicht gnädiger.

Indessen war Professor Konrad bei der Meßfeier noch angespannter geworden. Der Unbekannte am Treppenabgang stand unbeirrt an seinem Platz. Konrad hatte das sichere Gefühl, daß der nicht nur anwesend war, um einfach dem Gottesdienst beizuwohnen. An der Kommunion hatte er nämlich nicht teilgenommen. Und es war nicht das erste Mal, daß er sich in der Krypta einfand. Erich Konrad erinnerte sich an frühere Besuche der düsteren Gestalt.
Beim Segen geschah dann ein «Unglück»: Konrad stieß mit dem Fuß an die von seinem Ministranten ungeschickt neben dem Altar abgestellte Läutschelle, die klirrend eine Stufe hinabfiel. Richtig ärgerlich sprach der Professor den Segen, bei dem manche das Kreuzzeichen vergaßen. Danach

Schluß, Abgang in die Sakristei, durch einen Seitenaufgang beim Altar. Jetzt wollte Konrad es wissen. Nur nachlässig umgezogen, indem er das Priestergewand rasch abgelegt und seine Anzugsjacke übergestreift hatte, rannte er hinaus vor den Dom und an der Außenwand entlang Richtung Portal. Doch halt! In diesem aufgelösten Zustand sollte ihn der Unbekannte, falls er den Auftrag hatte, ihn zu beobachten, nicht überraschen, auch sonst keiner. Konrad eilte deshalb, bevor ihn jemand entdeckte, zu einer der Nischen zwischen den gotischen Stützpfeilern der Kathedrale, um sich hier zu verbergen.

Ein wenig in sich gekehrt, auch der Witterung wegen, gingen die Gottesdienstbesucher auseinander. Weder die Studenten noch die Angestellten des Ordinariats hatten es eilig. Der Mann vom dunklen Treppenabgang war noch nicht zu sehen. Professor Konrad brachte seine Kleidung in Ordnung, seinen Anzug und die Krawatte. Bald war der Platz vor der Kirche leer, da sich bei diesem schlechten Wetter und um diese Jahreszeit noch keine Touristen eingefunden hatten. Er ging, Lockerheit zur Schau stellend, zum Portal. Niemand auszumachen. Wer war der Unbekannte, der ihn so offensichtlich überwacht hatte? Hatte er eine Nachricht für ihn? Hing es mit dem Mordfall zusammen? Schlechtes Gewissen und Wut mischten sich in Konrads Gedanken, ließen sein Herz schneller schlagen.

Erneut durchströmte es ihn kalt. Vor ihm lag menschenleer der ausladende geschichtsmächtige Platz zwischen Dom, der alten bischöflichen Hofhaltung und der fürstbischöflichen Neuen Residenz. Und zum ersten Mal seit Tagen waren Tränen nicht zu verhindern, weil ihn das Vergangene um Franziskas Tod wieder einholte. So wollte er nicht gesehen werden. Er mußte weg von hier, damit ihn wirklich niemand sehen konnte, in dieser Zone unmittelbarster Kirchlichkeit – und in diesem Zustand innerster Beklommenheit. Er hastete quer über den kopfsteingepflasterten Platz und auf die Straße zu, die an einem Hang gleich hinter der Residenz hinab in die Altstadt führte. Wenigstens waren hier keine Leute unterwegs. Seines Verfolgers glaubte er sich entledigt zu haben. Dann fing es heftig zu regnen an. Vor Wut und Getriebensein stöhnte er auf, preßte die Augen zusammen. Die steil aufragende Barockresidenz schien sich, als er nach oben blickte, in seine Richtung zu neigen, als wolle sie auf ihn herabstürzen.

«Ich muß allem entgehen!» wütete es in ihm, die Fäuste ruderten durch den Regen, als seien die Tropfen Geschosse und als müßte er sich von irgendwelchen Fesseln befreien. Wo war jetzt Gott; der gütige Gott, der alles vergebende Gott? Ein Würgegefühl schmerzte, der Hals schien sich ihm zuzuziehen. Er mußte die Straßen verlassen.

Nur unweit der Residenz konnte man durch ein unscheinbares Gittertor, das neben einem niedrigen Gebäude angebracht war, auf einen langen engen Weg gelangen, der sich über Stufen hinweg serpentinenartig in den rekonstruierten Terrassengarten der ehemaligen Benediktinerabtei St. Michael hinaufwand. Er hatte nicht vor, das höherliegende großartige Klosterareal zu betreten und den weiten Blick über Bamberg hinaus zu genießen, sondern er wollte nach all dem Gejagtsein, dem Hinab- und Hinaufhetzen zwischen Dom- und Michelsberg einfach irgendwie zur Ruhe kommen.

Professor Konrad suchte Schutz, und wenn es nur einer der kahl gewordenen Bäume war, die ihn vor dem Regen schützen mochten, oder der offenstehende, weil als Durchgang genutzte barocke Pavillon auf einer der Terrassen. Das

unaufdringliche Licht des verregneten Morgens empfand er jetzt als wohltuend, zumal ihm nach wie vor niemand begegnete. Ein Busch riß ihm im Vorbeihasten in die geballte Faust. Ein unterdrückter Schrei folgte, mehr aus Wut als vor Schmerz. «Ich rufe zu Gott, ich schreie, ich rufe zu Gott, bis er mich hört.» Der Satz aus den Psalmen stand ihm plötzlich vor Augen, und er sprach ihn aus.
Beinahe übergangslos – er wußte nicht, warum – wollte sich nun scheinbar alles in den Gedanken und Empfindungen Konrads klären. Die Bäume, der Pavillon, den er erreicht hatte, ragten ruhevoll vor ihm auf, die herabfallenden Tropfen klangen besänftigend, während er langsam weiterging. Die Schönheit der Rinden und Blattformen beglückte ihn. Alle Pflanzen waren wie neu erschaffen. Er glaubte, den göttlichen Plan in ihrer Anordnung zu erkennen. Die Nässe störte ihn nicht; und der in der Sakristei liegengebliebene Mantel kam ihm gar nicht in den Sinn.
Das Bild seiner ermordeten Geliebten tauchte in ihm auf. Wie zärtlich hatte sie ihn immer empfangen. Immer erregt, wenn sie sich trafen. Ein Kuß, der manchmal länger dauerte, begleitet von sanften Berührungen und Umarmungen. Wie rasch waren dann auch die Kleider verschwunden, Mund, Hände und all die weiblichen und männlichen Reize verströmten nur noch Liebe, Weichheit, Genuß.
Am Ende war er einen weiten Bogen gelaufen, dann doch hinunter in die Altstadt und durch deren Gassen mit ihrem geschäftigen Treiben, und kurze Zeit später fand er sich wieder in der Nähe der Universität.
Hinter einem der Fenster des Hörsaaltraktes der Fakultät verbarg sich derjenige, der Erich Konrad bereits in der Krypta in Augenschein genommen hatte, als habe er nur darauf gewartet, daß der Professor den Innenhof betreten würde. Konrad

begab sich in sein Büro, ohne sich umzublicken, ob er denn noch verfolgt würde. ‹Der kann mir egal sein; soll er mir nachlaufen›, beschloß er. ‹Bin richtig gespannt, ob er mich irgendwann erledigt – wenn er mich denn erledigen soll.› Er wollte weder lesen noch etwas aufschreiben; beides war ihm zu anstrengend. Also ordnete er etwas, einen Stoß Blätter, über die man nicht nachzudenken brauchte.

Philipp hatte hin und wieder aufgehorcht. Haben die nicht irgend etwas über «Verhütung» gesagt, Hüttenberger und der Priesteramtskandidat? Immer diese abgegriffenen, im Grunde uninteressanten Themen. Moraltheologisch längst durchleuchtet. Da gab es doch ganz andere Probleme zwischen Medizin, Psychologie und Moraltheologie, denen man sich stellen sollte! Ach ja, daß auch die Stichworte «Abtreibung» und «Jungfrauengeburt» – welch eine Kombination in einem Atemzug – fallen mußten, war bei Hüttenberger zu erwarten. Selbstverständlich hatte sich ein Moraltheologe wie Dr. Laubmann mit jenen Themen auseinanderzusetzen, aber doch nicht ausschließlich, und wenn, dann wesentlich sachlicher.
Weil «Hüttes» Partner nicht viel sprach und mitunter nur deshalb zustimmte, um die Belehrung nicht in alle Ewigkeit zu verlängern, glaubte Philipp das Ende des Gesprächs an seinem Beobachtungsposten hinter den Scheiben abwarten zu können. Er vermied eben Begegnungen mit Hüttenberger, wo immer es möglich war. «Hütte» fuchtelte mit den Händen energisch in der Luft herum.
In der Ferne des Flurs konnte Laubmann eine Studentin ausmachen, die sich den Diskutierenden näherte. Angestrengt schaute er in ihre Richtung, denn sie interessierte ihn, seitdem er einiges über ihre Lebensumstände erfahren

hatte. Sie hatte ein uneheliches Kind, studierte, arbeitete und wollte Pastoralreferentin werden. Er war sich über seine allseitige Neugier seit langem im klaren. Hierbei war er ausnahmsweise etwas nachlässig in moralischen Dingen. Er könne sich diesen Charakterzug aber leisten, meinte er, weil er mit seinem detektivischen Spürsinn mitunter Gutes bewirke.

Die junge Frau hatte ihr Kind mitgebracht, ein Mädchen, noch vor dem Schulalter. Sie war eine seiner älteren Studentinnen, die ihr Kind nicht immer bei ihren Eltern lassen konnte und wollte und es manchmal mit in die Universität brachte. Die beiden kamen auf die verglaste Tür zu. Die Studentin öffnete sie und ließ das Kind zuerst hindurch, das sofort Dr. Laubmann anstarrte, obwohl es ihn kannte. Dieser tat so, als warte er nur höflich darauf, selbst die Tür passieren zu können. Als die Mutter, die ihren Dozenten sogleich grüßte, das Kind zur Damentoilette weiterziehen wollte, sagte es laut: «Mami, der Herr Doktor schwitzt!» Sie lächelte entschuldigend und schob ihr Kind vor sich her.

Philipp Laubmann fühlte sich entdeckt und betrat den von ihm beobachteten Flur, wo Hüttenberger erneut ins eifernde Dozieren gekommen war.

«Die Heiligen sind durchaus ein Beweis für die Menschlichkeit des Zölibats!» gab er gerade bekannt.

«Und der heilige Augustinus hat 13 Jahre mit einer Konkubine zusammengelebt!» platzte Laubmann dazwischen.

Hüttenberger sah ihn wenig erstaunt an, der andere Gesprächspartner wirkte angetan. «Grüß Gott, Herr Dr. Laubmann», sagte Hüttenberger einsilbig.

«Verzeihen Sie, ich will nicht stören.» Philipp versuchte sich vorbeizuschlängeln. «Ich hab auch nur wenig Zeit; mein Seminar ist schon überfällig. Wir können uns gern ein

andermal über das Thema unterhalten ...» Dieses Angebot bedauerte er aber gleich wieder, denn in der moraltheologischen Wissenschaft empfand er den Zölibat als weitgehend ausdiskutiert; das Problem erschien ihm mehr oder weniger auf die starre Haltung «Hüttes» und des Papstes reduziert, und darüber war eine längere geistvolle Unterhaltung seiner Meinung nach kaum noch möglich.
Auch Hüttenberger war im Moment erleichtert und stimmte zu. Laubmann grüßte beide nochmals und ging seiner Wege. Denn daß er es jetzt eiliger hatte, war nicht gelogen.

Nachdem Philipp Laubmann die Doppelstunde beendet hatte, begab er sich nicht zu seinem, sondern zu Erich Konrads Büro und fand ihn, als dieser ihn hereingebeten hatte, sehr gefaßt vor, äußerlich wiederum ganz der «feine Herr», als der er sich herzurichten pflegte. Nur winzige Zeichen deuteten dem scharfen Beobachter an, dass etwas anders war als sonst. Vielleicht lag eine Haarsträhne nicht exakt an ihrem Platz, die Krawatte ruhte nicht selbstverständlich-korrekt auf dem weißen Hemd und das edle Tuch des schwarzen Anzugs mochte durch den Regen einige unpassende Falten aufweisen. Aber all das stand in keinem Verhältnis zu der Erscheinung, die Erich Konrad neulich geboten hatte, als Philipp Laubmann ihn am Boden der Bibliothek sitzen und weinen sah.
In scheinbarer Ruhe bot Konrad Dr. Laubmann diesmal einen Platz in der Sitzecke an. Er hatte keinen Grund, das Erlebte vor Laubmann zu verbergen, verschwieg freilich seine sehr persönliche Panik, die ihn ergriffen hatte.
«Leider habe ich ein paar unerfreuliche Dinge zu berichten.» Der Professor schilderte knapp die Vorgänge in der

Krypta, daß ihn jemand zum wiederholten Mal verfolgt zu haben schien.
«Woraus schließen Sie das?»
«Er hat mich auf eine merkwürdig verstohlene Weise beobachtet.»
Laubmann überlegte, daß ein allseits bekannter Professor innerhalb der Universität wohl kaum Nachstellungen entgehen konnte, wenn es einer darauf anlegte. «Ich nehme an, daß er irgend etwas über Sie oder Ihr Verhalten herausfinden wollte.» Er bemühte sich, Verständnis zu zeigen, wollte den Professor ob des entgegengebrachten Vertrauens nicht enttäuschen. Doch Laubmann hielt es auch für angemessen, auf eine kritische Distanz nicht zu verzichten. Das half, die Situation objektiver zu beurteilen.
«Aber warum? Und wer sollte das sein? Bis jetzt weiß doch kaum jemand von meiner Verstrickung in diesen Todesfall, diesen Mordfall – Sie wissen, was ich meine.»
«Im Gegenteil. Ich fürchte, das ist wohl inzwischen ein ganz schöner Personenkreis, allein schon die Polizei.»
«Die Polizei, natürlich!» Von dieser seiner ursprünglichen Idee, nämlich Dr. Laubmann zu beauftragen, war der Professor gar nicht mehr so begeistert. Vielleicht hätte er sich besser niemandem anvertrauen sollen. «Sie glauben, die Polizei hat inzwischen begonnen, mich zu überprüfen?»
«Das halte ich für möglich», antwortete Laubmann und betrachtete den Professor nachdenklich. Warum rechnete Konrad so sehr damit, überprüft zu werden? Mußte auch er, Philipp Laubmann, ihn in den Kreis der Verdächtigen einbeziehen, wie die Polizei es sicher bereits tat?
Ohne das näher zu ergründen, erzählte Laubmann, was er bei der Polizei erfahren hatte. Jedoch nicht alles. Glaser, Lürmann und er hatten nämlich vereinbart, über den

Rosenkranz-Fund Stillschweigen zu bewahren, konnte das Wissen um dieses Indiz doch einen entscheidenden Vorsprung der Polizei gegenüber dem Täter bedeuten, zumal der zerrissene Rosenkranz erkennungsdienstlich nicht viel hergab.
«Ich muß Ihnen sagen», gestand Konrad, «daß mich Ihr Kommissar Glaser mittlerweile angerufen und einbestellt hat. Aber das beschäftigt mich weniger als die Frage, wer mich denn in der Krypta observiert hat, wenn es die Polizei nicht war. Wer will da was von mir?»
«Haben Sie gar keine Ahnung? Wobei wir nicht hoffen wollen, daß Sie am Ende bedroht werden.»
Der Professor dachte mit einem gequälten Gesichtsausdruck nach, dann formulierte er zögernd eine Antwort. «Ich muß da eine weitere Sache eingestehen. Es gibt jemanden, der auf jeden Fall bereits vorher etwas von unserem Verhältnis – ich meine das zwischen Franziska und mir – gewußt hat. Ich habe vor einiger Zeit anonyme Briefe erhalten – in Blockschrift. Darin droht mir jemand sinnigerweise mit ‹Höllenstrafen›, wenn ich meine Liebesbeziehung nicht sofort beende, weil mir das als einem Kleriker nicht erlaubt sei. Irgendein religiöser Wirrkopf also. Einer, der glaubt, rücksichtslos auf die Einhaltung der Sitten achten zu müssen. Sie kennen das ja.»
Davon war Laubmann nun doch überrascht. «Verzeihen Sie, aber das wundert mich: Warum haben Sie mir das nicht eher gesagt? Ich bin davon ausgegangen, daß wirklich niemand von Ihrem Verhältnis eine Ahnung hatte!»
Der Professor schwieg schuldbewußt.
«Können Sie mir die Briefe zeigen?»
«Die hab ich zu Hause weggeschlossen. Wenn sie jetzt freilich so wichtig werden, könnte ich Sie Ihnen mitbringen.»

«Wir sollten sie der Polizei übergeben», sagte Laubmann bestimmend.

«Ich bin so gut wie überzeugt, daß der Briefschreiber derselbe ist, der mich jetzt verfolgt. Und er ist dann auch der Mörder. Zuerst hat er meine Geliebte ermordet und jetzt stellt er mir nach. Weiß Gott, was er noch vorhat. Aber ich muß bekennen: Es wäre mir lieber, er hätte mich ermordet und nicht Franziska. Heute weiß ich, was das heißt, wenn ein Liebender das Leben der Geliebten höher einschätzt als sein eigenes. Und wenn er gar sein Leben für das der Geliebten opfern würde.»

Für Philipp Laubmann klang das stark übertrieben und bestenfalls romantisch. Deshalb lenkte er sofort ab: «Er müßte folglich ein Verfechter des Zölibats sein.»

Der Professor griff den Einfall des Kollegen Laubmann auf: «Natürlich! Sie kennen doch diesen Menschen am Lehrstuhl für Dogmatik, diesen Hüttenberger?» Philipp nickte wissend. «Dem traue ich so manches zu!»

«Wann genau haben Sie sich beobachtet gefühlt?» bohrte Laubmann nach.

«Wie ich es Ihnen geschildert habe, zum Ende des Gottesdienstes, heute morgen.»

«Dann kann es Hüttenberger nicht gewesen sein», stellte Laubmann schlicht fest, und er kostete es genießerisch aus, seine Beobachtungsgabe so direkt für seine kriminalistische Tätigkeit verwendet zu haben. «Hüttenberger war zu diesem Zeitpunkt innerhalb der Fakultät in ein längeres Gespräch vertieft, in das er sogar mich verwickeln wollte.»

Konrad benötigte einen Moment, um das zu verstehen. «Das ist enttäuschend. Da hätte das Phantom wenigstens ein Gesicht gehabt.»

«Aber Sie haben recht: Aus diesen Kreisen könnten Ihr Verfolger, der Briefschreiber und der Mörder kommen – sofern es nicht ein und dieselbe Person ist. Dann allerdings käme Hüttenberger insgesamt nicht in Betracht, obwohl ich ihm schon eine der drei Rollen zutraue. Ob er allerdings für alle drei zusammen raffiniert genug wäre? Er scheint mir zu vordergründig.» Hüttenberger mochte ja gestrengere Ansichten als sie alle vertreten, mochte für seine Ziele auch Rücksichtslosigkeit an den Tag legen, er mochte langweilig und miesepetrig sein, und doch steckte in ihm auch der Mut, zu seiner Sache zu stehen, jenseits aller Enge. Wie könnte er solch unmoralische Taten begehen? Höchstens aus Verzweiflung, dachte sich Laubmann, aus Verzweiflung über sich. Vielleicht war er ein ganz verzweifelter Mensch.
«Was, denken Sie, können wir tun?» fragte Konrad nach einigen Sekunden des Schweigens.
«Ich werde mich persönlich an den Kollegen Hüttenberger wenden», sagte Philipp fast beiläufig. Das aber war nur der erste Schritt des Plans, den er gerade auszuhecken begann. Wie benommen von seinen eigenen Gedanken stand er auf und ging, sich nur flüchtig verabschiedend. Und Konrad tolerierte diesen tranceartigen Zustand. Er war den Umgang mit Denkern gewohnt.
Nach wenigen Minuten überkam den Professor der Verdacht, seine Sekretärin könnte nebenan etwas von dem Gespräch mitbekommen haben. Nach wie vor war er sehr auf Diskretion bedacht, denn er hätte sich, hätten zum Beispiel seine Studenten Kenntnis von seinem Verhältnis gehabt, sehr geschämt. Er schämte sich seit langem. Er öffnete vorsichtig die Tür zum Vorzimmer, um nachzusehen, gegebenenfalls eine Belanglosigkeit vortäuschend. Doch seine Sekretärin war gar nicht da. Er verspürte Erleichterung.

VI

Zur Vorbereitung seines Plans begab sich Philipp Laubmann zum Fuß der sogenannten «Bergstadt», dorthin, wo viele reich bestückte Antiquitätengeschäfte in historischen Bürgerhäusern die engen Straßen säumten und sich die Wege zu einigen der sieben Hügel Bambergs verzweigten: Stephansberg, Kaulberg und dem nicht nur architektonisch den Blick auf sich ziehenden Domberg. Die Bergstadt war von der Inselstadt durch den Fluß Regnitz getrennt, der wiederum jene Inselstadt in zwei Armen umfloß und im Mühlenviertel unterhalb der Bergstadt sogar mehrere kleine Inseln ausgespart hatte.

Die abgeschiedenen Spazierwege am Wasser benutzte Philipp Laubmann gern, wenn er sich einerseits in seine Jugendjahre zurückversetzen wollte und andererseits eine Möglichkeit brauchte, den Sonntagnachmittag zu verbringen. So manches Mal war er dort mit Luise, seiner Jugendfreundin, seiner ersten Liebe, entlanggelaufen. ‹Viel ist nicht draus geworden›, dachte er sich, aber allein der Vorname Luise – gleich jenem der preußischen Prinzessin, die der Bildhauer Schadow zusammen mit ihrer Schwester so innig porträtiert hat – faszinierte ihn noch immer.

Um zum Fuß der Bergstadt zu gelangen, führte ihn sein Weg über den originellsten aller Flußübergänge, die Obere

Brücke. Diese überspannte nicht einfach den Fluß, sondern durchquerte, indem die Baumeister je einen Brückenbogen davor und dahinter gesetzt hatten, das prunkende und bürgerstolze Alte Rathaus, das inmitten des Wassers stand und wie ein vertäutes Flußschiff wirkte. Der Sage nach hatten die eigenwilligen Bürger das Rathaus im Fluß der Herrschaft des Bischofs regelrecht abgetrotzt. So etwas gefiel Dr. Laubmann.

Er wußte einiges über die Geschichte Bambergs; sie lag für ihn wie ein alter Kupferstich über der sinnlich wahrnehmbaren Realität. Des öfteren las er in einem auf über zehn Bände angelegten Denkmalinventar, worin nicht nur jedes bestehende historische Gebäude ausgiebig beschrieben wurde, sondern auch diejenigen Bauwerke ihren Platz zurückbekamen, die verschwunden oder «abgegangen» waren, wie der entsprechende Fachausdruck lautete.

Philipp hatte seit jeher viel Zeit am Fuße der Bergstadt, zwischen Domplatz und Altem Rathaus, verbracht; denn hier lagen die Häuser seiner Verwandten, in denen er sich als Kind und Jugendlicher gerne aufgehalten hatte. Vor allem das Wollgeschäft, das seine Verwandtschaft mütterlicherseits besaß, war einer der frühesten Aufenthaltsorte Philipps gewesen. Derzeit wurde es, nicht ohne eine gewisse Exklusivität, von seiner gleichaltrigen Cousine Irene betrieben, zu der er eine vertrauensvolle Zuneigung empfand. Philipp war ihr geschwisterlich zugetan, ohne jedoch eine erotische Anziehung gänzlich leugnen und ohne die Huldigung seiner Männlichkeit, die von der Cousine ausging, zurückweisen zu können.

Irene Laubmann nahm das alles ziemlich locker und scheute keine Hautkontakte, so daß für Philipp bei jedem Zusammentreffen das Damoklesschwert des Unerlaubten

über der Situation schwebte. Auch in moralischen Fragen verhielt sich Irene lockerer und war insofern ein glatter Gegensatz zu ihrem Cousin Philipp. Davon ging er zumindest aus. So hatte sie sich seinerzeit recht schnell scheiden lassen – zu schnell und unüberlegt, fand Laubmann.
Ihre innig geliebte Tochter Johanna stammte nicht aus der gescheiterten Ehe, sondern aus einer früheren unehelichen Beziehung. Johanna schlug mit ihren schwarzen Haaren ein wenig aus der Laubmannschen Art. Diese hatte sie von ihrem leiblichen Vater, über den sie nicht viel wußte, weil es nicht viel zu wissen gab. Darin erging es ihr nicht anders als ihrer Mutter. Auch deren geschiedener Mann hatte zu Johanna keine besondere Nähe entwickeln können. Insofern vermißte sie beide Väter nicht zu sehr. Die Vierzehnjährige, die während der Schulzeit in einem nichtkirchlichen Internat lebte, verehrte statt dessen ihren «Onkel Philipp» besonders und war immer gespannt auf die Geschichten, die er erzählte, vor allem auf die phantastischen und auf die gruseligen. Das entsprach schon mehr der Laubmannschen Art.

Beim Wollgeschäft der Cousine eingetroffen, hatte Philipp alle Jugenderinnerungen abgeschüttelt und betrat den Laden, ganz in die Gedanken an seinen Plan versunken.
«Fipps!» rief da eine Stimme aus den Tiefen des Ladens heraus, und Philipp Laubmann wußte: Das konnte nur seine Mutter sein. Und natürlich war ihm dieser Spitzname aus seinen Kindertagen – als ein Anklang an Wilhelm Buschs «Fipps, der Affe» – höchst unangenehm.
«Laß dich mal begrüßen, mein Junge!» Ohne weitere Umschweife kam die Mutter direkt auf ihren Sohn zu und gab ihm ein kleines Küßchen auf die Wange. Anschließend

wandte sie sich gleich wieder dem Verkaufstisch zu, wo Wolle, Zeitschriften und Stoffe bereitlagen.
Als wollte sie es der Mutter gleichtun, kam auch Irene herbei, ergriff die Hand ihres Cousins, sah ihm recht tief in die Augen und drückte ihm unversehens ebenfalls einen recht warmen, weichen Kuß auf die Wange. «Grüß dich, Philipp», sagte sie und betrachtete ihn genüßlich.
«Hallo, Irene», murmelte Laubmann, nun vollends verunsichert; es war ihm schon wieder viel zu heiß, die ganze Wolle, die beiden Frauen, und überhaupt – nur das entfaltete Taschentuch konnte da abhelfen.
Die Mutter, Rose Laubmann, war inzwischen vollauf mit den Stoffen auf der Verkaufsvitrine beschäftigt. Philipp blickte noch einmal zu ihr hinüber, aus seinen alles ergründen wollenden Augenwinkeln. So sah er sie dastehen: etwas klein geworden, auch leicht rundlich, aber nicht hinderlich füllig für ihre damenhaft-gemessenen Bewegungen. Ihr feines, schwarzes Kostüm, die weißen, hochgesteckten Haare und die fast gleichfarbige Bluse gaben ihr etwas Feierliches, das jedoch nicht aufdringlich wirkte. Das silberne Kreuz auf ihrer Bluse deutete ihre zunehmende Hinwendung zum Kirchlichen an. Sie hätte mit ihren 73 Jahren jederzeit in das fromme katholische Damenstift unter kirchlicher Trägerschaft gepaßt, das sich auf dem Stephansberg in direkter Nachbarschaft eines profanen Senioren-Wohnstifts befand, um ihr Leben in Beschaulichkeit ausklingen zu lassen. Wie gern begab sie sich, obwohl katholisch, in die am Stephansberg stehende evangelische Kirche St. Stephan, weil der Kirchenraum bei schönem Wetter eine innere Helligkeit ausstrahlte. Philipp und sie waren sich in dieser Neigung sehr ähnlich.
«Ach, Fipps, sei doch mal ein bißchen freundlich zu deiner

Cousine und laß dir etwas Wäsche zeigen. Du siehst so muffig aus, wie deine Freunde von der Universität!»
«Das ist ein Vorurteil», konterte Philipp.
Aber die Cousine nahm die Anregung der Mutter auf. «Ja, laß dir doch ein bißchen Wäsche zeigen!» Und gleich hatte sie ein geschmackvolles Baumwollhemd sich selbst über Brust und Taille geworfen, denn das Geschäft hatte nicht nur Wolle im Sortiment. Als sie sich dabei leicht drehte, um verschiedene Lichteinfälle auf dem Hemd zur Geltung zu bringen, wölbten sich ihre großen Brüste an beiden Seiten. Philipp wollte nicht darauf starren, aber dieser wollige Busen – sie trug meist Wollpullover – hatte ihn schon immer fasziniert. Überhaupt gefiel sie ihm mit ihrer kleinen Nase, ihren geröteten Wangen, den weißen Zähnen, den brünetten Locken und den fröhlichen Augen. Sie verstand es einfach, ihn aufzumuntern.
«Das würde dir gut stehen», urteilte Irene, mit dem Hemd bereits Philipps Oberkörper bedeckend. «Das ist auch genau deine Größe.» Wie um die Kragenweite zu prüfen, angelte sie mit den Händen an Philipps Hals hinauf, wobei ihn freilich diese Berührung wenig störte; vielmehr beunruhigte ihn die Nähe zu Irenes Körper insgesamt.
«Gut, ich nehm das Hemd, pack es ein!» rief er fast abwehrend. Bezahlen brauchte er eine bestimmte Menge an Kleidungsstücken in dem Wollgeschäft nicht, weil seine Mutter ehedem einen Anteil daran geerbt hatte.
«Du hast doch was auf dem Herzen? Soll ich dir noch mehr zum Anprobieren bringen?» Irene kannte ihren Cousin nur zu gut. Sie wußte, daß er jetzt nichts mehr zum Anprobieren würde haben wollen.
«Ich hab wirklich was auf dem Herzen. Ich wollte dich nämlich zum Essen einladen, Irene – bei mir.»

«Eine gute Idee, Fipps.» Nach Rose Laubmanns Ansicht war ihr Sohn sowieso viel zu oft allein.
«Sag bitte nicht immer Fipps zu mir – wenn ihr mich schon Philipp Erasmus genannt habt! So umständliche Namen.»
«Wie hättest du denn sonst gern geheißen?»
«Markus. Zumindest mit dem zweiten Vornamen.»
Philipps verstorbener Vater, der ansonsten eine recht prosaische Einstellung hatte, hatte einen Pfarrer zum Freund, der sich für den Humanisten Erasmus von Rotterdam begeisterte. Da sie beide gern Zigarren rauchten und Wein dazu tranken, hatte sich der Vater nach der Geburt des Sohnes wohl von der Begeisterung des Pfarrers anstecken lassen und Philipp mit dem zweiten Vornamen Erasmus genannt; vielleicht auch, um der in seinen Augen geistig zu engen Kirche mit der Benennung seines Sohnes nach einem streitbaren Geist eins auszuwischen.
Philipp fand seinen zweiten Namen nicht gerade umwerfend. Trösten konnte ihn da eher, daß er nach seinem Urgroßvater mütterlicherseits Philipp hieß.
Rose Laubmann hatte von vorneherein auf einen dritten Vornamen für ihren Sohn mit der scherzhaften Begründung verzichtet, daß sich der arme Junge später so viele Namen gar nicht merken könne.
«Philipp Markus Laubmann oder Markus Erasmus Laubmann. Klingt das nicht albern?» fragte Irene.
«Und dann noch wie der Evangelist Markus», empörte sich die Mutter. «Du hast doch nicht mal vor, Priester zu werden?»
«Obwohl er sich heimlich Meßgewänder und andere Priesterkleider bestellt!» prustete Irene nunmehr los, um ihren Cousin ein wenig aufzuziehen.
«Die brauch ich zu Forschungszwecken. Außerdem sind es

nur zwei, und in verschiedenen liturgischen Farben», sagte Laubmann knapp, aber da lachten beide Frauen bereits.
Die Mutter war gleich wieder ernst: «Laß ihn, Irene, vielleicht besinnt er sich ja noch!» Und an ihren Sohn gerichtet, mit mahnendem Unterton: «Wo hast du denn die Priestersachen her? Bekommt man die, auch wenn man nicht das Sakrament der Priesterweihe empfangen hat?»
«Ich hab mir einfach von einem Freund im Priesterseminar einen Katalog geben lassen. Damit kann im Grunde jeder bestellen. Bei einer dieser entsprechend spezialisierten Bekleidungsfirmen.»
«Aber wird das nicht kontrolliert, ob ein Kunde wirklich Priester ist?» Seine Mutter war erstaunt.
«Nein.»
«Und wenn jemand auf der Straße damit herumläuft oder in eine Kirche geht ...?»
«Dann kann er wegen Betrugs oder Amtsanmaßung belangt werden», antwortete Philipp barsch.
Das gefiel der Mutter nicht, und sie schwieg betreten; hatte sie doch gehofft, daß priesterlich alles in geheimnisvoll gehüteten Bahnen verlaufe.
«Schau, ich habe hier auch einen wunderbaren schwarzen Pullover. Wenn du dir den überstreifst, dann siehst du wie ein Freizeitpriester aus!» Irene streichelte den Pullover, drückte ihn abwechselnd an ihren Busen und an Philipps Oberkörper. Der fand das Kleidungsstück diesmal ganz adrett, ja er war geradezu davon angetan und strahlte.
«Na, wenn das kein woll-igeliger Pullover ist! Aber sag: Kommst du nun zum Essen? Ich hab an übermorgen abend gedacht, halb acht herum. Ich lade übrigens noch einen Kollegen ein.»
«Klar, ich freu mich schon. Soll ich was mitbringen?»

«Ich koche selbst», drohte Laubmann. «Deshalb muß ich jetzt unverzüglich einkaufen gehen.» Er machte auf dem Absatz kehrt und verließ das Wollgeschäft. Den Pullover nahm er wie das Hemd einfach unverpackt mit.

VII

Den aufgespannten schwarzen Regenschirm mit dem schwarzen geschwungenen Plastikgriff mußte Philipp ununterbrochen über sich halten, denn es goß in Strömen. Seit Stunden regnete es unaufhörlich. Wenn er seinen Schirm betrachtete, kam es ihm vor, als würden vor allem Priesteramtskandidaten oder Kapläne zu schwarzen Regenschirmen mit einfachen schwarzen Plastikgriffen neigen, Theologieprofessoren hingegen zu teueren schwarzen Exemplaren mit Holzgriffen in diversen Brauntönen und hohe Würdenträger der Kirche oder ältere, noch dienstuende Pfarrer, die sich aber schon jenseits des durchschnittlichen Rentenalters bewegten, zu schwarzen Schirmen mit Holzgriffen, die aber schwarz lackiert waren.

Das Wasser verteilte sich schon auf den Rasenflächen in den Parks der Stadt, und die Luftbläschen tanzten nur so über diesen Seen, während Regentropfen nicht nur vom Himmel, sondern auch von den letzten Blättern überhängender Äste fielen. Wie schwermütig breiteten die Bäume ihre Arme über den Rasen- und Wasserflächen aus. Der gesamte Tag hatte nur aus Dämmerung bestanden.

Philipp hatte nichts gegen solche Naturstimmungen, auch nichts gegen ähnliche Grundstimmungen des Gemüts. Sie gemahnten ihn an die Endlichkeit. Dies um so mehr, als er sich gerade den Ort sehr genau angesehen hatte, wo Franziska Ruhland zu Tode gekommen war. Er hatte sich hineinversetzt in die Situation, sich so eingehend die möglichen Geschehnisse vor Augen zu führen versucht, daß ihn jeder unterhalb der Böschung vorbeifahrende Wagen erschaudern ließ. Er hatte sich in jene Frau hineinversetzt, obwohl er sie doch gar nicht kannte, niemals mehr kennen würde. Nun gut, deshalb hatte er unter Mithilfe Konrads für den frühen Abend einen Termin vereinbart, sozusagen dazwischengeschoben, nach einem geschäftigen Tag an der Universität. Er sollte Almut Werner treffen, die Bekannte Franziskas hier in der Stadt. Almuts Cousine Elisabeth war Franziskas beste Freundin gewesen. Sie lebte derzeit allerdings in Neuseeland.

Für einen Augenblick hatte Laubmann überlegt, zu St. Vitus hinüberzugehen, es jedoch unterlassen, weil die Kirche um diese Uhrzeit gewiß verschlossen war. Es gab einen zuverlässigen Mesner. Außerdem war Philipp nicht nach Kunstgeschichte oder romantischen religiösen Gefühlen zumute. Er spürte statt dessen Beklommenheit. Keine Menschenseele war außer ihm im Park, bei diesem Wetter nicht einmal ein Mensch mit Hund. Höchstens die Seele der toten Franziska.

Als Theologe wollte er freilich keiner Geisterbeschwörung verfallen. Oder konnte er doch Böses wahrnehmen, Schuld? Die Schuld eines Täters vielleicht? Er dachte, während er durch den undurchschaubar gewordenen Park ging, unwillkürlich daran, was ihm Erich Konrad geschildert hatte. Was, wenn auch er, Philipp, verfolgt wurde? Oder war Konrad nur mit viel Phantasie begabt, was Laubman sich bei ihm gar nicht so recht vorstellen konnte? Wer sagte, daß der Professor der einzige war, der unter Beobachtung stand?

Er beschleunigte seinen Schritt, ohne im kargen Laternenschein auf Anhieb die rechten Wege zu finden. Einmal stieß er vor einer Sitzbank einen alten, kaputten Schirm um, den wohl jemand in den weichen Grasboden gesteckt hatte, um das unnütz gewordene Utensil loszuwerden. Es machte Philipp ärgerlich, daß daraus das Wasser aufspritzte. Ebenfalls ein schwarzer Schirm; der Griff war abgerissen. Er sah seinen Atem. Einige Krähen flogen zwischen den tropfenden Ästen und der Wasser- oder Grasoberfläche hindurch, Warnrufe ausstoßend.

Laubmann war froh, als er die teilweise hell erleuchteten früheren Mühlen an der Regnitz erreicht hatte, die in ein studentisches Wohnheim, ein Restaurant und ein Hotel umgewandelt waren, weil er die sonderbare Unheimlichkeit abschütteln wollte und wieder Menschen begegnete. Dennoch blickte er sich, während er sich der Weinstube näherte, in der er mit Almut Werner verabredet war, ab und zu unsicher um, was sonst nicht seine Art war.

Noch wenige Schritte, dann trat Philipp in «Ottilies Weinstube» ein, die er von allen Lokalen bevorzugte – soweit er überhaupt Kneipen besuchte. Ein wenig mochte er die Weinstube auch deshalb, weil sie als Künstlerkneipe galt. Hier trafen sich seit jeher Künstler und Schriftsteller Bambergs. Außerdem führte man Weinsorten von einem Winzer, der ansonsten auch Meßwein lieferte. Philipp, der Meßwein nicht verschmähte, ihn aber hier nicht bekam, griff diesmal ersatzweise auf einen Weißwein des traditionsreichen Spitals zum Heiligen Geist zurück, wobei er anderen Gästen häufig, wenn ihnen dieser Wein nicht mundete, seinen Spruch nicht vorenthielt: «Im Spitalwein erholt sich der heilige Geist des Weines von schlechteren Jahrgängen.»

Die Weinstube war in mehrere Räume unterteilt, ohne daß

diese durch Türen voneinander getrennt waren. Es gab einen erhöhten Stammtischraum sowie tiefer gelegene Räume für die anderen Gäste. Philipp nahm allein am Stammtisch Platz, nachdem er die bereits fünfundsiebzigjährige Wirtin und die Bedienung begrüßt hatte, und ließ den Blick schweifen, ohne eigentlich etwas zu betrachten; er kannte ja schon alles: den dunklen Holzboden, die altertümlichen Tische und Sitzbänke; die hölzernen, paraventartigen Wände zwischen den Sitzgruppen, verziert im Stil des 19. Jahrhunderts; die meist gerahmten Wandbilder, vielfach Originale von Künstlern, die hier einstmals zu Gast gewesen waren. Er hatte sich sagen lassen, daß manche der Zeichnungen tatsächlich während eines Trinkgelages entstanden waren, und mochte es glauben, besonders wenn die Linienführung allzu verschlungen war.

Philipp saß schon geraume Zeit am Stammtisch in der Nähe des Fensters und sah den einzelnen Regentropfen nach, die draußen auf das schrägstehende Glasdach auftrafen und langsam herunterliefen oder sich da und dort stauten, abrupt durch ein Hindernis aufgehalten.

Dann stand sie mit einem Mal neben ihm, denn er hatte sie gar nicht hereinkommen sehen.

«Almut Werner», stellte sie sich vor. «Sie müssen Dr. Laubmann sein.»

Philipp, Frauen gegenüber nicht ohne Scheu, war sogleich aufgesprungen und hatte ihr aus dem Mantel geholfen, unter dem sie eine blaue Jeans und eine weiße Bluse trug. Er war über seine plötzliche Galanterie regelrecht erstaunt; sie hielt eine solche gewiß nicht für ungewöhnlich. Almut hatte lange und gelockte tiefbraune bis schwarze Haare und einen südländischen Teint. Sie hatte sich nur dezent geschminkt, was Philipp nicht auffiel, und lächelte ihn

freundlich an. Was ihm auffiel, war, daß sie leicht schielte. Er schätzte sie auf Ende 30, was dem Alter von Franziska Ruhland entsprochen hätte.
«Sind Sie auch naß geworden? Draußen regnet's noch immer», sagte sie, um etwas zu sagen. «Ich muß mich ein bißchen aufwärmen.» Der mannshohe grüne Kachelofen in der Mitte der Weinstube war angeheizt.
«Wenn wir uns nicht verabredet hätten, wär ich eher daheim geblieben», antwortete Philipp. «Aber: Tempora mutantur, nos et mutamur in illis!»
«Da geb ich gern zu, daß ich nicht weiß, was das heißt», erwiderte Almut lachend.
«Die Zeiten ändern sich, und wir ändern uns mit ihnen.»
«Wie recht Sie haben, bei mir hat sich auch vieles geändert; vor allem seit mich meine Cousine Elisabeth nur noch sehr selten begleiten kann. Mit ihr bin ich in früheren Zeiten abends oft weggegangen, egal, bei welchem Wetter, aber allein macht's mir keinen Spaß.» Sie bestellte Rotwein. «Mein Mann geht nicht gern aus, er ist nach seiner Arbeit immer froh, daheim bleiben und sich ausruhen zu können. Und unseren Sohn können wir noch nicht so ganz allein zu Hause lassen. Wenn die Lisa – ich meine, Elisabeth – da ist, dann geh ich mit ihr aus. Leider ist sie wieder in Neuseeland, seit Monaten.»
Der Rotwein wurde bereits gebracht, denn wochentags waren nie viele Gäste im Lokal. Philipp orderte gleich ein zweites Glas des Spitalweins, obwohl er das erste noch gar nicht vollständig geleert hatte. Sie nippte an ihrem Wein, um ihn zu probieren.
«Die Zeiten ändern sich, wenn auch nicht immer zum Besseren für uns.» Laubmann hatte sich von der bedrückenden Atmosphäre des Parks nicht freimachen können. «Ich denke

an Frau Ruhland, obgleich ich sie nicht gekannt habe. Auf dem Weg hierher war ich an der Unglücksstelle; und ich muß zugeben, mir sind die Fragen abhanden gekommen, geschweige denn, daß ich Antworten wüßte. Aber damit rühre ich an eine Grundverfaßtheit menschlichen Lebens überhaupt.»

«Ja, das ist eine schlimme Geschichte», stimmte ihm Almut Werner zu, unsicher, ob sich sein letzter Satz darauf bezog. «Daß sie jemand ermordet haben soll, so eine sensible Frau. Das hat mich schon mitgenommen, obwohl ich ihr nicht mehr nahegestanden habe. Sie wissen, daß sie mit Elisabeth eng befreundet war?» Almut Werner bot Laubmann eine Zigarette an, die er dankend ablehnte. Sie zündete sich eine an, was Laubmann nicht störte, zumal sie nicht der einzige Gast war, der rauchte.

«Woher kennen Sie Franziska Ruhland?» fragte er.

«Franziska, Elisabeth und ich waren zusammen in einer Klasse in der Mädchenschule im Vorderen Bach. Deshalb haben sie uns Bach-Gänse genannt.» Sie schmunzelte, und Philipp ging gleichfalls schmunzelnd davon aus, daß alle drei «Gänse» gleichaltrig waren, 37 also. Rechtzeitig fiel ihm ein, nicht nach Almuts Alter zu fragen. «Franziska hat sich immer besser mit Lisa verstanden als mit mir. Später sowieso. Ich hab geheiratet und bin so richtig bürgerlich geblieben, was ich nicht bereue. Franziska und Elisabeth haben nie geheiratet. Sie wollten ungebundener sein. Franziska hat sich immer gern mit Männern eingelassen, die in der Gesellschaft etwas darstellen. Elisabeth ist da allerdings zurückhaltender; ihr ist die Wissenschaft wichtiger.»

Das imponierte Laubmann. «Was macht sie?»

«Lisa ist Ethnologin.»

Die Bedienung brachte Philipp den bestellten Wein und

nahm das inzwischen geleerte Glas mit. «Hatte Franziska Ruhland nicht vor, Professor Konrad zu heiraten?»
«Das hat sie Elisabeth gegenüber angedeutet.» Almut Werner wirkte nachdenklich. «Ob es Franziska damit ernst war, kann ich nicht beantworten.»
«Es war noch geheim.»
«Sie hatte keine Geheimnisse vor Elisabeth – und Elisabeth hat keine vor mir. Aber, wo Sie's erwähnen: Professor Konrad, der Ihretwegen mit mir telefoniert hat – übrigens zum ersten Mal –, hat mir das von der Heirat gesagt. Es war mir auch neu, daß Franziska mich noch besonders geschätzt haben soll. Das hab ich ebenfalls von ihm erfahren. Trotzdem waren wir in vielem zu unterschiedlich.» Almut trank von ihrem Wein. «Ich rauche zum Beispiel. Franziska hat nicht geraucht; vielleicht mal eine Zigarette gepafft. Ich hab immer geraucht, nur nicht während meiner Schwangerschaft. Lisa raucht auch nicht. Und Sie?»
«Ab und zu eine Zigarre, des Geschmacks wegen.»
Das paßt zu einem Pfarrer, dachte Almut; was hat der sonst für ein Vergnügen. Sie hielt Dr. Laubmann für einen Geistlichen, hatte ihr doch niemand mitgeteilt, daß er nur Theologe war. Er hatte ihrer Ansicht nach eine priesterliche Ausstrahlung, so etwas Gütiges. Zudem trug er den schwarzen wollenen Pullover, den seine Cousine ihm verpaßt hatte.
«Ich denke, wenn Sie mehr über Franziska wissen wollen, ist meine Cousine Elisabeth die bessere Adresse. Elisabeth Werner.»
«Derselbe Nachname?»
«Sie sieht mir sogar ähnlich.»
Philipp merkte, daß ihn Elisabeth zu interessieren begann; Neuseeland, die Ethnologie, und jetzt ihre schwarzen Lok-

ken. Er bat Almut Werner, ein wenig mehr über sich und ihre Cousine zu erzählen.
«Ich weiß nicht, ob das so spannend ist. Mein Vater war ein ganz normaler Angestellter bei einer Landmaschinenfirma. Er hat im Büro gearbeitet, meistens, sonst war er unterwegs und hat mit Bauern verhandelt und mit anderen Geschäftsleuten aus der Branche. Er mußte sich mit allen verstehen, da gab's gar nichts anderes. Meine Familie hat immer in bestimmten Grenzen gelebt, gesellschaftlich, mußte mit allen gut auskommen, nichts Besonderes. Und ich? In die Schule gehen, Hauswirtschaft lernen, dann einen Mann finden, heiraten und Kinder, das war alles ganz klar – und so schlimm fand ich das auch gar nicht. Mit Elisabeth war das anders, obwohl ich's nicht so ganz durchschauen kann. Ihr Vater, der Bruder meines Vaters, ist früh gestorben; mit ihm hat sie sich sehr gut verstanden, ihn fast vergöttert, obwohl ich ihn als autoritär empfunden habe. Von ihrer Mutter hat sie sich mehr und mehr entfremdet. Nach dem Abitur hat sie erst einmal eine Weltreise gemacht, und dann hat sie angefangen zu studieren. Danach hatte sie die Möglichkeit, bei einem Forschungsprojekt einzusteigen, und ist ins Ausland gegangen. Irgendwie hat sie das Weite gesucht – oder die Weite. Sie hat sich innerlich verändert.»
«Varium et mutabile semper femina», bemerkte Laubmann.
«Was heißt nun das schon wieder?» fragte Almut beinahe vorwurfsvoll.
«Ein immer wieder anderes und wechselhaftes Wesen ist die Frau, erfahren wir bei Vergil.» Philipp spürte im selben Augenblick, daß ihm heute seine Sprüche mißfielen; er war nicht schalkhaft genug aufgelegt.
«Ist ja toll, daß Sie so viele lateinische Sprüche wissen, das bewundere ich, wirklich.» Meinte sie das spöttisch? «Lisa

und ich telefonieren oft miteinander. Wenn ich nachher zu Hause bin, werde ich sie noch anrufen und sie informieren, daß Sie mit ihr sprechen wollen. Dann ist es Vormittag in Neuseeland; im Winter zwölf Stunden voraus. Da wird sie im Institut sein. Oder ich schreibe Ihnen ihre private E-Mail-Adresse auf. Das ist wahrscheinlich einfacher.» Daß er mit Computern nicht sonderlich vertraut war, sagte Philipp nicht. «Franziska und Elisabeth standen in regelmäßigem Kontakt, soviel ich weiß.»
E-Mails hatte er nur äußerst selten versandt. «I-Mäil», schon allein das Wort gefiel ihm nicht.
Die Wirtin hatte den Klassik-Sender des Bayerischen Rundfunks eingestellt. Wenn kaum Gäste in ihrer Weinstube waren, ließ sie gern CDs oder Platten laufen oder das Radio. So wurde gerade ein Vivaldi-Abend in Bayern 4 gegeben. Als Philipp Laubmann das Konzert für Fagott in E-Moll, und zwar Satz 1: Allegro poco vernahm, wurde er hellhörig; eines seiner Lieblingsstücke. Sentimentalität beschlich ihn – wie es sonst nur bei Verliebten geschah. Und doch vermochte es die Musik nicht, ihm über seine ungute Stimmung hinwegzuhelfen. Aber Verliebtsein war ja nichts als «ein Zustand vorübergehenden Schwachsinns», wie der Philosoph Ortega y Gasset es nannte. Ob das auch auf Erich Konrad und Franziska Ruhland zutraf?
Almut Werner mußte seinen abwesenden Blick bemerkt haben. Laubmann erklärte es ihr, schilderte ihr belanglos seine musikalischen Vorlieben, Vivaldi eben, Gregorianische Gesänge, zudem Marlene Dietrich und Hildegard Knef. Dann unterhielt er sich mit ihr über ihren wenig gebräuchlichen Vornamen, ob sie ihn mit th oder nur mit t schrieb, ja ließ sich von ihr darüber belehren, daß er von «Adelmut» abzuleiten war und «von edler Abstammung»

sowie «von edlem Sinn» bedeutete. Zum Abschluß gab er die Meßwein-Geschichte zum besten; auch daß der bei der Meßfeier gebräuchliche Wein ein naturreines Produkt ohne chemische Zusätze und somit ein üblicher Qualitätswein sei, dem der Weinhändler den Stempel «Meßwein» aufs Etikett drücken dürfe, sofern er sich der Diözese gegenüber verpflichtet habe, solch einen Qualitätswein zu liefern. Der Wein würde folglich sogar von ungeweihten Personen verdaut werden können.

Sie ging auf seine Ausführungen nicht weiter ein, sondern ergriff die nächste Gelegenheit zum Aufbruch, da ihr Sohn erkältet sei. Laubmann war nicht unglücklich darüber, weil ihm heute nichts Gescheites mehr einfallen würde und er sich, für seine Verhältnisse, ziemlich kleinlaut vorkam. Das war nicht sein Abend. Immerhin half er ihr wieder in den Mantel und bestand darauf, ihre Rechnung zu begleichen – ein Rotwein. «Ich werde mich bei Ihrer Cousine melden.»

Philipp verließ erst eine Stunde und zwei Schoppen Wein später das Lokal. Er scheute sich, hinaus auf die Straße zu treten und sich der Dunkelheit auszusetzen. Die Nachtwelt begrüßte ihn mit nur wenigen Lichtern von Werbeflächen, die sich auf der regennassen Straßenoberfläche spiegelten. Als er durch Seitengassen ging, um nach Hause zu gelangen, verschwammen das Oben und Unten im Schwarz. Die Häuser wollten weder im verhangenen Himmel noch in der tiefschwarzen Straße enden. Allein ein paar Straßenlaternen, die an Hauswänden befestigt waren, warfen unförmige Lichtkegel auf die Fachwerk- und Barockhäuser der Altstadt. Die Befangenheit und das Bedrücktsein, die sich seiner im Park bemächtigt hatten, ließen ihn nicht in Ruhe. Er fühlte sich nicht eigentlich verfolgt; die Gassen der Altstadt waren schließlich seine Gassen, mit jeder war er von Kindheit an vertraut. Und dennoch spürte er die lauernde Niedertracht. Es quälte ihn, daß ihm nicht klar wurde, wonach er suchen sollte.

VIII

Es war gegen 19 Uhr 15, am Abend darauf. Laubmann fühlte sich entschieden wohler als gestern und hatte sich eine kleine Strategie ausgedacht. Das Erscheinen Hüttenbergers war für 19 Uhr 15 angesagt, mit Cousine Irene aber hatte er sich für 19 Uhr 30 verabredet. Das Treffen sollte hier in seiner Wohnung, also auf seinem Terrain stattfinden, hatte er doch vor, den bei einigen Studenten fast als militant verrufenen Hüttenberger auszuhorchen. Josef Maria schien ja alles andere als unverdächtig zu sein.

Seine Cousine wollte Laubmann nie so gern allein bei sich haben. Sie inspizierte nur jedesmal mit wuseligem Getue seine Kleiderschränke und die übrige Wohnung. Für ihn eine zu unübersichtliche Angelegenheit, und deshalb der Plan, sie erst kurz nach Hüttenberger antreten zu lassen. Denn nur seinetwegen hatte Laubmann sie dieses Mal zu einem seiner in Universitätskreisen bekannten, wenn auch oft mit recht glaubwürdigen Absagen bedachten Essen eingeladen. Er bereitete die Speisen zwar richtig zu, aber ihre Auswahl traf höchstens zufällig den Geschmack der Gäste. Und man wollte ihn nicht entmutigen.

Irene Laubmann sollte den Theologen Hüttenberger weichlich stimmen. Philipp Laubmann rechnete sich aus, daß eine unvoreingenommene Frau auf Josef Maria Hüttenberger beruhigend wirken konnte, ja daß sie seine zu erwartende Verlegenheit auszugleichen verstand.

Ein unzufriedenes Gewissen beschlich den promovierten Moraltheologen Laubmann schon dabei, weil er sich nun selbst so hinterlistig berechnend vorkam, wie er es seinen Gegnern gelegentlich unterstellte. Tatsächlich wollte er nur eine gute Tat vollbringen, dem angegriffenen Professor erneut zur Seite stehen. Es war zu spät für Zweifel; Hüttenberger klingelte bereits. ‹Ärgerlich›, dachte sich Philipp, während er öffnete, ‹ausgerechnet jetzt hab ich moralische Bedenken›. Die Begrüßung nahm deshalb einen ungewöhnlich freundlichen Verlauf.

Josef Maria reagierte meist linkisch und mit schleichendem Mißtrauen, weil er immerzu davon ausgehen mußte, auf alle möglichen Arten angegriffen zu werden. Als würde er's herausfordern. Er war um einiges größer als Laubmann und, obwohl erst Anfang 30, schon faltig im Gesicht, das im entspannten Zustand in ein ungewolltes Grinsen verfiel.

Auf den heutigen Abend freilich hatte er sich, das spürte man, ehrlich gefreut. Martyriumsaspiranten wie er werden schließlich nicht alle Tage zum Abendessen im kleinen Kreis eingeladen. So war die höfliche Zurückhaltung der ersten Minuten zwischen ihnen bald überwunden, zeigte sich Josef Maria Hüttenberger doch recht interessiert an der Wohnung, am Essen und gar an der verwunschenen Hintertreppe des Hauses. Laubmanns Gewissen rebellierte noch heftiger ob des Plans, der ihm vorschwebte. Und weil Hüttenberger besonders freudig dreinblickte, als Philipp ihm das Kommen seiner Cousine ankündigte, tat er ihm fast leid.

Es war wiederum zu spät; Irene Laubmann klingelte schon und wollte nicht lange vor der Tür stehen. Sie war entzückt, einen «Kollegen» ihres Cousins kennenlernen zu dürfen, und hakte sich bei Hüttenberger sofort, ehe sich dieser verschämt abwenden konnte, unter, um ihm die Wohnung zu zeigen – Dr. Laubmanns Wohnung. Der blieb in der Küche – «er ist jetzt beschäftigt» – und fluchte vor sich hin. «Wissen Sie, Irene» – sie hatte ihm angeboten, sie mit «Irene» anzusprechen –, «daß Ihr Vorname im Altgriechischen ‹Friede› bedeutet und darüber hinaus auch ‹Ruhe› und ‹Glück›? ‹Eirene›, die ‹Friedensgöttin› der griechischen Götterfamilie. Gottlob, daß es sehr frühzeitig schon heilige weibliche Christen mit dem Namen ‹Irene› gab; Sie würden sonst einen heidnischen Vornamen tragen», sprach Josef Maria Hüttenberger mit zunehmend prophetischem Tonfall zu Dr. Laubmanns Cousine.

Irene Laubmann wußte nicht so recht, ob sie sich nun geschmeichelt fühlen sollte, ahnte sie freilich nicht, daß der unerfahrene Hüttenberger zu mehr Komplimenten kaum fähig war. Solche Ausführungen waren ihr jedoch von Philipp hinlänglich vertraut. Als würden Theologen nichts anderes reden und nur über lateinische Witze lachen. Noch vor wenigen Tagen hatte sie zwei bis über die Gurgel zugeknöpfte Exemplare beobachtet, von denen eines einen lateinischen Satz von sich gab und das andere belustigt darüber aufschrie.

Josef Maria ließ sich von Irene die Bibliothek zeigen, die in dem Zimmer mit dem nicht einmal unsorgfältig gedeckten Eßtisch begann, sich über einen angrenzenden höheren und größeren Raum erstreckte, seitlich in ein enges Gemach mündete und nirgends so recht aufhörte. Aus allen Ecken der verwinkelten Dachwohnung quollen Bücher und versperrten die Durchgänge. Sogar in Bad und Toilette erhoben sich vom Fußboden oder auf Regalen Stöße von Fachzeitschriften.

Viele der Bücherstapel in den Zimmern drohten umzufallen. Es waren immerfort fragile Gebilde, da Philipp Laubmann ständig Bücher zu momentan ihn bewegenden Gedankengängen suchte und häufig eines der untersten Bücher eines Stapels zu benötigen glaubte. Neben bibliophilen Ausgaben und neben der moraltheologischen und der allgemeinen theologischen Literatur bestand seine Bibliothek aus älteren und neueren Lexika-Reihen. Es war ihm eben ein Anliegen, irgendwie alles, über das er so nachdachte, bis ins letzte zu überprüfen und nachzuweisen. Als müßte er befürchten, dabei ertappt zu werden, eine Behauptung nicht untermauern und eine an ihn gerichtete Frage nicht beantworten zu können. Wirkliche Büchermenschen wie er, darüber war er sich im klaren, stellten freilich eine winzige Minderheit dar.
Letztlich las Philipp alles und verschlang viele der Bücher mit dem gleichen Appetit wie ein richtiger Bücherwurm; auch wenn bei ihm die Leidenschaft für das Wissen dahinterstand und nicht wie bei der Larve des Gemeinen Nagekäfers die zum Überleben notwendige Lust auf Papier und Leim, also auf abgestorbene Pflanzen- und Tierreste. Laubmann hatte sich seit langem schon die Freiheit genommen, völlig quer durch Sachbuchthemen, Belletristik und Hochgeistiges zu streifen. Er kannte da keine Hemmungen und versorgte sich sogar auf Flohmärkten und aus Kaufhauswühltischen mit oft zerlesenen oder remittierten Abenteuerromanen, nach denen er in seriösen Buchhandlungen niemals gefragt hätte.
Heute hatte er Rücksicht genommen – auf die vermutete geistige Enge seines Besuchers. Er wollte Josef Maria nicht durch die Buchinhalte seiner Bibliothek verschrecken und wütend machen. Philipp hatte aus diesem Grund extra

theologische Prachtbände breit vor die Buchrücken gestellt, daß es aussah, als würde er damit wechselnde Ausstellungen in seiner eigenen Wohnung veranstalten. Die Karteikarten auf dem Schreibtisch schienen geordnet, die hölzernen Karteikästen standen geschlossen daneben. Philipp hatte außerdem an diesem kühlen Novemberabend die Heizung angestellt, obwohl er ansonsten, auch aus Sparsamkeit, gerne die Kälte spürte.
Seine Teufelchen-Sammlung allerdings, die sich irgendwann einmal in seine Wohnung «eingeschlichen» hatte, verbarg er nicht vor Hüttenberger. Im Regal für die dogmatische Abteilung war dereinst noch Platz gewesen, den nun Weinetiketten mit Teufelsbildern, Stoffteufelchen, ein übergroßer Holzteufel, Teufelanhänger und ein Teufelstempel einnahmen. Dazu kamen Teufelchen aus Plastik, Wolle und anderen Materialien. Auch schlummerten mehrere Springteufel in ihren Kästen.
Wie es zu dieser Ansammlung gekommen war, wurde Laubmann manchmal gefragt. Zunächst hatte er an dem einen oder anderen Stück Gefallen gefunden, und seitdem wurden ihm von Freunden, Bekannten und Kollegen, die seine ersten Teufelchen gesehen hatten, immer mal wieder neue Exemplare mitgebracht.

Und Philipp Laubmann hatte aufgepaßt. Kurz bevor seine Cousine ihren neuen Bekannten, Josef Maria Hüttenberger, zum Kleiderschrank zwischen den Bücherwänden in Philipps Schlafzimmer führen konnte, hatte er eine CD von Marlene Dietrich eingelegt, um seinen Kollegen nun doch ein wenig zu provozieren und seine Cousine abzulenken, und holte beide zurück, um das Essen zu servieren. Er hatte kein Bedürfnis, einem Fanatiker dumme Antworten auf

dessen dumme Fragen nach seinen ein oder zwei Meßgewändern im Schrank geben zu müssen. Seine Cousine hätte diese bestimmt präsentiert.
«Das ist die Dietrich», stellte Irene fest. «Du interessierst dich also doch für Frauen.»
Philipp bildete sich ein, eine leichte Eifersucht herauszuhören. «Stört euch die Musik?»
«Gar nicht», meinte Josef Maria; die Stimme der Dietrich klinge so außergewöhnlich verrucht – woraufhin Laubmann beschloß, die Musik leiser zu stellen.
Um ehrlich zu sein, er kam sich mit all seinen Spleens an diesem Abend mehr und mehr komisch vor, gerade gegenüber Hüttenberger. Allein, was er an Speisen auftischte. Er hatte für die gesegnete Mahlzeit nämlich seiner Phantasie freien Lauf gelassen und sich für ein durchgängig «gläsernes» Essen entschieden. So verwendete er nicht nur Gefäße und Teller aus Glas, sondern wollte seine Gäste mit möglichst durchsichtigen Speisen verwöhnen: eine dünne, wäßrig scheinende Fischsuppe; dazu Heringe in Gelee mit gut sichtbaren Schwimmflossen; Aal in Aspik mit chinesischen Glasnudeln; Weißweincreme zum Nachtisch; Mineralwasser, still; Wein, kein roter natürlich; ein klarer Obstbrannt.
«Ausgezeichnet, ausgezeichnet», lobte Hüttenberger die servierten Gänge und aß mit Genuß. Auch Philipp Laubmann zögerte nicht, es sich schmecken zu lassen. Schließlich hatte er höchstselbst die Zubereitung vorgenommen beziehungsweise die in Teilen vorgefertigten Gerichte eingekauft; und außerdem war er daran gewöhnt.
Allein seine Cousine hielt die aus der Küche hereingetragenen Substanzen für einen Scherz und wartete, nur zögerlich stochernd, auf das richtige Menü. Doch es blieb dabei. Sie lächelte zaghaft und führte einige Häppchen zum

Mund, denn die Blicke der Herren ruhten auf ihr. Zu ihrem Leidwesen entsprach lediglich der von ihr selbst mitgebrachte Weißwein ihrem Geschmack.
Philipp schenkte vor allem Hüttenberger, der ihm unverhofft statt eines Weins einen Rosenkranz als Gastgeschenk überreicht hatte, kräftig ein, um ihm die Zunge zu lösen, wünschte aber inständig, daß kein vergeistigt-ekstatisches Zungenreden, keine Glossolalie, hervorbrechen möge.
«Haben Sie nicht ein Büchlein über das Essen veröffentlicht, über das Üble daran ...» – Josef Maria nahm einen Happen Aal zwischendurch zu sich und beendete vollmundig die Frage an seinen universitären Kollegen – «... daß es einem mulmig wird davon?»
«Sie müssen während des Mahls ja nicht lesen», mahnte Laubmann.
«Weshalb denn nicht?» fiel es der Cousine ein. «Das könnte lustig werden.»
Hüttenberger schmatzte schluckend dazwischen: «Das ist seine Doktorarbeit. Summa cum laude! Dogmatisch allerdings unwesentlich. Warten Sie ... der Titel klingt so, als würde er einem die Freude am Essen verderben wollen.» Josef Maria war längst zu Scherzen aufgelegt.
«‹Die moralischen Aspekte der menschlichen Nahrungsaufnahme›. Mir hat es jedenfalls den Appetit noch nicht verdorben», konterte Philipp aufgebracht. Aber er war selbst schuld. ‹Der verträgt nichts›, dachte er.
«Hochtheologisch!»
«Lieber hoch-theologisch als tief-religiös.» Außer seiner Dissertation und ein paar unbeachteten moraltheologischen Aufsätzen in Fachzeitschriften hatte Philipp Laubmann noch nichts veröffentlicht. Darin fühlte er sich kaum bedeutender als Hüttenberger. Lediglich zu einer Festschrift

anläßlich der Emeritierung eines ungeliebten Kirchenrechtsprofessors hatte er noch einen Text beigesteuert; aber Hüttenberger ebenfalls.
Irene wurde ihrem Namen gerecht und besänftigte die Gemüter: «Wir wollen doch nicht übertreiben; ein so schönes Fest.» Sie beeilte sich, neues Essen aus der Küche zu holen, zur Versöhnung. Von dort rief sie: «Was feiern wir eigentlich? Gibt es irgendeinen Anlaß?»
«Keinen Anlaß, zumindest nicht direkt. In den letzten Tagen hab ich mich eher mit einem traurigen Ereignis befassen müssen.»
«Das Leid ist oft am anregendsten», meldete sich Hüttenberger wieder.
Philipp Laubmann sah ihn an: «Damit haben Sie nicht mal so unrecht. Es ist was dran an diesem Leid. Erschütternd, aber spannend.»
«Redet ihr jetzt von was Religiösem?» wollte die Cousine wissen.
«Zunächst geht's nur um einen Unfall mit Todesfolge», antwortete Laubmann. «Ihr habt das sicher in der Zeitung gesehen: ein Aufmacher auf der Lokalseite mit Fortsetzung.»
«Du denkst an den Unfall am Stadtpark», sagte Irene Laubmann. «Haben Sie das nicht auch verfolgt, Herr Hüttenberger?»
Josef Maria hatte ihr nicht angeboten, ihn mit seinen Vornamen anzusprechen. Zudem verhielt er sich mit einem Mal einsilbiger. Die Wirkung des Weins war verflogen: «Doch; aber ich befasse mich mit wichtigeren Fragen.»
«Dogmatischer Natur», stellte Philipp Laubmann fest.
«Ganz recht.»
«Da ergibt sich für Sie freilich keine Verbindung mit dem Unfall», gab Laubmann zu. «Sicher, sehr besinnlich und

wohlvorbereitet auf den Tod scheint das Opfer nicht gestorben zu sein. Franziska R. Inzwischen pfeifen's die Spatzen aber von den Dächern, daß sich hinter dem Todesfall ein religiöser Zusammenhang verbirgt, und zwar ein zölibatäres Problem.»

«Eine zölibatäre Verfehlung! Heißt es nicht im Evangelium nach Matthäus, Kapitel 19, Vers 12: Wer es fassen kann, der fasse es? Doch hier und heute hat einer unserer Priester versagt, gänzlich versagt, und damit gegen Gottes Gesetz verstoßen!»

«Langsam, langsam.» Laubmann machte eine beschwichtigende Geste. «Es liegt mir in der Regel fern, Sie belehren zu wollen, Herr Hüttenberger, aber Matthäus 19,12 stellt die Freiwilligkeit in den Vordergrund und nicht das Gesetz. Die Vollmacht und der Wille Jesu als Sohn Gottes stehen konträr zu äußerlichen Gesetzlichkeiten, die die Menschen einschnüren, und damit konträr zu einer gesetzlich und kirchenrechtlich verstandenen Sichtweise auf den Zölibat, gerade wenn sich diese auf Matthäus 19,12 berufen will.»

Hüttenberger winkte energisch ab und hatte Mühe, dem Gastgeber nicht das Wort abzuschneiden: «Sie verkennen, und das offenbar mit Absicht, daß es um ein höheres Bestreben geht. Die sexuelle Enthaltsamkeit will verstanden sein als eine in der Person vorweggenommene Vergegenwärtigung des himmlischen Reiches Gottes!»

«Amen. Dann halt ich's lieber mit dem Wiener Kabarettisten Fritz Grünbaum. Der bekennt in seinem Gedicht über den ‹Teufel›, daß er gern in die Hölle kommen würde, denn ‹die Hölle ist reizender als man es glaubt›; der Himmel hingegen ist nur ‹gräßlich fad›, wenn auch ‹riesig solid›. Ich will damit sagen, *Ihr* Reich Gottes wär mir ebenfalls viel zu langweilig.»

«Bitte, Sie mögen spotten und Ihre ketzerischen Literaten vorführen, solange Sie wollen, es bleibt unbestreitbar eine zölibatäre Verfehlung!»
«Darin kennen Sie sich ja sehr gut aus. Wenn man an Ihre Korrespondenz mit Professor Konrad denkt.»
«Die Briefe waren anonym!»
«Heißt das, Sie haben sich jetzt nur versehentlich verraten, oder bekennen Sie sich dazu?»
Hüttenberger bewegte sich so unruhig, daß Irene – verwirrt und neugierig – besorgt war, er könne vom Stuhl rutschen.
«Ich frage Sie, ob Sie sich dazu bekennen?» setzte ihm Laubmann zu. «Sie legen doch sonst vorzugsweise Bekenntnisse ab. Das haben Sie allerdings nicht bedacht, daß Ihre bösen Briefe bei einem Mordfall plötzlich eine Rolle spielen. Das wird die Polizei mit Begeisterung zur Kenntnis nehmen.»
Die Cousine blickte erstaunt um sich: «Wieso ein Mordfall?» kam aber nicht zu einer weiteren Nachfrage, weil Hüttenberger keine Rücksicht mehr auf sie nahm.
«Also gut, Herr Kollege Laubmann», sagte er verbissen, «ich bekenne mich dazu, und ich bekenne mich mit Genugtuung dazu! Und diesen beiden Versagern ist Recht widerfahren, göttliches Recht. Dieser Konrad mit seinem Haremsweib … das war ein abscheuliches Verhältnis gegen die Ehre Gottes und gegen die Ehre der Kirche! Ich hab ihn nur gewarnt; das war meine Pflicht, nachdem ich ihn in eindeutiger Pose mit seiner Geliebten habe beobachten müssen! Seine Sekretärin kann Ihnen das im übrigen bestätigen.» Hüttenberger atmete heftig.
«Bravo», sagte Kollege Laubmann und hätte fast geklatscht, «ein bemerkenswertes Bekenntnis; oder sollte das ein Geständnis sein?»

«Wollen Sie mich ins Verhör nehmen?»
«Ins Gebet jedenfalls momentan nicht; warum also nicht ins Verhör? Ich weiß mittlerweile mehr über die Angelegenheit, als Sie vermuten.» Laubmann fixierte ihn. Zunächst wollte er Hüttenberger aufs Geratewohl nach dem Rosenkranz fragen, den ihm dieser mitgebracht hatte, denn der glich dem zerrissenen Rosenkranz auffallend, den die Polizei vom Unfallort her kannte. Doch Philipp erinnerte sich an die Abmachung mit Kommissar Glaser, den aufgefundenen Gegenstand zu verschweigen, und verzichtete darauf wie schon bei Konrad. Warum sollte er gerade Hüttenberger ein möglicherweise wichtiges Indiz verraten?
Der ergriff erneut das Wort: «Bevor Sie hier Lügen über mich verbreiten, sage ich Ihnen frei heraus, ich wäre nur zu gern am Unfallort gewesen; statt dessen hab ich in einer Sühneandacht gebetet, die ganze Nacht hindurch, auf den Knien, um für räudige Kirchen-Deserteure wie diesen sogenannten Priester und Professor zu büßen … ach, und wie Ihr alle seid!»
Laubmann schaute ihn vollkommen unschuldig an: «Sind Des(s)erteure denn nicht Personen, die Nachspeisen kreieren? Und Sie haben Ihre gar nicht angerührt.»
Hüttenberger fuhr hoch, daß Irene Laubmann zusammenzuckte, stürzte zur Zimmertür, ohne sich noch einmal umzudrehen, riß seine Jacke vom Haken und schlug endlich die Wohnungstür von außen zu, gerade als Marlene Dietrich sang, sie sei von Kopf bis Fuß auf Liebe eingestellt.
Philipp Laubmann blies die Luft aus seinen Wangen. «Das hab ich kommen sehen, daß unser gemeinsames Essen so abrupt endet. Dabei hat er's nicht mal genügend gewürdigt. – Und ich hatte ein schlechtes Gewissen», grinste er zufrieden.

Irene Laubmann hatte hingegen einen blasseren Teint bekommen: «Der kann ja richtig aufbrausend sein; dabei tut er so harmlos … Und jetzt straft er uns damit, daß wir alles alleine essen müssen.»
Cousin Philipp blickte zugleich stolz und versonnen: «Wie schreibt der barocke Kirchenlieddichter Johannes Heermann so tröstend: ‹Wie wunderbarlich ist doch diese Strafe! Der gute Hirte leidet für die Schafe.›»

IX

‹Ich kann das alles nicht verstehen›, sagte sich Professor Konrad in Gedanken vor. So hätte er es wahrscheinlich sogar laut formuliert, hätte ihn jemand danach gefragt, was er denn davon hielt, an diesem geschäftigen Vormittag in das Kommissariat «vorgeladen» zu sein; was er dabei empfand, in seinem Schmerz, seiner Trauer, als «Zeuge» oder gar «Verdächtiger» vernommen zu werden. Aber es fragte ihn gar keiner. Von seiner Trauer, seinen Gefühlen nach dem Tod seiner Geliebten wollte niemand etwas wissen – und sollte es auch nicht.

Er sah sich mißmutig im Stadtbus um, während dieser die Fahrgäste über das unebene Kopfsteinpflaster schaukelte. Tiefe Trauer hätte er freilich gar nicht zeigen dürfen, denn Melitta Steinig, seine Haushälterin, die bei ihm im Haus wohnte, hatte ihm angeboten, ihn zum Kommissariat zu begleiten, da sie es als ihre Pflicht ansah, ihm nicht nur in alltäglichen, sondern genauso in außergewöhnlichen Situationen hilfreich zur Seite zu stehen. Schließlich wußte sie, wie empfindlich er auf jede Aufregung reagierte, etwa mit Kreislaufbeschwerden, die bei ihm besorgniserregende Schwächeanfälle verursachen konnten. Deshalb hatte er ja vorsorglich nicht mit dem eigenen Wagen fahren wollen – und sie hatte keinen Führerschein.

Schweigend saßen sie auf einem der Doppelsitze. Sie respektierte es, wenn er in sich gekehrt war. Professor Konrad kapselte sich auch sonst immer wieder ab, wirkte gedankenverloren, vor allem wenn er an Büchern schrieb. Daß Melitta Steinig ihn in Ruhe ließ, war ihm heute besonders recht. Denn er wollte weder ihr noch irgendeinem anderen seine Abgeschiedenheit, seine Verlassenheit zeigen. So wie er es von Anfang an vor ihr wie vor allen anderen verborgen hatte, daß er liebte, daß er eine Beziehung eingegangen war. Und er war sich sicher, daß seine Haushälterin von seinem Verhältnis nichts wußte.

Die Stadtbushaltestelle, an der sie ausstiegen, befand sich direkt vor dem Polizeigebäude. Konrad fiel auf, wie hier alle Dinge perfekt zusammenzupassen schienen, als gäbe es im Leben keine Brüche: die Haltestelle, der Eingang ins Polizeigebäude, das Gebäude selbst – jener mächtige Bau des frühen Historismus, nicht zu überladen und trotzdem nicht zu streng gegliedert, «behördlich» eben.

‹Wer mit einem der Stadtbusse hierher fährt und gar hier arbeitet, dessen Leben verläuft wohlgeordnet, wie aus einem Guß›, sinnierte Konrad. Gleichzeitig überlegte er, während seine Haushälterin und er nebeneinander in ihren schwarzen, einfach geschnittenen Mänteln auf dem Gehsteig einhergingen, wie sehr sein eigenes Leben aus der Bahn lief. Es hatte sich einmal etwas verändern müssen in seinem Leben.

Sein Elternhaus war so schlecht nicht, wenn auch sehr ordentlich, dennoch nicht übertrieben katholisch. Sein Vater war für eine Nürnberger Firma als Handlungsreisender in Sachen Lebkuchen und Spielwaren unterwegs gewesen. Nicht zuletzt die Diasporasituation in einer stark evangelisch geprägten Umgebung hatte in ihm den Wunsch

geweckt, Priester zu werden. Das hatte er für eine konsequente Handlungsweise gehalten, ja durchaus für eine glückliche Fügung. Unglücklich war er nicht gewesen. Aber war er wirklich glücklich in all den Jahren? Glücklicher war er mit Franziska – und jetzt unglücklicher ohne sie. Doch was bedeuteten sein Glück oder sein Unglück schon?
Jedenfalls hatte er grundsätzlich keine Lust mehr, sich seine Liebe zu Franziska fortwährend rational erklären zu müssen. Für ihn war es eine wahre Liebe und daher letztlich unerklärlich. ‹Und außerdem›, so sagte er sich, ‹leb ich gar nicht in so festen Bahnen. Meine Forschungsarbeiten sind etwas ganz anderes, gar nichts Festgelegtes. Und es stört mich nicht, im Gegenteil. Die sind bei weitem nicht so stumpfsinnig wie diese Beamtenarbeit, die sie hier bei der Polizei verrichten.›
Die Verachtung für das in seinen Augen niedere Beamtenwesen steigerte sich noch, während seine Haushälterin und er die Pforte passierten und über die Treppen und Gänge zum Kommissariat gelangten. Fast wütend klopfte er an die Tür Kommissar Glasers und öffnete sie schon, bevor das «Herein!» von der anderen Seite zu hören war. Den vorgeschriebenen Eingang durch das Sekretariat mit Anmeldung hatte Konrad mißachtet. «Frau Steinig, meine Haushälterin», stellte er seine Begleitung kurz vor.
Kommissar Glaser, der an seinem Schreibtisch saß, schaute überrascht zu ihr auf, blickte in das ernste, spitze Gesicht einer zurückhaltenden Frau Anfang 50 und sagte nur trocken: «Sie waren nicht vorgeladen. Ich muß Sie bitten, draußen zu warten.»
Konrad hätte dies zu einem anderen Zeitpunkt als anmaßend erachtet und sich darüber empört; diesmal schwieg er, weil er froh war, daß sie, ein Nicken andeutend, das Zim-

mer verließ. Die Aussicht, daß der Kommissar sie ebenfalls zu dieser unglücklichen Geschichte befragen könnte, gefiel ihm gar nicht.

Die Büroatmosphäre war anders als von Konrad erwartet. Eigentlich gar nicht geschmacklos. Gewiß: das Übliche. Aber Altes und Modernes waren so kombiniert, daß beides sich nicht gegenseitig abstieß. Hätte Glaser mehr Zeit auf die Einrichtung seines Büros verwandt, hätte er sogar einen eigenen Stil hineinbringen können, dachte der Professor für sich. Doch der Kommissar pflegte die Schmucklosigkeit, um niemandem Gelegenheit zu geben, sich abzulenken.

Glaser bat den Professor, Platz zu nehmen, und tippte auf die Sprechanlage. «Kommen Sie bitte beide herüber zur Zeugenvernehmung!»

Der Professor fühlte sich unwürdig untergebracht auf dem Holzstuhl, der ihn noch am ehesten an die Küchenstühle seiner Haushälterin erinnerte. Christine Fürbringer, die Sekretärin Glasers, eine schlanke, nicht unattraktive junge Frau, sowie Kriminalkommissar Ernst Lürmann kamen durch die verglaste Seitentür herein.

Glaser blätterte zunächst einige lange Sekunden in einem Aktenordner, den er seitlich von einem einfachen hölzernen «Aktenhund», einem fahrbaren Ständer, gehoben hatte. Konrad bewegte sich unruhig auf dem Stuhl.

«Sie wissen, Herr Professor, daß Sie das Recht haben, die Aussage zu verweigern, einen Anwalt hinzuzuziehen …»

«Dann gehe ich lieber gleich wieder.»

Als er bereits halb im Aufstehen war, fuhr ihn Glaser schroff an, daß er dann noch mehr verdächtig sei und mit unangenehmeren Arten der Nachforschung zu rechnen habe. Der Kommissar war richtiggehend ausfallend geworden. Was bilden sich diese Intellektuellen eigentlich ein!

Sofort klärte er Konrad weiter über seine Rechte auf. Das klang aber mehr wie eine Drohung, zumal die junge Sekretärin sogleich alles mitstenographierte, was jedem Wort des Kommissars zusätzlich Wichtigkeit verlieh.
Konrad hatte wieder Platz genommen. Auch Lürmann hatte sich demonstrativ niedergesetzt, um dem Professor zu verdeutlichen, daß an Weggehen nicht zu denken war. Glaser hatte sich rasch beruhigt und ließ die «Angaben zur Person» aufnehmen, die ihm nunmehr Professor Konrad hochmütig entgegenschleuderte. Vor allem als es darum ging, die akademischen Grade anzuführen, gewann Konrad Oberwasser.
Doch Glaser blieb souverän. «Kennen Sie diese Frau?» Er zeigte den Ausweis des Opfers.
«Sicher. Der Ausweis gehört – *gehörte* – Franziska Ruhland.»
«In welchem Verhältnis standen Sie zu dieser Frau?»
«Ich war mit ihr befreundet.»
«Wie weit ging diese Freundschaft?»
«Was heißt das – wie weit sollte so etwas nach Ihrer Ansicht gehen?»
«Hatten Sie eine sexuelle Beziehung mit ihr?»
«Das ist ja wohl zu persönlich, als daß es Sie etwas anginge! Ich muß sagen, ich verstehe überhaupt nicht, wie Sie, an diesem offiziellen Ort, dazu kommen, mich nach diesen persönlichen, ja geradezu intimen Dingen zu fragen. Die würde ich nicht mal mit meinen engsten Freunden besprechen – ich meine, wenn ich überhaupt so eine enge ‹Beziehung›, wie Sie das bezeichnen, zu dieser Frau gehabt hätte!»
«Sie hatten also kein sexuelles Verhältnis mit ihr?»
«Nun ist es aber genug! Ich gehe jetzt und verlange eine Entschuldigung!» Er stand auf.

«Wo waren Sie am Tag des Todesfalls von 20 bis 24 Uhr?»
Konrad setzte sich erneut. «Da war ich ... erst daheim und dann in der Universität, bei einem Vortrag. Einem Gastvortrag.»
Glaser schwieg. Er schrieb trotz des Protokolls, das gerade erstellt wurde, einiges mit. In der Stille des Raums hörte man seinen Füllfederhalter und den Bleistift der Sekretärin gleichsam auf dem Papier schürfen.
«Ein Gastvortrag, also kein Vortrag von Ihnen. Ein Gast hielt einen Vortrag, der an diesem Abend vier Stunden gedauert hat.» Lürmann blickte den Professor kritisch an.
«Natürlich keine vier Stunden. Ich sage Ihnen ja, ich war erst zu Hause. Der Vortrag begann genau um 20 Uhr 30. Und dann war ich bis ... ich glaube, ungefähr 23 Uhr 30 in der Universität. Jedenfalls bin ich dann wieder kurz nach 24 Uhr in meine Wohnung gekommen. Das weiß ich noch sehr genau. Übrigens: das kann Ihnen meine Haushälterin bestätigen. Auch den Zeitpunkt meines Weggehens!» Konrad hätte sich am liebsten auf die Zunge gebissen.
«Dazu können wir sie gleich anschließend befragen», griff Glaser den Gedanken auf. «Sie haben sie ja vorsorglich mitgebracht.»
Der Professor suchte nach Worten, um das Schlimmste zu verhindern: «Ich muß Sie ganz dringend um Diskretion bitten. Ich möchte auf gar keinen Fall, daß Frau Steinig etwas von meiner Beziehung erfährt, wenigstens nicht so bald. Mir war und ist das alles ausgesprochen unangenehm, andern gegenüber, meine ich, also meiner nächsten und weiteren Umgebung. – Das ist keineswegs ungewöhnlich!»
Glaser wollte sich zwar nicht ins Handwerk pfuschen lassen, gab aber nach: «Also schön; wir werden es uns jedoch vorbehalten, Ihre Hausdame, Frau ...?»

«… meine Haushälterin, Frau Steinig …»
«… Ihre Haushälterin zu gegebener Zeit, sofern es sich als notwendig erweist, zu einer Befragung vorzuladen, auch ohne Ihr Einverständnis.»
Keine guten Aussichten, aber Professor Konrad fühlte sich fürs erste erleichtert.
Kommissar Glaser setzte die Vernehmung ungerührt fort: «Der Vortrag hat also um 20 Uhr 30 begonnen. Wann genau sind Sie von zu Hause weggegangen?»
«Das war um halb acht, weil ich schon bei der Begrüßung des Gastes anwesend sein mußte. – Inwiefern ist es denn bei der Untersuchung des Todes von Franziska Ruhland wichtig, wo ich an diesem Abend gewesen bin? Beschäftigen Sie sich doch bitte erst mal mit dem Mörder!»
«Mord meinen Sie?»
«Aha, jetzt hab ich mich wohl Ihrer Meinung nach verraten. Aber auf diese simple Art kommen Sie bei mir nicht weiter!»
Glaser blieb völlig ruhig. Er sagte einfach: «Sie wollten gehen?»
Konrad erschrak. Auch die Sekretärin. Selbst Lürmann war verstört. Als Konrad ihn irritiert anschaute, blickte er unsicher zu Glaser und lachte kurz auf. Dann brach etwas in Konrad zusammen.
«Was wollen Sie von mir, ich hab sie schließlich geliebt!» Der Theologieprofessor barg sein Gesicht in den Händen, weinte diesmal aber nicht.
Glaser besann sich. «Sehen Sie, Herr Professor, die Polizei muß nach so einem Todesfall die allernächsten Kontaktpersonen finden und befragen. Von diesen erfahren wir meistens etwas über mögliche Täter und Motive. Und zu diesen Kontaktpersonen gehören Sie ja wohl unbestreitbar.»

«Da haben Sie schon recht.» Konrad hatte sich gefangen.
«Außerdem ist es so ungewöhnlich nicht, daß ein Partner oder eine Partnerin umgebracht wird, sei es aus Eifersucht, aus Angst, verlassen zu werden – wie auch immer.»
Konrad nickte. Mehrmals setzte er zu sprechen an, daher schwiegen die anderen erwartungsvoll. Lürmann schaute mit geöffnetem Mund auf Konrad, als wolle er ihn auffordern, eine Erklärung abzugeben. Der konnte jedoch kaum einen konstruktiven Gedanken fassen und meinte schließlich bloß: «Aus Liebe kann man töten.»
Lürmann war fassungslos: «Was haben Sie da gesagt? Wissen Sie, was Sie da ausgesagt haben? Ist das ein Geständnis?»
Glaser beruhigte ihn. «Er hat nur eine Feststellung gemacht. Das besagt gar nichts.»
«Ich kann nur gestehen, daß ich sie nicht getötet habe. Aber ich kann mir durchaus vorstellen, daß es verschiedene Gründe für einen liebenden Menschen gibt, seinen Partner oder seine Partnerin zu töten.»
«Kennen Sie etwa jemand anderen, der bei Franziska Ruhland in dieser Hinsicht in Betracht kommt?» Der Kommissar fragte wohlüberlegt.
Und die Antwort kam sehr schnell. «Sie war vor meiner Zeit mit einem anderen verlobt. Ich weiß nicht, ob ich es ihm zutrauen soll, aber ein Motiv hätte er.»
«Welches?»
«Eifersucht, wenn Sie so wollen.»
«Wer ist es?» Glaser war gespannt.
«Er heißt Dr. Berthold Prestl und ist zur Zeit kommissarischer Leiter der Universitätsbibliothek.»
«Prestl? Mit P und einem e, ich meine, mit einem oder zwei e, also nach dem t noch eins?» Lürmann war ziemlich auf-

gekratzt. Konrad buchstabierte. Es befriedigte ihn zu sehen, wie sie alle mitschrieben und Prestl dadurch wie auf einem Präsentierteller in die polizeilichen Ermittlungen hineingereicht wurde.

«Und diesen Dr. Prestl hat Ihre Geliebte wegen Ihnen verlassen?» bohrte Glaser nach.

Erich Konrad erzählte noch einmal die Geschichte, wie er Franziska kennengelernt hatte, erneut gefühlvoll, doch bei weitem nicht so aufgewühlt wie neulich, als er sie Philipp Laubmann anvertraut hatte.

«Wie stehen Sie heute zu Herrn Prestl, haben Sie sich wieder versöhnt?»

«Ich glaube, er hält mich immer noch für einen Betrüger, der eine frühere Freundschaft mißbraucht hat. Aber was hätte ich tun sollen? An der Liebe sind außerdem zwei beteiligt. Daß Prestl das nicht eingesehen hat, hat ihn mir zunehmend unsympathisch gemacht. Ich frag mich, wie ich jemals ein freundschaftliches Verhältnis zu ihm haben konnte.»

«Gut. – Jetzt würden wir aus Ihrem Mund gerne erfahren, wer die Tote, Frau Ruhland also, wer sie überhaupt war. Welchen Beruf hatte sie denn?»

«Sie hat als Übersetzerin gearbeitet. Unter anderem durch die Kontakte, die sie zur Universität hatte, konnte sie schließlich als freie Übersetzerin von den regelmäßigen Aufträgen einigermaßen gut leben. Aber diese Aufträge wären nicht mehr nötig gewesen, wenn wir – wie ich das vorhatte – bald geheiratet hätten.»

«Sind Sie sich da sicher?» Glaser war immer auf Lügen gefaßt.

«Wollen Sie etwa behaupten, Franziska wollte mich gar nicht heiraten? Das wäre wieder eine Ihrer Unverschämtheiten!»

«Ich frage mich: Hätten Sie nicht enorme berufliche – und

damit finanzielle – Schwierigkeiten bekommen, wenn Sie geheiratet hätten? Dann hätte sie als Ihre Frau womöglich doch weiterarbeiten müssen.»

«Wegen des Zölibats, meinen Sie? Das hätte man abwarten müssen. Meistens hat es in den vergangenen Fällen für die Kollegen, die geheiratet haben, eine universitätsinterne Lösung gegeben. Sie müssen ja bedenken, daß ich in staatlichen Diensten stehe, nicht in kirchlichen!»

«Sie haben vorhin betont: Franziska und Sie wollten heiraten. Wollten Sie das tatsächlich, oder hat *sie* Sie zur Eheschließung gedrängt?»

«Es wird Ihnen nicht gelingen, jetzt noch, nach ihrem schrecklichen Tod, einen Keil zwischen uns zu treiben. Ich habe mich vorhin ganz klar ausgedrückt.»

«Und der Zölibat wäre weiter kein Hinderungsgrund für Sie gewesen, für Sie persönlich?»

«Mit der Zeit immer weniger. Ursprünglich hab ich sehr zu meinem Gelübde gestanden. Aber dann wurde die Liebe zu Franziska immer wichtiger in meinem Leben, so wertvoll, daß mir ihr Leben sogar wichtiger wurde als meines. – Denken Sie, was Sie wollen. Ich kann's nicht anders ausdrücken. Den Zölibat hab ich eigentlich schon lange als etwas Sekundäres empfunden; eine kirchliche Regel, aber inhaltlich für mich im letzten nicht überzeugend. Für jeden kann, das weiß ich jetzt, eine so lebendige Liebe wie zu einer Frau sehr schnell zu einem höchsten Gut werden, das über allen Normen steht.»

«Und wie hat sich nach der Auflösung der Verlobung der Kontakt zwischen Frau Ruhland und Herrn Prestl entwickelt – aus Ihrer Sicht?»

«Franziska hat nie wieder richtig mit ihm gesprochen. Er hat nicht das geringste Verständnis für ihre neue Liebe auf-

gebracht. Sie fand, daß Prestl sie mit seiner Härte gleichsam bestrafen wollte.»
Glaser überlegte. «Welche für uns relevanten Personen gibt es denn noch im Umfeld von Frau Ruhland?»
«Meinen Sie, Verdächtige?»
«Nein, überhaupt: Bekannte, Verwandte, alle. Wer verdächtig ist oder nicht, das stellt sich schon rechtzeitig im Lauf der Ermittlungen heraus.»
«Also, zu Verwandten hatte sie in letzter Zeit keinen Kontakt. Die leben weit entfernt, soviel ich weiß, und sind auch im übertragenen Sinn nur ‹entfernte Verwandte›. Da müßten Sie sich anderweitig informieren. Aber den Mörder werden Sie dort kaum finden.»
«Könnten Sie die nächsten Verwandten überprüfen, Herr Kollege?» Lürmann nickte. Daran hatte er Gefallen. «Wie haben Sie selbst eigentlich vom Tod Ihrer Geliebten erfahren? Da Sie – noch – kein Verwandter oder Verschwägerter waren, können Sie von offizieller Seite keine Auskunft erhalten haben.»
Konrad dachte nur kurz nach. «Aus der Zeitung.»
«Aber am nächsten Tag stand nur eine kleine, unauffällige Notiz drin. Ich nehme an, wegen des Redaktionsschlusses konnte an diesem Tag gar nicht ausführlicher über den Unfall berichtet werden.»
«Also schön, diese Notiz hab ich nicht gelesen. Ich habe übrigens gar keine lokale Tageszeitung abonniert, weil mich weder die Polizeiberichte noch die Schädel der Vereinsvorsitzenden interessieren. Ich hab über Franziskas Unfall zuerst woanders etwas gehört und erst danach Näheres in der Zeitung gelesen.»
«Gerade eben haben Sie ausgesagt, Sie hätten den Tod von Frau Ruhland aus der Zeitung erfahren! Solche Wider-

sprüche können ein Grund für eine Festnahme werden!»

«Na gut, ich sag Ihnen ganz genau, wie ich davon erfahren habe: Am Tag ihres Todes hab ich den vorhin erwähnten Gastvortrag besucht. Danach hab ich bei Franziska angerufen, es hat sich aber niemand gemeldet. Es war ja spät in der Nacht. Am nächsten Tag meldete sich am Telefon wieder niemand, was mich aber immer noch nicht erschreckt hat, höchstens verwundert. In der Universität sind jedoch erste Gerüchte kursiert. Deshalb bin ich am Abend, schon sehr in Angst um sie, zur Wohnung Franziskas gegangen, wo ich dann von Hausnachbarn wie nebenbei von ihrem Tod gehört hab. Vor dem Haus stand eines Ihrer Einsatzfahrzeuge, auch im Haus hielten sich Polizeibeamte auf, die Wohnungstüren der Nachbarwohnungen waren offen, die Leute schauten alle heraus. Die Beamten haben ein Foto von Franziska herumgezeigt und wollten wissen, was die Nachbarn über die Tote aussagen können. Ich bin so schnell ich konnte verschwunden; und zu Hause bin ich völlig zusammengebrochen. Ich konnte das einfach nicht ertragen – im Grunde bis heute nicht.»

Der Professor rang nach Luft, wollte seine Fassung nicht verlieren. Alle im Kommissariat warteten ab.

«Ich wollte nicht bei der Polizei anrufen und näher nachfragen; denn erstens hätte ich ja erklären müssen, daß ich kein Verwandter bin, sondern ‹nur› ihr Liebhaber; zweitens hielt ich das auch wegen meines Zölibats für beschämend.»

«Dann spielte der Zölibat für sie also doch eine größere Rolle, als Sie es eben dargestellt haben.» Erneut konnte Glaser auf einen Widerspruch hinweisen.

«Freilich hat sich der Zölibat für mich nicht problemlos gestaltet. Er war ein Problem, aber nicht von der moralisch-theologischen Seite her. Er war für mich auch nie ein Hin-

dernis in dem wahren Liebesgefühl zu Franziska. Diese Zölibatsregel hätte, wie gesagt, die Eheschließung nicht verhindern können. Aber in gesellschaftlicher Hinsicht, verstehen Sie, da erschien es mir irgendwie blamabel, den Zölibat zu hintergehen. Ich bin nun mal sehr bürgerlich erzogen. Was werden die Leute denken? Werd ich nicht meine Glaubwürdigkeit verlieren?»
Der Kommissar schien das zu verstehen, reagierte jedoch kaum. So redete Konrad weiter, indem er die ursprüngliche Frage des Kommissars wiederum aufgriff. «Erst am darauffolgenden Tag hab ich endlich alles genauer in der Zeitung gelesen. Und zwar lag da im Hörsaal neben meinem Katheder ein großer Artikel, mit Fotos vom Unfallort – und der war provozierend aufgeschlagen, daß ich ihn ja nicht übersehen konnte. Den Artikel hat sicher einer absichtlich hingelegt, der mich sowieso kritisieren wollte.»
Glaser wußte nicht so recht, ob das stimmte. «Ganz überzeugt mich Ihre Darstellung nicht, daß Sie, nachdem Sie im Haus von Frau Ruhland die Todesnachricht vernommen haben, noch einen vollen Tag gewartet haben wollen, um dann alles Nähere bloß aus der Zeitung zu erfahren.»
«Sie können sich nicht vorstellen, unter welchem Druck man als Theologieprofessor und Priester steht, wenn man die Konventionen durchbricht. Wie einen manche Kirchenleute oder diese Fundamentalisten betrachten. Und meiner Meinung nach schrecken einige vor keiner Untat zurück. Mit diesem Täterkreis sollten Sie sich befassen! Die ganze Zeit über verfolgt mich einer von denen.»
«Von wem werden Sie verfolgt?»
Konrad berichtete alles bis ins kleinste. Außerdem überreichte er Glaser triumphierend ein Bündel mit anonymen Briefen, die er nacheinander in seinem Fach in der Univer-

sität vorgefunden hatte, wie er zu Protokoll gab. Jeder Professor und jeder wissenschaftliche Assistent besaß ein solches Fach mit seinem Namen darauf, das wie ein Briefkasten funktionierte. Die Post und sonstige Schriftstücke konnten jederzeit eingeworfen werden. Diese verschließbaren Fächer waren über- und nebeneinander in die Wand einer Nische im Eingangsbereich der Fakultät eingelassen.
Lürmann war nahe an Glasers Schreibtisch herangetreten und betrachtete die Briefe eingehend. Sogar die Sekretärin hatte sich auf ihrem fahrbaren Stuhl so herübergebeugt, daß dieser wie von selbst zum Schreibtisch hingerollt kam.
«Die werden wir alle untersuchen lassen», merkte Glaser an. «Wir machen schon unsere Arbeit, Schritt für Schritt, darüber brauchen Sie sich nicht den Kopf zu zerbrechen.»
«Da haben Sie es mit einem echten Verbrecher zu tun; gegen den müssen Sie vorgehen, nicht gegen mich», beschwerte sich Konrad.
«Sehen Sie: Wenn wir Sie in Ruhe gelassen hätten, wären wir womöglich gar nicht an die Briefe gelangt.» Diese Logik ließ Konrad auf seinem Stuhl zurücksinken.
«Die Sache mit den Briefen und den Nachstellungen ist natürlich eine wichtige Spur, zunächst aber stehen für mich noch Fragen zu Ihrem Vortragsabend im Raum.» Der Kommissar blätterte wieder mit einer Hand in den Akten und blickte nach Beamtenart akkurat auf die Seiten, manchmal mit der anderen Hand den Füllfederhalter zu Hilfe nehmend und die eine oder andere Zeile damit nachfahrend. An einigen Stellen setzte er Häkchen, was bedeutsam aussah. Während dieser Prozedur ergriff Lürmann das Wort: «Was ist das denn: ein Gastvortrag? Wo liegt denn da der Unterschied, zwischen einem Vortrag und einem Gastvortrag, meine ich?»

«Zusammen mit Professor Hanauer, dem Inhaber des Lehrstuhls für Moraltheologie, hatte ich für diesen Abend eine auswärtige Kollegin eingeladen, um einen Vortrag über ein aktuelles Forschungsthema zu halten: ‹Die moderne Frau in der theologischen Moraldiskussion der Gegenwart›. So ein Gastvortrag gehört zu den besonderen Ereignissen im Semesteralltag.»
«Und warum war Frau Ruhland dann nicht bei diesem ‹besonderen Ereignis› anwesend?» Lürmann kam sich schlagfertig vor.
«Wie oft denn noch: Franziska und ich, wir vermieden es, einander in der Öffentlichkeit zu begegnen, vor allem im Bereich der Fakultät.»
«Fakultät heißt hier: Fachbereich Katholische Theologie», erklärte Glaser, seine durch Laubmann erlangte Kenntnis nutzend. «Und was glauben Sie, hatte Frau Ruhland während des Gastvortrags im Park zu suchen?»
«Das ist mir unerklärlich. Darüber mach ich mir schon lange Gedanken.»

Das Telefon unterbrach die Befragung. Der Kommissar schloß nach dem Telefonat fürs erste die Akten. «Leider muß ich weitere Fragen aufschieben und Sie statt dessen heute zusätzlich bemühen, aber es ist unumgänglich: Wir können jetzt rüber zur Identifizierung der Leiche.» Glaser schien wenig bekümmert.
«Ich soll mir jetzt die Leiche ansehen … Franziska?» Konrad war entsetzt.
«Tut mir leid.»
Widerspruch war anscheinend nicht möglich; denn alle erhoben sich, Glaser zog sein Jackett an, die Sekretärin packte ihre Unterlagen zusammen. Nach dem Verlassen des

Büros ging Konrad auf seine Haushälterin zu, die nicht ohne Sorge und daher mit zunehmender Ungeduld auf einem der fünf Stühle gewartet hatte, die dem Büro des Kommissars gegenüber an der kahlen Wand des Gangs aufgereiht standen. Er sprach leise auf sie ein, nämlich daß die Beamten darauf bestehen würden, ihn einer zusätzlichen Befragung zu unterziehen. Er schlug ihr vor, ohne ihn aufzubrechen, was sie entschieden ablehnte, zumal er blaß und angegriffen aussah. Sie habe vorhin schon nachfragen wollen, wie lange das Verhör noch dauern würde. Konrad drückte ihr dankbar den Arm.

«Wenn das Protokoll fertig ist, werden wir's Ihnen zur Unterschrift vorlegen», bemerkte Glaser, während sie zum Ausgang im Parterre gingen. Die Sekretärin hatte sich bereits verabschiedet, um es ins reine zu schreiben und zwischendurch der weiterhin wartenden Haushälterin einen Kaffee mit Milch und Zucker anzubieten.

Dann schritten die Kommissare und der Professor über einen Hof, fuhren mit einem Dienstwagen zur Pathologie und dort mit dem Aufzug in den Keller, wo sie einem weißen, neonbeleuchteten Flur folgten. Doch bevor sie zu einer schweren Metalltür kamen, mußten sie eine extra beleuchtete Stufe hinuntergehen. Konrad erreichte sie, zögerte einen kurzen Moment und bewegte sich dann so sonderbar ungelenk, daß er zu Boden stürzte. Man hätte fast glauben können, er habe den Sturz absichtlich herbeigeführt, sich zumindest zu wenig dagegen gewehrt, als wollte er den Fortgang der Ereignisse aufhalten. Alles lief herbei, um ihm wieder aufzuhelfen. Man fragte, wie es ihm gehe, ob er sich unwohl fühle, ob man den Termin verschieben solle. Man wollte keinen Skandal.

Konrad gab nur an, daß er einfach gestolpert sei; sonst

fühle er sich gut. Tatsächlich war es Schwäche. Als er dann das Haar aus der Stirn strich, sah man ein wenig Blut auf seinem Handrücken, das er selbst gar nicht bemerkt zu haben schien. Es war auch nur eine sehr kleine Stelle, die sich Konrad an der Stirn aufgerissen hatte. Nichts als eine Schramme.

Glaser betrachtete ihn weniger mitleidig als verärgert. Der Verdächtige geriet zum Opfer. Das gefiel ihm nicht. Diese Rolle wollte er ihm nicht zugestehen. Man merkte, daß der Kommissar auf dem besten Weg war, die ganze Szene für Schauspielerei zu halten. Aber Konrad drängte auf ein Weitergehen, auf das «Wahrnehmen des Termins».

«Bitte, wie Sie wollen.» Glaser tat so, als liege das ausschließlich im Ermessen Konrads. Mit einem Taschentuch beeilte sich dieser, das Blut an der Stirn wegzutupfen.

Durch andere kalt erscheinende Gänge gelangten sie – Konrad nun zwischen Glaser und Lürmann – in das Institut für Rechtsmedizin. Ein Angestellter in weißem Kittel war zur Gruppe gestoßen. Ihm fiel Konrads blutende Wunde auf. ‹Zur Abwechslung mal frisches Blut›, dachte er sich.

Zielgerichtet ging der Mann in der Leichenhalle auf ein bestimmtes «Schubfach» zu und zog eine Bahre heraus, nicht ohne vorher ein fahrbares Gestell darunter geschoben zu haben. Auf ein Zeichen Glasers hin hob er das weiße Tuch, das die Leiche verhüllte, am Kopfende an. Alle schauten auf Konrad, nur Konrad schaute teilnahmslos auf die Leiche und sagte nichts. Er rührte sich kaum, zeigte keine Regung. Das gelblich-bleiche Gesicht der Toten war entstellt.

«Erkennen Sie die Tote?» fragte Glaser.

«Ja. Es ist Franziska Ruhland.»

Stille. Alle wunderten sich über Konrads Ungerührtheit.

Hatte er seine Gefühle so gut im Griff oder war er einfach nur wie erstarrt?
«Notieren Sie das. Er hat sie eindeutig identifiziert.»
Das Schließen des Schubfaches erinnerte Erich Konrad an das Zuklappen der Aktendeckel einige Minuten zuvor.

X

Glaser war mit Laubmann verabredet; in dessen Dienstzimmer diesmal, innerhalb der Fakultät. Obwohl Glaser die Universität nicht mochte. Das heißt, er scheute sich vor ihr, empfand allerdings keine übermäßige Ehrfurcht. Er fühlte sich insgeheim sogar angezogen davon, befürchtete aber, man würde es ihm ansehen, daß er nie studiert hatte. Doch die zwei, drei Studenten, denen er begegnete, nahmen ihn kaum wahr oder hielten ihn schlimmstenfalls für einen Dozenten, den sie nicht kannten und daher nicht glaubten grüßen zu müssen. Eine Studentin fragte ihn, ob er eine Petition für die Laienpredigt unterzeichnen wolle.

Als er die Theologische Fakultät betreten hatte, war ihm eingefallen, daß er auch Konrad wieder hätte begegnen können. Aber, warum nicht? Es gab nichts vor Konrad zu verbergen. Er sollte ruhig merken, daß die Polizei an dem Fall dranblieb. Konrad war als Verdächtiger schließlich noch lange nicht aus dem Rennen. Im Gegenteil.

Trotzdem gab es im Umfeld der Theologischen Fakultät auch andere Tatverdächtige, die nicht aus dem Blick geraten durften. Warum sollte er Laubmann nicht von sich aus etwas mehr in den Fall einbeziehen, seine Kenntnisse nutzen wie die Kenntnisse eines Informanten, denn, das wußte Glaser, Laubmann würde sowieso seine detektivischen

Spielchen treiben und sich in die Polizeiarbeit einmischen. Informierte er Laubmann, würde er von ihm Informationen erhalten. Natürlich mußte er Laubmann Inhalte bieten, dessen war sich der Kommissar bewußt, denn der Herr Theologe war zu gescheit, als daß er ihn mit Bedeutungslosigkeiten hätte abspeisen können. Er mußte sich schon auf einen Dialog mit ihm einlassen. Und Dr. Laubmann war außerdem eitel.

Dieser erwartete neugierig den Besuch des Kommissars. Philipp hatte eine CD von Hildegard Knef aufgelegt. Häufig, wenn es Ärger gab, stellte er die Musik lauter und öffnete das Fenster, so daß die Knef «Ich brauch Tapetenwechsel» hinaussang oder «Ich zieh' mich an und langsam aus», was schon mal den Hausmeister auf den Plan rufen konnte. Sein Büro war nur durch das gemeinsame Sekretariat vom Büro seines Chefs, Professor Dr. Raimund Hanauer, getrennt, dem Hort der Moral als kritischer Wissenschaft. Philipp Laubmann arbeitete nicht gern in seinem Dienstzimmer, obwohl er darin Sprechstunden für Studenten anbot – und es kamen gar nicht so wenige – oder Seminararbeiten korrigierte. Der Ausblick auf den begrünten Innenhof der Fakultät entschädigte ihn für die spartanische Einrichtung des schmalen Raums: metallene Regale, ein einfacher Tisch ohne Schubfächer, PC, Waschbecken, Tauchsieder und Telefon. Die entscheidenden Besprechungen fanden sowieso im Büro seines Chefs statt.

Philipp Erasmus Laubmann gab sich aber auch so gar keine Mühe, sein Büro ein bißchen freundlicher zu gestalten. Die Papiere und Bücher wirkten darin wie ungeliebte Begleiter, achtlos verstreut. Ähnlich die Karteikarten, in den bevorzugten Größen A6 und A5, blau, rot, grün, weiß, gelb, mit und ohne aufgesteckte Reiter. So pedantisch er war, so chao-

tisch wirkte ihre Verteilung im Raum. Die Ordnung erschloß sich nur ihm allein.
Ihm kamen kriminelle Ereignisse gerade recht, um sich von der dringend gebotenen Arbeit an seiner Habilitation ablenken zu lassen. Eine Arbeit, bei der kein Anfang und kein Ende abzusehen waren. Und Laubmann, der Pedant, war zudem überzeugt, für dieses Werk zuerst die 2000 Jahre Theologie seit der Antike verarbeiten zu müssen. Es überwältigte ihn jedesmal aufs neue, wenn er die ungeheueren Dimensionen seines Themas innerlich gefaßt überblicken wollte.
Professor Hanauer war sich als sein Vorgesetzter mittlerweile darüber im klaren, daß er eingreifen und mit ihm über eine vernünftige Reduzierung seines Themas auf wenige, der durchschnittlichen Lebenszeit angemessene Schwerpunkte sprechen mußte. Doch Hanauer schob diese schon lange fällige Unterredung mit schlechtem Gewissen vor sich her, denn als er seinem Assistenten vor einiger Zeit eine diesbezügliche Andeutung gemacht hatte, hatte Laubmann gleich überreagiert und sich mit einem nicht enden wollenden Wortschwall verteidigt. Hanauer war anschließend in seine Vorlesung über Fundamentalmoral geeilt und hatte sich kategorisch jede Zwischenfrage von seiten der Studenten verbeten, aber wirklich jede. Dr. Laubmann hatte sich bei nächster Gelegenheit zwar dafür entschuldigt und Besserung gelobt, aber Hanauer blieb skeptisch. Er mußte in Zukunft strenger sein.

Der Kommissar berichtete dem Theologen Laubmann, wie geplant, über die Ereignisse, um von ihm im Gegenzug Interna zu erfahren. Glaser äußerte sich zwar mit der dienstlich nötigen Zurückhaltung, aber eindeutig in der

Sache. Eine Täuschung hätte Laubmann durchschaut, und Offenheit schmeichelte ihm. Er berichtete von Konrads Auftreten im Kommissariat, dessen verhaltenen Aussagen, die dem Kommissar insgeheim so erschienen, als wolle sich der Professor ein Hintertürchen offenhalten, und seiner gebetsmühlenartigen Beteuerung: «Ich habe Franziska Ruhland geliebt!»

«Als ginge er mit diesem Bekenntnis hausieren», meinte Laubmann trocken. «Das hat er mir ebenfalls mitgeteilt. Ich bin mir nicht sicher, ob er nicht bloß damit kokettiert.»

«Sie halten ihn nicht für aufrichtig?»

«Kann ich nicht sagen; will ich auch nicht. Er wirkt nur so schwankend, als wär er sich seiner Rolle nicht sicher. Die Frage ist nur, welcher Rolle? Ist es die Rolle eines unglücklichen Professors und Priesters, der mit einer ihm völlig unbekannten Situation konfrontiert wird, und das heißt schon was, plötzlich trauernd und im katholischen Sinne schuldhaft dazustehen ...»

«... oder die Rolle eines Täters?»

«Möglich.» Laubmann schob nachdenklich die Unterlippe vor. Dann begann er seinerseits mit einer ausführlichen Schilderung der Vorgänge, die sich seit ihrem letzten Treffen im Kommissariat ereignet hatten und sich auf Konrad, Hüttenberger und den ominösen Verfolger bezogen, und nicht zuletzt erzählte er, nicht ohne Begeisterung, von dem Essen bei ihm zu Hause. Nachdem Professor Konrad ja mittlerweile selber der Polizei sein Verhältnis mit Franziska Ruhland eröffnet hatte, dem Kommissar also das meiste, was Laubmann dazu wußte, bekannt war, sah Philipp Laubmann sich nicht mehr an die dem Professor gegebene Zusage gebunden, dessen Namen herauszuhalten, so daß er die Tatsache ihres zufälligen Aufeinandertreffens in der

Bibliothek nun nicht weiter verschwieg. Die näheren, dem Professor gewiß unangenehmen Begleitumstände behielt er freilich für sich.

Glaser war über diese Miteilungen hoch erfreut und schlug seinem, mit Bedacht so genannten, «Kollegen» eine begrenzte Zusammenarbeit vor: Dr. Laubmann kenne sich in der Universität besser aus, falle weniger auf als die Polizei und habe einen vertrauensvolleren und persönlicheren Zugang zu dem zu befragenden Personenkreis. Philipp war von dieser Idee recht angetan.

Aber, betonte der Kommissar, er bestehe auf strikter Kooperation. «Ich muß Sie dringend bitten, in Ihren Nachforschungen nicht nur Ihr eigenes kriminalistisches Vergnügen zu suchen und selbstverständlich nichts zu unternehmen, was ich nicht decken könnte. *Ich* sage, wo's langgeht, und Sie wenden sich mit Ihren Informationen allein an mich. Das mag eine ungewöhnliche Art der Zusammenarbeit sein, aber warum sollten wir Ihre Neugier nicht nutzen; Sie könnten sie eh nicht zügeln.»

Dr. Laubmann kramte verlegen lächelnd in ungeordneten Papieren.

«Lassen Sie uns doch noch mal zusammenfassen, wen wir haben: zunächst den Professor; der gehört für mich uneingeschränkt zu den Kandidaten, auf die ein Verdacht fällt», stellte Glaser sachlich fest.

«Das heißt, Sie ... oder besser: wir ... wir gehen ab jetzt von der Annahme aus, daß es sich um ein Verbrechen handelt.»

«Zumindest handeln könnte. Richtig. Dann Ihr Gast, dieser Josef ...?»

«Josef Maria Hüttenberger.»

«Welches Alibi hat er angegeben, sagen Sie?»

«Eine Sühnenacht.»

«Was ist das denn?»
Laubmann schmunzelte und empfand ein wohliges Gefühl, weil er als Detektiv ernst genommen wurde. «Sühnenächte halten so manche für eine hohe Form der Buße. Die sind dann die ganze Nacht über in einer Kirche zugange mit dem Abbeten von Kreuzwegen, Litaneien, Rosenkränzen, Marienandachten ...»
«Schon wieder der Rosenkranz!» unterbrach ihn Glaser.
«Die feiern zum Beispiel, als zeitliche Zäsur, um Mitternacht eine Lateinische Messe, wenn ein Priester anwesend ist. Der hört auch meist die Beichte, die bei der nächtlichen Bußleistung immer groß ankommt. Solche Gelegenheiten lassen die sich nicht entgehen. Da werden die Beichtstühle noch frequentiert!»
«Ist das alles?»
«Das reicht doch wohl; machen Sie das mal eine Nacht lang mit! Sicher, man kann zwischendurch mal rausgehen, mal was essen, was trinken und was sonst noch sein muß, und einige werden in der Dunkelheit drinnen einnicken.»
«Sie meinen also, wenn wir das Alibi von Hüttenberger überprüfen, werden wir genügend Zeugen finden, die es bestätigen – oder eben nicht?»
«Das muß nicht sein, vor allem was die Lückenlosigkeit anbelangt. Es ist durchaus möglich, daß nur ganz wenige anwesend waren, und es ist vorstellbar, daß einer für eine Zeitlang allein im Kirchenschiff bleibt. Und Sie sollten auch bedenken, daß die Zeugen womöglich nicht sehr zugänglich sind beziehungsweise auf Anonymität Wert legen. Ich will nun nicht behaupten, daß alle, die an einer Sühnenacht teilnehmen, verkrachte religiöse Existenzen sind; aber in ihrer Extremform geht diese Art der Buße in Richtung Leistungsfrömmigkeit, weshalb es passieren kann, daß sich

jemand geradezu in einen religiösen Wahn hineinsteigert. Kein Wunder, wenn man sich leichtfertig für alles Böse der Welt die Schuld aufladen will.»
«Das sind ja regelrechte Abgründe, die Sie mir da schildern», bemerkte Glaser angeschlagen. «Wie halten Sie's in Ihrer Kirche bloß aus?»
«Ich denke, daß die Kirche mehr zu bieten hat; und Gott allemal. – Ich hoffe es wenigstens», antwortete der Moraltheologe Laubmann nach kurzem Innehalten.
«Darin haben Sie mehr Erfahrung», lobte der Kommissar, hielt sich aber nicht damit auf, sondern nannte als dritten Verdächtigen Berthold Prestl. «Den stellvertretenden Bibliotheksleiter hat Professor Konrad als den Ex-Verlobten der Ruhland bezeichnet.»
«Ach der war das. Wo hatte ich nur meine Augen?» Laubmann begann seine randlose Brille zu polieren.
«Es kann natürlich auch so sein», überlegte Kommissar Glaser weiter, «daß uns Konrad mit dem Hinweis auf Prestl nur von sich ablenken möchte, was ich ihm genauso bei seiner Verfolgungs-Geschichte zutraue.»
«Ich finde, wir sollten den Unbekannten aus der Domkrypta, sofern er existiert, als Verdächtigen nicht ausschließen, gerade weil er mit Hüttenberger nicht identisch sein kann.»
«Akzeptiert.»
Philipp Laubmann hätte jetzt allzugern und von neuem über den Rosenkranz als liturgischen Gegenstand referiert, hatte er Glaser doch schon vorab gebeten, den am Tatort entdeckten und nicht mehr ganz intakten Rosenkranz mitzubringen, um ihn mit dem zu vergleichen, der ihm von Josef Maria Hüttenberger anläßlich der Esseneinladung vor knapp einer Woche geschenkt worden war und den er

bei sich hatte. Tatsächlich: «Die gleichen sich wie ein Haar dem anderen. Die stammen ohne Zweifel aus der gleichen Rosenkranzproduktion.» Laubmann richtete einen erwartungsvollen Blick durch die frisch glänzenden Brillengläser auf den Kommissar.

Der hatte sich diesmal jedoch innerlich darauf vorbereitet und unterband jegliche Ausführung über den Gottesdienstgebrauch der Rosenkränze: «Wir sollten uns nicht theologisch, sondern kriminologisch fragen, wohin die Spur dieser beiden Indizien führt. Einverstanden?»

«Warum nicht in eine Devotionalienhandlung?»

«Sie meinen so ein Geschäft für Rosenkränze und heiligen Krimskrams?»

«Im weitesten Sinne. Hier in der Stadt und in der näheren Umgebung ist mir allerdings nur ein einziges Geschäft bekannt, das sich auf den ‹Krimskrams› spezialisiert hat.»

«Das kann Lürmann übernehmen», entschied der Kommissar, «wenn auch diskret. Denn vielleicht haben wir Glück, und der Täter ahnt noch immer nichts von seinem Verlust.»

«Falls er überhaupt einen Verlust zu beklagen hat. Es besteht ja durchaus die Möglichkeit, daß der Rosenkranz vom Tatort nicht zur Tat gehört.»

«Wer bitte sonst sollte ausgerechnet dort einen Rosenkranz verlieren, und zudem einen, der zerrissen ist?»

«Irgendein frommer Kirchgänger. Der Tatort liegt immerhin gar nicht so weit von St. Vitus entfernt.»

«Ja, und?»

«Dort werden regelmäßig die Sühnenächte gefeiert, zu meinem Bedauern.» Laubmann verzog sein Gesicht zu einer säuerlichen Grimasse.

Dagegen hellte sich das Antlitz Glasers auf: «Das sagt er mir

so nebenbei. Das nenn ich eine heiße Spur. Wir werden uns den Hüttenberger schnappen und endlich ordentlich verhören!»
Laubmann, in Sorge, durch seine ein wenig voreilige Schlußfolgerung den Kommissar zu unbedachten Schlüssen bewogen zu haben, wagte den vorsichtigen Einwand, daß eine heftige Reaktion Hüttenbergers auf die zölibatären Verfehlungen Konrads zwar sehr naheliegend sei, aber auch sehr durchsichtig. «So dumm ist der Hüttenberger nicht, trotz der anonymen Briefe.»
«Dann meint er halt ausgesprochen schlau zu sein und uns mit seiner Rosenkranz-Dublette provozieren zu können. Außerdem ist eine Tat im Affekt nicht auszuschließen.» Der Kommissar klopfte mit dem Zeigefinger auf den mit Papieren übersäten Schreibtisch. «Als erstes hol ich mir diesen Fanatiker, und danach kümmern wir uns um Prestl und noch einmal um diesen Konrad. Zudem werden wir das Umfeld der Herrschaften unter die Lupe nehmen, Sekretärinnen befragen, Kollegen. Sie könnten sich gleich mal unauffällig an den zweiten Professor ranpirschen, der mit Konrad zusammen den Vortragsabend gestaltet hat. Mich würde interessieren, was er von Konrad hält; schließlich ist er ja sein Alibi. Hanauer heißt der Kollege.»
«Raimund Hanauer. Er ist mein Chef.»
«Haben Sie Skrupel deswegen?»
«Ganz und gar nicht», gluckste Laubmann fröhlich, «ich bin doch kein Apotheker.»
Hätte Dietmar Glaser den Philipp Laubmann nicht gekannt, würde er an dieser Stelle bestimmt entgeistert geschaut haben. So wartete er nur unbewegt, und Laubmann konnte sein Sprachspiel vollenden.
«‹Skrupel› ist nämlich nicht nur eine Bezeichnung für

Gewissenszweifel, sondern außerdem für ein früher gebräuchliches Apothekengewicht. Scrupulus, das Steinchen; und im übertragenen Sinn die Bedenken, die im Wege stehen, an denen man sich stößt. Fragen Sie mal Ihren Apotheker, ob er noch solche Gewichte hat; sonst könnten Sie behaupten, daß er skrupel-los ist.»
Glaser blieb bei seinem eigenen Gedankengang: «Steht Professoren, die Priester sind, also Priestern generell, neben Sekretärinnen überhaupt so jemand wie eine Haushälterin zu?»
«Schon möglich. Hanauer hat meines Wissens nach keine, aber Konrad.»
«Genau die meine ich. Ich hatte bereits das Vergnügen. Wir werden ihre Aussage noch brauchen, denke ich, für die Eckdaten von Konrads Alibi, selbst wenn's dem Professor nicht recht ist.»
«Dabei könnte ich helfen», bot sich Laubmann an.
Der Kommissar vermied es, diesbezüglich einen Auftrag zu erteilen. «Vielleicht lassen sich sogar unter den Sekretärinnen oder Haushälterinnen oder den Kollegen weitere Verdächtige finden. Hat's alles schon gegeben», überlegte er statt dessen.
«Ist Ihnen denn bekannt, daß die Sekretärin Konrads am Lehrstuhl zugleich seine Haushälterin ist?»
Der Kommissar reagierte verblüfft: «Eine einzige Person? Ist das überhaupt gestattet, eine derartige Zweiteilung des Arbeitsverhältnisses?»
«Offenbar. War bei Hans Küng, glaub ich, mal so ähnlich.»
«Bei wem?»
«Einem Theologen.»
«Hier an der Fakultät?»
«Viel berühmter. Wie die gute Melitta Steinig allerdings in

den Dienst bei Professor Konrad gekommen ist, weiß ich nicht.»
«Melitta?»
«Ein außergewöhnlicher Vorname, auf den altgriechischen Begriff für ‹Biene› zurückgehend. Ich kenn Frau Steinig mehr vom Sehen. Wie sich die zwei Arbeitsplätze in ‹Personalunion› organisatorisch aufteilen, da müßte ich nachfragen. Ich kann mich auch deswegen mal umhören.»
Der Kommissar erteilte wiederum keinen Auftrag. «Wer bezahlt denn die Stelle einer solchen Haushälterin? Die Kirche?»
«Ich bin kein Angehöriger der Klerisei», flocht Laubmann ohne Bedauern ein. «Keine Ahnung, wie das offiziell gehandhabt wird. Wär das nicht ebenfalls was für Herrn Lürmann?» Es klang, als würde er Kriminalkommissar Lürmann nicht viel zutrauen.
«Von mir aus gern. Wenn er schon zum Rosenkranz Erkundigungen einzieht, kann er sich gleich nach alten Haushälterinnen erkundigen, zu denen so was paßt. Da haben Sie recht.»
«So alt ist die gar nicht. Das täuscht.»
«Professor Konrad hat uns im übrigen ein Bündel anonymer Briefe überreicht. Kollege Lürmann hat sie kriminaltechnisch untersuchen lassen: Sie stammen eindeutig vom selben Urheber.»
«Ich glaube nicht, daß das unsere respektive Ihre Suche nach dem Unbekannten vereinfacht. Wir wissen, daß Hüttenberger der Absender ist. Aber bringt uns das weiter?»
«Das hat er Ihnen zweifelsfrei gestanden?»
Philipp Laubmann nickte bestätigend. «Er konnte sich nicht mehr rausreden. Aber wer sagt uns, daß Konrad Ihnen alle Briefe ausgehändigt hat? Vielleicht hat er noch von ande-

ren welche erhalten, vielleicht mit verfänglicheren Inhalten, die er deshalb bei sich behält? Und wer sagt uns, daß es nicht mehrere Unbekannte sind, die Konrad im Visier haben? Er könnte sich täuschen, indem er sich gedanklich zu sehr auf einen fixiert. Damit stünde sogar Hüttenberger wieder zur Auswahl.»

«Wenn wir diesen Herrn Hüttenberger vernehmen, werden wir ihn auf jeden Fall mit seinen Briefen konfrontieren und von ihm Fingerabdrücke nehmen lassen.»

Sie verstanden sich besser als im Kommissariat; als hätte jeder das erreicht, was er wollte, der eine freie Hand, der andere Kontrolle. Laubmann war geneigt, hinter sich zu greifen und vom kleinen Stapel der Freiexemplare seiner Dissertation zu den moralischen Aspekten der menschlichen Nahrungsaufnahme eines wegzuholen, um es dem Kommissar feierlich zu überreichen. Er unterließ es jedoch, wollte sich dieses eine Mal nicht aufdrängen, weil er glaubte, der Kommissar würde so gar nichts daran finden. Vielleicht hätte er es auf einen Versuch ankommen lassen sollen.

«Haben Sie eigentlich Konrad am Abend der Tat gesehen, etwa bei dem Vortrag?» wollte Glaser noch wissen.

«Nein; aber ich hab trotzdem ein Alibi. Ich hatte nämlich selber einen Vortrag zu halten. In einer Pfarrei.»

Zurück im Kommissariat, hatte Glaser bei Dienstende den Eindruck, im Ruhland-Fall einen Fortschritt erzielt, zumindest etwas Richtung Tätersuche auf den Weg gebracht zu haben, zumal er sich an diesem Tag ansonsten nur mit Routineangelegenheiten hatte befassen müssen. Auch Laubmann fühlte sich angeregt wie selten in letzter Zeit, geradezu herausgefordert. Noch in der Universität, dann auf dem Nachhauseweg und schließlich in seiner Wohnung zwischen seinen Büchern gab er sich völlig den Spekulationen über den Todesfall hin, erwog Motive und Gelegenheiten, ja spielte in Gedanken alle möglichen Tatverdächtigen durch.

So kam es ihm in den Sinn, seinen kriminalistischen Schwung zu nutzen und endlich den Mut aufzubringen, mit Elisabeth Werner per E-Mail in Kontakt zu treten. Er hatte es hinausgezögert, wobei am wenigsten seine Scheu vor Frauen daran schuld war. Schon eher eine Scheu, sich mit einer studierten Ethnologin auszutauschen, der er auf ihrem Gebiet nicht das Wasser reichen konnte. Er wußte zudem nicht so recht, wie er beginnen sollte, da er ja durchaus im Hinblick auf Franziska Ruhland indiskrete Fragen stellen mußte. Almut Werner, die Cousine, hatte ihm inzwischen telefonisch bestätigt, daß «Lisa» seine E-Mails erwarten würde.

Er fing seine E-Mail nicht sofort mit Fragen nach Franziska Ruhland an, obgleich er Elisabeth Werner kurz erklärte, was ihn bewog, sich mit dem Todesfall zu beschäftigen. Er erzählte ihr zunächst von sich, seinem Werdegang, wo sein theologischer Schwerpunkt liege, wie sehr er eine kritische Wissenschaft schätze und wo er wohne, da ihr Bamberg als alte Heimat ja sehr vertraut wäre. Vor allem interessiere ihn, womit sie sich wissenschaftlich konkret beschäftige und ob Verbindungslinien zwischen seiner Theologie und ihrer Ethnologie existierten.

Laubmann hatte der Unbekannten in Neuseeland gleich in derselben Nacht die Nachricht geschickt. Und noch ehe er am nächsten Morgen zur Universität aufbrach, sogar noch bevor er sich anzog und frühstückte, hatte er, als er seine Mailbox öffnete, schon eine Antwort von ihr auf dem Bild-

schirm. Es war erst kurz nach 7 Uhr, also furchtbar früh für ihn; für sie jedoch war es Abend. Elisabeth bot ihm gleich eingangs an, sie mit dem Vornamen anzusprechen, denn sie freue sich immer, mit jemandem aus Bamberg zu korrespondieren. Sie erlaube sich auch, ihn Philipp zu nennen.
«Ja natürlich!» sagte Laubmann begeistert und zum Bildschirm gewandt, gab ihr später aber seine Zustimmung schriftlich.
«Ich habe mich als Ethnologin», schrieb Elisabeth weiter, «unter anderem auf religionswissenschaftliche Fragenkreise spezialisiert, was Sie, lieber Philipp, sicher ansprechen wird. Das wäre bereits die Verbindung zur Theologie, nach der Sie mich gefragt haben. Im weitesten Sinne geht es unserer Forschungsgruppe um Erkenntnisse über die soziale Struktur der frühen Urbevölkerung und damit um die Besiedlungsgeschichte Neuseelands durch die Maori, die nur in Legenden überliefert ist. Mein Hauptaugenmerk richtet sich auf die Bedeutung des menschengeborenen göttlichen Ziehsohns Maui, besonders im Zusammenhang mit anderen polynesischen Kulturen. Ich lebe auf der Nordinsel Neuseelands, weil sich hauptsächlich von hier aus die Maori-Kultur verbreitet hat.» Aber Wissenschaft sei nicht alles, meinte Elisabeth. «Davon ein andermal mehr.» Über Franziska zu sprechen, sei zunächst wohl wichtiger, auch für sie. Vielleicht könne er ihr genauer schildern, was passiert sei.
Darin stimme er ihr zu, daß Wissenschaft nicht alles bedeute, antwortete Philipp, aber sie würde ihm oft Halt bieten. Zu Franziska Ruhlands Tod berichtete Philipp, was er bisher erfahren hatte, beschrieb ihr den Ort des Unglücks, der Elisabeth nicht unbekannt war. Laubmann schloß freilich einen Unfall mit höchster Wahrscheinlichkeit aus, sah vielmehr eine Fremdeinwirkung als beinahe

gesichert an, konnte aber auch Selbstmord nicht hundertprozentig ausschließen. «Wie schätzen Sie die Selbstmordthese ein?»

Nein, hieß es postwendend, es sei denn, Franziska hätte sich plötzlich sehr verändert. Elisabeth Werner war davon überzeugt, daß ihre Freundin sich nicht umgebracht hat. «Da müßte ich mich sehr in ihr getäuscht haben. Dazu war sie viel zu lebenslustig. Depressive Anwandlungen hatte sie nie. Wenn sie etwas haben wollte und sie konnte es nicht gleich erreichen, dann hat sie gekämpft. Ich habe sie zwar lange Zeit nicht gesehen – bei meinen letzten Deutschlandaufenthalten war keine Gelegenheit dazu –, aber wir standen regelmäßig in Kontakt, telefonisch, brieflich, durch E-Mails. Ich hätte was gemerkt.»

Sicher, Franziska sei verwöhnt gewesen, «und die Geschichte mit Konrad, die mehr war als eine Affäre, hat nicht auf Anhieb geklappt. Aber sie war unabhängig genug, auch in Gefühlsdingen; sie hatte ihren Beruf als Übersetzerin und genügend Geld. Als Fabrikantentochter und stille Teilhaberin war ihr je nach Auftragslage eine in der Höhe schwankende Rendite gewiß. Sie hatte nie nennenswerte Probleme mit ihren Eltern, die beide schon seit Jahren tot sind. Ihr Vater hat den Tod seiner Frau nicht verwunden und ist einfach verwelkt. Franziska war das einzige Kind. Eine Spätgeborene. Ihre Eltern sind so um 1950 aus Hannover nach Bamberg gezogen und etwa mit dem Ende der Schulzeit Franziskas wieder dorthin zurückgegangen, um die chemische Fabrik des Großvaters zu leiten. Sie hat die Schule im Vorderen Bach leider vorzeitig verlassen und einige Jahre vertrödelt, doch dann das Abitur anderweitig nachgeholt. Daß wir Bach-Gänse waren, haben Sie ja bereits vernommen.»

Eine wahre Flut an Informationen, meinte Laubmann etwas übertrieben und dankte der «lieben Elisabeth» dafür. Beim E-Mailen mit ihr sei die Zeit wie im Flug vergangen, aber dummerweise rufe sein Dienst in der Universität. Da es bei ihr zwölf Stunden später sei, wünsche er ihr einen schönen Abend. «Bei allernächster Gelegenheit sollten wir uns weiter unterhalten. Ich freue mich darauf und habe noch eine Menge Fragen.»

XI

In den kleinen Dingen stecken die wahren Geheimnisse, das wußte Lürmann schon immer. In dieser Erkenntnis fühlte er sich so manches Mal eins mit keinen Geringeren als Auguste Dupin und Sherlock Holmes, wenn er seiner Arbeit einen nostalgisch verklärten Nimbus verleihen wollte. Dies schien ihm nicht abwegig zu sein, obwohl sich Dr. Laubmann mal darüber lustig gemacht hatte. Zumindest war es ihm so vorgekommen. Dabei waren doch die Gedankengänge Laubmanns selbst häufig auch nur ein intellektuelles Spiel und seine detektivischen Bemühungen höchstens eine Parodie auf Sherlock Holmes. Und die gab es bereits in den Kurzgeschichten Maurice Leblancs, der kurzerhand aus Sherlock Holmes Herlock Sholmes hatte werden lassen. Darin wußte Lürmann besser Bescheid. Insofern freilich paßte Laubmann dazu, weil er oft genug eine komische Figur abgab und Verwirrung stiftete. Und Philipp Laubmann war ihm gerade deswegen nicht unsympathisch, auch wenn ihm der Rosenkranz-Vortrag im Kommissariat eher als eine Konfusion im Gedächtnis geblieben war.

Auf den Spuren des am Tatort entdeckten Rosenkranzes begab sich Ernst Lürmann, in Absprache mit Glaser, zur Devotionalienhandlung. Das Geschäft befand sich im ältesten Kern der mittelalterlichen Universitätsstadt, nahe beim

Alten Markt. Es war ein Fachwerkhaus, das der Barockisierung entgangen war. Unten waren später Bogenschaufenster eingesetzt worden, deren Auslagen von Kerzen, Heiligenfiguren, Spitzentüchlein, Kreuzen und Kreuzchen, Bändern, Gebetbüchern und Honiggläsern überbordeten. Doch der prangende Kitsch störte Lürmann keineswegs, sondern weckte bei ihm wie bei den meisten Kunden kindliche Erinnerungen. Als er in die wachsduftende Religiositäten-Krämerei eintrat, kam ihm der Bimmelklang der Ladentür wie das Glöckchen am Weihnachtsabend vor.

Lürmann äußerte sich, kaum eingetreten, begeistert über die vielen wunderbaren Sachen und beteuerte, daß er in Zukunft öfter vorbeikommen müsse. Die Verkäuferin hinter dem traditionellen Ladentisch, etwas füllig, mit hellbraunen Haaren, gemütlich und alterslos, verstand das nur zu gut. Das Lob gefiel ihr.

Um seiner dienstlichen Pflicht zu genügen, zeigte Lürmann seinen Ausweis. «Ich hab in einem Fall zu ermitteln, bei dem es um solche kirchlichen Gegenstände geht. Leider.»

«Bei uns wurde in letzter Zeit aber nichts gestohlen», sagte die Verkäuferin ein wenig verstimmt und rückte einige Schälchen mit verpackten und unverpackten Spezereien, darunter auch Marzipan, zurecht.

«Nein, ich möchte ja nur etwas wissen von Ihnen, weil Sie eben die Fachhändlerin sind, für solche Sachen, meine ich.» Damit schien sie zufrieden.

Lürmann war freilich mit seinen Augen schon wieder woanders, bei einer außergewöhnlich großen und stabilen Hochzeitskerze nämlich, die der ganzen «Orgelpfeifen»-Ansammlung der Kerzen in allen Größen und Formen die Krone aufsetzte. Dann holte er den auseinandergerissenen Rosenkranz vom Tatort aus seiner Jackentasche und zeigte ihn der Verkäuferin. Von Glaser war er unterrichtet worden, daß Laubmann genau so ein Exemplar von Hüttenberger geschenkt bekommen hatte.

«Kennen Sie diese Art von Rosenkränzen? – Können Sie mir vielleicht sogar sagen, ob Sie diesen Rosenkranz verkauft haben und wer ihn gekauft hat?» fragte Lürmann nach, da die Verkäuferin sehr viel Zeit brauchte, um das Corpus delicti genau zu fixieren.

Dann ging sie einfach wortlos ein paar Schritte zur Seite, zog eine verglaste Schublade aus der Verkaufstheke und stellte sie auf den Ladentisch. «Schauen Sie her, so eine Menge haben wir von diesem billigen Allerweltsmodell! Ihren könnte man reparieren, aber das dürfte sich nicht lohnen.» Einige Dutzend sehr ähnlich aussehende Stücke waren dekorativ auf einer grünen Filzunterlage plaziert. Lürmann nahm unwillkürlich das von ihm mitgebrachte Exemplar an sich, so als habe er Angst, es könne in der Masse der vorgelegten Vergleichsstücke untergehen, obwohl es sich aufgrund seiner Beschädigung von ihnen unterschied.

«Erst neulich hab ich wieder einen von denen verkauft, selbstverständlich unversehrt.»

«Und an wen? Zufällig an einen Herrn Hüttenberger?»

«Das stimmt. Woher wissen Sie das? Der kommt oft zu uns. Zur Zeit ist allerdings keine Saison für Rosenkränze; die gehen mehr zur Firmungs- und zur Kommunionzeit.»

Innerlich jubelte Lürmann über seinen Volltreffer, nach außen verzog er jedoch keine Miene.

«Herr Hüttenberger also, das bestätigen Sie?»

«Ich sage Ihnen, das ist ein komischer Mensch; aber ein guter Kunde. Kauft ständig Rosenkränze. Er sammelt sie anscheinend, behauptet er jedenfalls. Haben Sie vielleicht einen unerlaubten Handel angezeigt bekommen?» Die Verkäufe-

rin war von ihrer Idee fasziniert. Solche windigen Geschäfte hätte sie dem Hüttenberger dann auch noch zugetraut. Lürmann verneinte nur, wollte nichts erklären.
«Genau vor einer Woche hat er bei mir so einen Rosenkranz gekauft, auf den Tag genau; das weiß ich noch, er war so aufdringlich!»
Scheinbar schaute Lürmann die Verkäuferin an, tatsächlich aber sah er nachdenklich durch sie hindurch. Folgerichtig schloß er, daß der Kauf wohl an dem Tag stattgefunden haben mußte, an dem Hüttenberger dem Laubmann einen Rosenkranz schenken wollte. Und das war *nach* dem Unfall! Wenn Hüttenberger, als Täter am Unfallort, seinen Rosenkranz dort verloren hatte, hat er Ersatz gebraucht und anschließend einen neuen gekauft.
‹Das ist viel zu spekulativ und nicht beweisbar›, zögerte Lürmann in seinen Gedanken. Es wirkte fast zu naheliegend. Würde sich Hüttenberger nicht erst recht verdächtig machen, wenn er wirklich als Täter den Rosenkranz nachgekauft und verschenkt hätte? Es sei denn, und damit würde Glaser richtig liegen, es sei denn, er hat keine Ahnung, daß er den ersten direkt am Tatort verloren hat. Aber wäre es ihm nicht aufgefallen, als er zerrissen wurde? Außerdem: Warum hat er den nachgekauften Rosenkranz dann gleich wieder Laubmann geschenkt? Oder hat er den Rosenkranz nur zufällig für Laubmann erworben? Lürmann war sich unschlüssig.
«Hier haben wir noch welche in der Art.» Die Fachverkäuferin hatte eine Holzschachtel aus einer anderen Schublade herausgenommen. Lürmann wollte freundlich sein und ließ sich Rosenkranz für Rosenkranz vorlegen, obwohl sie ihn zu nerven begannen. Die Verkäuferin wurde immer eifriger, ja vertraulicher.

«Ich sage Ihnen: Der Herr Hüttenberger war der einzige Käufer dieser Ware seit fast einem Vierteljahr. Davor habe ich nur ungefähr vier oder fünf an Touristen verkauft, die mit einem Reisebus in der Stadt waren.»

Lürmann staunte, wie sie sich diese Dinge genau merken konnte. Aber vermutlich kamen außerhalb der Feiertags-«Saison» nicht allzu viele Kunden in den Laden.

«Ich sage Ihnen: Der sammelt Rosenkränze wie verrückt und schwärmt die ganze Zeit von seiner ‹tollen› Sammlung. Der hat wahrscheinlich über hundert davon. Das ist ja auch nicht gerade fromm, wenn Sie mich fragen», stellte die Verkäuferin fest. «Mit Frömmigkeit hat das gar nichts mehr zu tun!»

«Da haben Sie sicher recht,» bestätigte Lürmann.

«Einige von seinen Rosenkränzen müssen sehr wertvoll sein und sehr teuer. Hat er jedenfalls schon oft erzählt. Sonst, wenn er ein neues oder ein besonderes Stück sieht, kauft er immer nur ein einziges Exemplar. Und das war nämlich komisch: Vor einer Woche, als er den einfachen Rosenkranz nachgekauft hat, hat er auch einen anderen, ganz schön teuren noch einmal nachgekauft. Damit hat er bei der Gelegenheit sogar angegeben. Schauen Sie her, so einen ähnlichen hat er nachgekauft!» Sie wies fast ehrfürchtig auf eine Schublade unter der gläsernen Abdeckplatte des Verkaufstisches.

Lürmann beugte sich darüber und erkannte gleich, daß hier die wertvolleren Rosenkränze ausgestellt waren. Man sah es ihnen an, daß sie teurer sein mußten, selbst wenn die billigen Stücke noch so mit falschem Gold und falschen Edelsteinen in die Augen stachen.

«Welchen von denen meinen Sie jetzt?» Lürmann zog sein Notizbuch heraus.

«Es war der Rosenkranz mit den echten Elfenbeinperlen und dem Silberkettchen. Den hat er noch einmal gekauft, obwohl er ihn früher schon mal bei uns erstanden hat. Das hat er doch sonst nie getan!»

«Das ist ja hochinteressant», entfuhr es Lürmann, obwohl er so tun wollte, als sei das für ihn nicht von Bedeutung. Eifrig schrieb er alles Nötige auf.

«Schauen Sie, das habe ich mir gedacht, daß Sie das interessiert!» Die Verkäuferin triumphierte. «Jetzt erzähl ich Ihnen noch etwas: Er hat behauptet, er hätte das erste Exemplar von dem teuren Rosenkranz einer ‹Freundin geliehen›» – wobei ihre Stimme anbiedernd zwischen imaginären Anführungsstrichen hin und her schwang. «Er hat viel von dieser Freundin erzählt, das wollt ich alles gar nicht wissen. Da hat er wieder so betulich religiös getan und behauptet, die Freundin hätte genau so einen Rosenkranz gehabt, ihn aber verloren oder verlegt. Außerdem sei er geweiht gewesen.»

«Geweiht?» Jetzt wünschte sich Lürmann, er könnte Dr. Laubmann fragen, was es damit auf sich hatte.

«Man kann einen Rosenkranz natürlich weihen lassen, wie auch die Eheringe oder eine Kerze. Für die Freundin muß der Rosenkranz ein wertvolles Geschenk gewesen sein. Deswegen hat sie sich ja von Herrn Hüttenberger den gleichen aus seiner Sammlung leihen wollen, um den Verlust zu ersetzen.»

«Kann es sein, daß dieser Herr Hüttenberger nicht geglaubt hat, daß er den Rosenkranz wieder zurückbekommt, daß er also deshalb den gleichen nachgekauft hat?»

«Der kann es doch keine Minute aushalten, wenn ein Stück aus seiner Sammlung fehlt!» Die Verkäuferin winkte entschieden ab.

«Merkwürdig.» Lürmann nahm sich vor, sich alles bald richtig zusammenzureimen und in aller Ruhe seine Notizen durchzugehen, um sie gegebenenfalls mit den Protokollen zu vergleichen. Hier hatte er nichts mehr zu tun – außer Marzipan zu kaufen. Als ein anderer Kunde das Türgeläut in Gang setzte, ergriff er die Gelegenheit, um sich zu verabschieden und die Devotionalienhandlung zu verlassen, voll von Düften und mit neuen Hinweisen.
Den Namen der Verkäuferin, Eva Weißhaupt, erfuhr er erst auf eine telefonische Rückfrage hin, auch daß sie die Geschäftsinhaberin war. Für die Akte.

XII

Professor Dr. Raimund Hanauer, Lehrstuhlinhaber für Moraltheologie und vormals «Doktorvater» von Philipp Laubmann, außerdem weiterhin sein Chef, kam mit seiner Vorlesung am Katheder gerade zum Ende. Nach einigen trockenen Ausführungen über den theologischen Ansatz Thomas von Aquins im Hinblick auf die Moral sprach er nun über den «modernen Bezug», wie er es manchmal nannte. Und dieser moderne Bezug geriet auch bei ihm bisweilen kirchenpolitisch brisant. Wenn also vorher ab und zu Getuschel im Hörsaal zu vernehmen war oder der eine oder andere Student den Raum vorzeitig verließ, dann war Hanauer jetzt, am Ende der Lehrveranstaltung, vollkommene Aufmerksamkeit gewiß; war es doch zu erwarten, daß zumindest verklausuliert einige Bemerkungen auftauchten, mit denen Professor Hanauer, selbst Priester und Vertreter der Kirche, die Konfrontation mit der Institution riskierte. Seine Studenten warteten förmlich auf die Schlußbemerkungen, um zu sehen, wie sich ihr Dozent heute wieder zwischen den Anforderungen der Institution Kirche und der theologischen Wissenschaft geschickt hindurchschlängeln würde.

Professor Hanauer lehrte im großen Hörsaal, weil alle Theologiestudenten, egal welche Prüfung sie am Ende able-

gen wollten, diese Vorlesung besuchen mußten. Aber nicht allein aus dem Grund waren wieder sehr viele Hörer gekommen. Hanauer war eben beliebt bei den Studentinnen und Studenten, und das nicht nur wegen seiner wissenschaftlichen Kompetenz, sondern auch wegen seiner Persönlichkeit. Und sah es nicht einfach edel aus, wenn an dem hoch aufragenden sehr schlanken Mann von 52 der bewußt ganz dunkel gehaltene Anzug, ohne jeglichen modischen Anklang, fast eine Spur zu streng wirkte? Das scharf geschnittene Gesicht mit dem etwas nach vorne stehenden Kinn und den sich mehr als andeutenden Falten, sein betont aufrechter Gang sowie sein leicht distanzierter Blick ließen ihn ebenso geistreich wie geistlich aussehen.
Eine hübsche Studentin hatte nach dem Ende der Vorlesung eine Nachfrage bezüglich der von Professor Hanauer erwähnten «Königsteiner Erklärung» der Deutschen Bischofskonferenz, in der laut Hanauers heutigem Vortrag die Rolle des Gewissens bei moralischen Fragen betont worden war. Hanauer beantwortete die Frage mit zwei präzisen Sätzen und gab einen Hinweis auf einen Artikel, wo sie mehr darüber finden würde.
Er überlegte sich oft, inwieweit die Menschen das Gewissen als Korrektiv des eigenen Handelns überhaupt noch wahrnahmen oder inwieweit sie überhaupt noch, im Sinne einer geistigen Auseinandersetzung mit sich und mit der Welt, tiefergehend denken wollten.
Dachten die Menschen, die in seinen Vorlesungen saßen, wenigstens gelegentlich ganz frei über etwas nach, ohne Zweckgebundenheit? Eine Studentin etwa, die eine kirchliche Laufbahn anstrebt; ein Priesteramtskandidat, der jetzt schon auf einen festen Lebenslauf eingeschworen wird; eine ältere Gasthörerin, sonst Hausfrau und engagiert in der

Kirchengemeinde, die im Hörsaal vielleicht nur eine höhere Art der Unterhaltung genießt, der Freizeitgestaltung? Ja, das war es, um was es überall ging: Werdegänge und Unterhaltung. ‹Und wir theologischen Forscher betreiben dies im Grunde mit.›
Plötzlich schob sich Dr. Philipp Laubmann durch die hinausdrängenden Studenten nach vorne. Hanauer stand fein lächelnd neben dem Pult, wobei sich seine Fältchen noch einen Grad charmanter auf der straffen Gesichtshaut abzeichneten, und verabschiedete sich gerade von der Studentin, als Laubmann das Katheder seines Lehrers erreichte. Sie begrüßten sich sogar mit Handschlag, der Professor und sein Assistent. Hanauer stellte ständig unter Beweis, wie sehr ihm das Schicksal seines Assistenten am Herzen lag. Er respektierte seine Intelligenz und seine Forschungstätigkeiten, obwohl er sie nicht immer bis ins letzte nachvollziehen konnte. Auf jeden Fall achtete er ihn hoch. So tauschten sie beispielsweise ihre Texte untereinander aus, bevor sie veröffentlicht wurden.
Heute war Dr. Philipp Laubmann aber nicht in moraltheologischen Fachfragen zu Hanauer unterwegs. Er hatte ja in Absprache mit Kommissar Glaser die Aufgabe übernommen, seinen Chef über den Verlauf des Abends zu befragen, an dem Franziska Ruhland zu Tode gekommen war. Laubmann wollte ganz einfach mit Hilfe seines Professors das Alibi des Kollegen Konrad überprüfen, da er nicht zu dem von Konrad und Hanauer organisierten Gastvortrag hatte kommen können. Im nachhinein wäre es ihm lieber gewesen, er hätte damals selbst alle Personen im Hörsaal zu beobachten vermocht. Er war sich dessen gewiß, daß dies niemand so genau getan hätte wie er.
«Frau Professorin Schönfeldt, unsere Gastdozentin, wurde

von mir allein aus dem Hotel abgeholt», gab Hanauer gleich auf die erste Frage Laubmanns zur Antwort. Daß er nun gleichsam verhört wurde und wichtige Aussagen zu einem möglichen Verbrechen machte, das wurde ihm bis auf weiteres nicht so recht bewußt. Laubmanns Fragen erschienen ihm relativ harmlos.

«Und wann haben Sie den Kollegen Konrad getroffen?» wollte Laubmann wissen.

«So gegen 20 Uhr sind wir hier in der Universität mit ihm zusammengetroffen. Die Veranstaltung sollte ausnahmsweise um 20 Uhr 30 beginnen, aber es ist wohl ein paar Minuten später geworden. Einige Nachzügler haben, wie immer, den Beginn verzögert. Bei denen kann man nie spät genug anfangen. Dabei hatte die Kollegin ja schon um einen zeitversetzten Anfang gebeten, weil sie an dem Tag noch eine andere Veranstaltung hatte und eine lange Fahrt bewältigen mußte.»

«Sie haben also zusammen mit Herrn Konrad und Frau Schönfeldt bis nach 20 Uhr 30 gewartet, um alle Zuhörer hereinzulassen?»

Hanauer nickte. «Anschließend, als dann endlich Ruhe eingekehrt war, habe ich als einer der Einladenden eine kurze Begrüßungsansprache gehalten und dabei die auswärtige Kollegin vorgestellt und verschiedene Aspekte des Themas angedeutet, die ja …»

«Verzeihen Sie, wenn ich unterbreche, mir geht es mehr um den äußeren Ablauf. Wann war denn der Gastvortrag zu Ende?»

«Da lassen Sie mich kurz nachdenken. Das muß um 22 Uhr gewesen sein, weil ich mir noch überlegt habe – die Kollegin hat nach den Begrüßungsworten mehr als eine Stunde vorgetragen –, ob das nicht zu viel sei. Wir wollten zum

Abschluß wie in aller Regel die Möglichkeit einräumen, Fragen an sie zu richten. Der Vortrag war inhaltlich so dicht, daß wir vor der Diskussion aber eine zehnminütige Pause eingelegt haben.»

«Hat denn der Kollege Konrad auch Fragen gestellt?»

«Der war gar nicht mehr anwesend. Der lange und sehr intensive Vortrag hatte ihn anscheinend so mitgenommen, daß ihm übel geworden ist; vielleicht war es auch bloß die schlechte Luft im Saal. Er war wieder überfüllt mit Studenten und vielen Freunden der Universität. Keiner wollte natürlich ein Fenster öffnen, weil immer jemand dasitzt, der es dann zu kalt findet.»

«Konrad war nicht mehr anwesend? Das müssen Sie mir bitte genauer erklären!» Laubmann war einerseits hocherfreut über diese Information, andererseits verärgert, weil er offensichtlich einer Sache auf die Schliche gekommen war, die Konrad ihm, beziehungsweise dem Kommissar, verheimlicht hatte.

«Er hat so blaß und schwach ausgesehen, daß ich ihn in der Pause in sein Büro hinaufbegleitet habe. Kaum, daß er gehen konnte. Ich mußte ihn auf der Treppe sogar stützen. Im Büro hat er sich aufs Sofa gelegt, um kurz die Augen zuzumachen. Aber zur Verabschiedung der Kollegin sollte ich ihn dann wieder holen.»

«Haben Sie das getan?»

«Selbstverständlich; wir haben im Hörsaal lang diskutiert, daß ich's bald selber nicht mehr abwarten konnte, so spät war's geworden. Ich weiß noch, daß ich so um zwanzig Minuten nach elf – ich hab oft auf die Uhr gesehen – endlich nach oben gegangen bin, um Konrad zu verständigen.»

«Und wo haben Sie den Kollegen angetroffen?»

«In seinem Büro, wie verabredet.»

«Welchen Eindruck hatten Sie bei der Gelegenheit von ihm?»
«Er sah überraschend erholt aus. Viel ruhiger als vorher. Die Blässe war aus seinem Gesicht verschwunden; seine Farbe war wieder viel frischer und gesünder. Ich war richtig erleichtert, weil ich mir schon Vorwürfe gemacht hatte; ich hätte möglicherweise den Sanitätsdienst verständigen müssen.»
«Das klingt für Sie jetzt vielleicht überzogen, aber ich muß genau wissen, wo und in welchem Zustand sich Konrad in seinem Büro befunden hat.»
Hanauer beschlich nun doch das Gefühl, verhört zu werden; er protestierte dennoch nicht, sondern bemühte sich geradezu um Genauigkeit. «Er lag nicht mehr auf dem Sofa, sondern war aufgestanden, hatte das Hemd geschlossen und die Krawatte wieder hochgebunden. Ach ja, und dann ist mir aufgefallen, daß am Schreibtisch das Licht gebrannt hat, so als hätte er dort gearbeitet. Ich dachte mir noch, da hätte er auch herunterkommen können!»
«Haben Sie ihm das gesagt?»
«Nein, wo denken Sie hin. Wir sind gleich nach unten und haben die Kollegin gemeinsam verabschiedet. Gegen Mitternacht hab ich sie wieder allein, also ohne Konrad, zum Hotel gebracht. Der Kollege Konrad dürfte zur gleichen Zeit nach Hause gegangen sein.»
«Haben Sie das irgendwie mitbekommen?»
«Nein, aber er hat's gesagt; und das war doch klar!»
Laubmann insistierte. «Konrad hätte also während der Zeit, in der er allein oben im Büro war, kurz weggehen können, und zwar ohne gesehen zu werden.»
«Wann soll das gewesen sein?»
«Na etwa zwischen 22 Uhr 15 und 23 Uhr 15.»
«Wozu sollte er das tun? Sicher: erholt war er wieder rela-

tiv schnell, das muß ich zugeben. Aber wie hätte er ungesehen das Gebäude verlassen sollen?» Hanauer war in kriminalistischen Fragen ungeübt.

«Über die hintere Wendeltreppe, die vom ersten Stock direkt ins Parterre führt. Unten besteht ein separater Ausgang, so daß man gar nicht den Hauptausgang benutzen muß.»

«Ach ja richtig, die hintere Treppe!» Die hintere metallene Treppe war Hanauer immer wegen ihrer Höhe nicht geheuer gewesen. Sie war im späten 19. Jahrhundert aus feuerschutzrechtlichen Gründen in den Barockbau eingefügt worden, um einen Notausgang zu ermöglichen. Seitdem hatte man sich kaum mehr um die Treppe gekümmert; sie war alt geworden, verstaubt und verrostet, sogar gefährlich und deshalb gesperrt. Rotweiß gestreifte Plastikbänder und Pappkartonschilder mit Warnhinweisen hingen daran.

«Warum fragen Sie Konrad eigentlich nicht selbst, was er in der fraglichen Zeit alles gemacht hat? – Aber lassen Sie nur, Sie werden schon Ihre Gründe haben. Ich kann mir gut vorstellen, daß der Kollege zur Zeit große Schwierigkeiten hat. Da müssen wir ihm unbedingt zur Seite stehen! Das ist unsere kollegiale Pflicht!»

«Das versteht sich doch», erwiderte Laubmann. Pflicht und Neigung trafen für ihn in diesem Fall weitgehend zusammen.

XIII

Bei Vollmond glänzten die glattgeschliffenen Pflastersteine weißlich-silbrig. Diese Spiegelung glitt geräuschlos vor einem her, egal aus welcher Richtung man die Gasse betrat, in der sich das Wohnhaus des Professors befand, ein wie die meisten anderen Häuser dort im frühen 18. Jahrhundert errichtetes Gebäude.

Diese nächtliche Atmosphäre hatte Konrad oft und mit Faszination erlebt. Doch die heutige Stimmung war vollkommen anders. Diese Nacht war dunkel; nicht schwarzdämmrig, sondern dumpfer, lichtverschluckender und lichtverlassener. Die Konturen der Häuser verschwanden völlig. Der Mond war nur eine schmale Sichel, die meist von Wolken verdeckt wurde.

«In der Grube» lautete der Name der seit dem späten Mittelalter bezeugten Gasse, die eingegraben in die Altstadt einem Einschnitt zwischen zwei bebauten Hügeln folgte; «In der Grube» – genauso elend fühlte sich Erich Konrad, als würde nicht der Leichnam Franziskas bald in einer solchen enden, sondern *sein* Leib dem Verfall anheimgegeben werden. Ihm war, als sei er aus sich selbst herausgetreten, wie jemand, der neben dem Leben stand und sich bewegte, als sei er zu einem mechanischen Automaten degeneriert, einer hoffmannesken Gliederpuppe in maßgeschneiderten

Gewändern täuschend ähnlich. Die Ausgeburt seines eigenen Alptraums.
Professor Konrad war noch immer nicht zur richtigen Trauer bereit; es war ihm unmöglich, auf den Grund des Schmerzes hinabzusteigen. Er akzeptierte die Härte der Todes-Situation nur in Verbindung mit seinem Selbstmitleid. Wie oft hatte er als Priester gegen das Sich-Gehenlassen in anonymen, abgestumpften Schuldgefühlen gewettert, die bloß alle schmerzlichen Einsichten verhinderten. Selbst betroffen aber, wollte er nicht und konnte er nicht seine eigenen Schuldgründe im Leben und in der praktizierten Religion betrachten. Er ließ mit sich geschehen, was offenbar zu geschehen hatte, mit sich – und mit Franziska, seiner Franziska, seiner fernen Franziska; schon so fernen Franziska. Und sein Gott schwieg beharrlich.
Der Professor war auf dem Nachhauseweg. Er hatte einen Diskussionsabend hinter sich, wie ihn Dozenten zuweilen auch außerhalb der Universität bei diversen katholischen Verbänden über sich ergehen lassen müssen. Diesmal hatte ihn die Landvolkbewegung zu einer Veranstaltung eingeladen, bei der er die schwierige Situation der Landwirtschaft mittels zentraler Aussagen der Christlichen Soziallehre kommentieren sollte. Aber die Probleme der anwesenden Bauern interessierten ihn nicht, weil ihn derzeit nichts interessierte, und um solche Podiumsveranstaltungen durchzustehen, hatte er Routine genug.
Er spuckte, was sonst nie vorkam, mitten auf das Kopfsteinpflaster – er mußte sich auf die Lippe gebissen haben, sein Speichel schmeckte nach Blut –, hielt also einen Moment inne, den Kopf leicht vorgebeugt und ein klein wenig zur Seite. Und nur in jener spontan eingenommenen Haltung konnte es geschehen, daß er ihn, den einen, aus

seinen Augenwinkeln heraus registrierte, so daß er sich erschrocken zu ihm umdrehte. Der Fremde, der Unbekannte hatte sich wieder eingefunden und lauerte ihm auf. Ein fabelhaft günstiger Moment der Schwäche, geschickt ausgewählt, dachte sich Konrad mit bitterer Ironie. Er war allein, und wider Erwarten fanden sich keine neugierigen Gestalten hinter den Fensterscheiben. Der, der ihm nachstellte, war freilich gleich zurückgezuckt, als er sich entdeckt sah, verschwunden hinter einem der Mauervorsprünge, denn aus manchen der Häuser ragten Stützmauern abgeschrägt in die Straße. Wie ein Schattenmensch, der in der Schattenlosigkeit dieser Nacht aufging.

Die Augen des Professors erkannten nichts mehr in der Dunkelheit. Angstschweiß hatte sich gebildet, stand ihm auf der Stirn. Er hatte Schweiß immer als lästig empfunden; und in Gegenwart von Franziska hatte er sich deswegen oft geniert. Er wäre am liebsten weggelaufen, jetzt und hier, in dieser Situation, hin zu seiner Wohnung, davongehetzt, mit der Angst im Nacken, um sich einzuschließen. Er verfluchte die Welt.

Was wollte der bloß von ihm? Über diese Frage war Konrad bisher nicht hinausgekommen. Nicht die geringste Bewegung konnte er wahrnehmen. War diese Gestalt doch nicht mehr als eine pure Einbildung? Niemand, wirklich niemand außer ihm hatte sie sonst gesehen; und er fühlte das Mißtrauen, das ihm entgegengebracht wurde, wenn er davon berichtete. Sogar Laubmann hatte ihn ungläubig angeblickt. Sie alle dachten vermutlich, daß ihn Schuldgefühle dazu trieben, sich von einem Phantom verfolgt zu fühlen. Und war es nicht so? Hatte er seinen Verstand überhaupt noch im Griff?

Und mit einem Mal, er wußte selbst nicht, was ihn plötzlich gepackt hatte, ballte er die Hände zu Fäusten und ging voll angestautem Haß auf die Dunkelheit los. Seine Schritte wurden schneller. Er hatte jetzt ein Gefühl der Unentrinnbarkeit, ein Gefühl blinder Kraft, die alles und jeden hinwegfegen mochte. Wie auf Befehl löste sich jemand von einem der Mauervorsprünge, rannte eilends davon. Und Konrad, der schon im Laufen begriffen war, rannte ihm, ohne zu zögern und so gut er konnte, nach.

Die Gasse machte eine Kurve, hinter der sein Verfolger, jetzt der Verfolgte, verschwinden konnte. Für Sekunden nur, denn Konrad war ihm vielleicht im Abstand von fünfzig Metern auf den Fersen, und es schien ihm, als hole er auf. Er sah ihn, als er die Kurve hinter sich gelassen hatte, sofort wieder, trotz der Finsternis, vernahm das Keuchen des Fremden, seine hastigen Schritte, gewahrte so etwas wie einen schwarzen Umhang, der dem Flüchtenden beim Weglaufen hinderlich war.

Der Unbekannte verminderte für einen Moment seine Geschwindigkeit, um links scheinbar zwischen die Häuser zu schlüpfen, tatsächlich aber in einer noch schmaleren Gasse seinen Fluchtweg fortzusetzen. ‹Idiot›, jubilierte es in Konrad und es trieb ihn verstärkt an, da er wußte, wovon der Flüchtende offensichtlich keine Kenntnis besaß, daß diese Seitengasse, die keinen eigenen Namen hatte, eine Sackgasse war. Zwar führte eine steile und enge Steintreppe zu einem höhergelegenen Teil der Gasse, über den der vor Konrad Herlaufende hätte entwischen können, aber die Treppe war seit Tagen komplett gesperrt, weil sie saniert wurde, sogar unter Denkmalschutzvorgaben.

Unglücklicherweise rutschte Konrad am Eingang der Seitengasse an einem locker gewordenen und leicht herausstehenden Pflasterstein mit der Außenkante seines linken

Schuhs ab, stürzte diesmal zwar nicht, verstauchte sich aber den Fuß, weshalb er vor Schmerz für kurze Zeit keinen einzigen Schritt weitergehen konnte. Doch es gab ja keinen Durchschlupf in dieser Gasse; die Häuser standen auf der linken Seite direkt aneinander gebaut. Auf der rechten Seite erstreckte sich zwar ein großer Garten, dem aber als Begrenzung eine mehr als mannshohe kahle Mauer vorgelagert war. Die Mauer war eingezwängt zwischen einem sichtlich vernachlässigten, also schon lange zur Restaurierung anstehenden Haus, das offenbar zum Garten gehörte und an Tür und Fenstern völlig verriegelt war, sowie der sich auf der rechten Seite und im oberen Bereich der Gasse anschließenden Wohnbebauung. Der gejagte Verfolger mußte einfach in der Falle sitzen, und Konrad glaubte sich stark genug, ihn mit seinen geballten Fäusten zur Rede zu stellen. Nur – als ginge es mit Höllenmächten zu, er fand ihn nirgends.

Die Sackgasse war ohne Mühe zu überblicken. Hier verstellten keine Stützmauern den Weg. In die Gartenmauer war an einer Stelle zwar eine massive Holztür eingelassen, aber die war fest verschlossen. Konrad hatte mehrfach vehement daran gerüttelt und gezogen, war schließlich die Gasse zweimal auf und ab gegangen, dann jedoch umgekehrt, um rasch zu seiner Wohnung zu laufen. Er hatte noch nie hinter die Gartenmauer gesehen.

Mag sein, daß die Erfolglosigkeit der Suche seine Aufgeregtheit vorübergehend gemindert hatte, mag auch sein, daß er sogar froh war, daß seine unüberlegte Aktion am Ende nicht zu einer persönlichen Gegenüberstellung geführt hatte, jedenfalls drängte es Konrad, das Erlebte mitzuteilen. Endlich konnte er, unter dem noch frischen Eindruck des Ereignisses stehend, eine faßbare Aussage machen. Zu Hause angelangt, beachtete er seine Haushälterin, die ihn verständnislos anblickte, gar nicht weiter. Er rief sofort Laubmann unter dessen Privatnummer an und bat ihn mit Nachdruck um sein Kommen.

Philipp Laubmann zögerte nicht, obwohl ihn Konrad gestört hatte, und zwar bei jenem kleinen Vergnügen, von dem niemand wissen durfte, nämlich dem Schmökern in billigen Romanheftchen. «Zur Abwechslung», entschuldigte er sich vor sich selbst; und als «Gegenpol» zur ernsthaften Lektüre, um sich deren Bedeutung bewußt zu machen.

Dr. Laubmann brachte – für Konrad überraschend – Kommissar Glaser mit, den er seinerseits verständigt hatte. Der Professor führte sie, aufgedreht und ohne Umschweife, zu den nahegelegenen Orten des Vorfalls und zeigte ihnen die Stelle, wo er ausgeglitten, und die Gasse, in der der Fremde unerklärlicherweise verschwunden war. Erich Konrad gestikulierte, als wären die Spuren deutlich wie auf einem feuchten Lehmboden zu erkennen. Doch, nichts dergleichen. Nicht, daß sich bloß undefinierbare Abdrücke abgezeichnet hätten, die schwerlich als Indiz anerkannt worden wären, nicht, daß man nur einen abgefallenen Knopf mit einem Fadenrest daran aufgespürt hätte, nein, es war einfach nichts Erkennbares vorhanden.

Der Kommissar leuchtete mit seiner Taschenlampe den Boden vergeblich ab und wurde langsam ungeduldig, ja ungehalten darüber, nachts gegen elf aus dem Haus geholt worden zu sein. «Wo soll es sich hier denn versteckt haben, Ihr Phantom?»

«Aber ich habe ihn gerade eben verfolgt», antwortete Konrad verärgert. «Es war kein Phantom, sondern ein Mensch aus Fleisch und Blut.»

«Den Sie überhaupt nicht beschreiben können, bis auf den schwarzen Umhang.»
«Aber es war genau der, der mich immer verfolgt hat!» beschwor der Professor den Kommissar, einzelne Worte betonend.
«Und mit dem Sie dieses Mal nur die Rollen getauscht haben, ich weiß.»
«Es ist jedenfalls nicht unmöglich», drängte sich Laubmann dazwischen. Sie redeten gedämpft, um die Anwohner zu dieser vorgerückten Stunde nicht zu stören. «Wir sollten uns schon überlegen, wie einer in einer Sackgasse entkommen kann.»
«Und wie?» fragte Glaser kurz angebunden.
«Na ganz einfach: wenn er kein Fassadenkletterer ist und keine Fensterscheibe eingeschlagen hat, dann nur durch eine der Türen.»
«Dazu hätte er einen Schlüssel gebraucht», fügte Konrad hinzu.
«Ach du meine Güte!» entfuhr es dem Kommissar. «Das heißt jetzt nichts anderes, als daß wir sämtliche Bewohner der umliegenden Häuser sowie deren Verwandte und Bekannte auf heimliche Schlüssel hin überprüfen dürfen. Nein, Herrschaften, da seh ich keinerlei Handlungsbedarf.»
Laubmann wandte ein, es könne immerhin Zeugen geben, die den Vorgang beobachtet haben. «Uns sehen ja auch welche zu, hinter den Fenstern.»
«Jetzt auf einmal. Als ich vorhin mit dem Kerl allein war, hat sich keiner blicken lassen, wie mit Absicht.» Erich Konrad war enttäuscht.
«Erwarten Sie etwa, daß wir alle Nachbarn befragen, die vor lauter Langeweile herumspionieren; vielleicht noch heute Nacht? Also, das geht mir entschieden gegen den Strich.

Ihre Verfolger-Show, die Sie hier abziehen, hat mit meiner Arbeit nichts zu tun.»
Konrad antwortete leiser: «Ich habe nichts Derartiges von Ihnen verlangt, Herr Glaser. Aber ich mache Sie darauf aufmerksam, daß man mich weiterhin bedroht und daß ich um mein Leben fürchten muß. Ich habe nichts daran erfunden.»
«Herr Konrad, ich korrigiere mich: Ihre Show hat mit meiner Arbeit insofern etwas zu tun, als ich glaube, daß Sie uns hartnäckig ein Ablenkungsmanöver präsentieren.»
«Von was bitte sollte ich Sie denn ablenken wollen?»
«Von der Wahrheit, was sonst?»
«Ein wirklich großes Wort. Warum klingt es aus Ihrem Mund nur so platt?» Und selbstmitleidig, als wolle er aufgeben, fügte Konrad hinzu: «Was wissen Sie schon von mir ...»
Der Kommissar hätte dagegenhalten können, daß des Professors Äußerung ebenfalls recht flach klang, aber er sagte statt dessen: «Wir wissen inzwischen, daß Ihr Alibi nicht viel wert ist; es hat sich so ziemlich in seine Bestandteile aufgelöst.» Glaser kostete sein stichhaltigeres Argument aus: «Laut Aussage Ihres Kollegen haben Sie den Vortragsabend in der Universität für längere Zeit verlassen, weil Ihnen angeblich schlecht war. Damit haben Sie niemand mehr, der Ihre Anwesenheit in der Fakultät während der Tatzeit bezeugt. Man könnte es unter diesen Umständen fast für überflüssig halten, Sie zu fragen, warum Sie das verschwiegen haben.»
«Mein Gott ja, ich weiß, Sie wollen mich als Täter sehen. Das vereinfacht alles für Sie – und für die Kirche. Aber genau das ist der Grund, warum ich mich bemühe, in meinen Aussagen so zurückhaltend zu sein. Jede Unregelmäßigkeit, die ich eingestehe, wird doch sofort gegen mich verwendet. Ich gelte als der wahre Schuldige, weil ich es gewagt

habe, gegen die Norm zu verstoßen, und mir etwas zugestanden habe, wovon ich mich als Priester eigentlich fernzuhalten habe: nämlich von einer sexuellen Beziehung. Ich gebe ja zu, während der ganzen Zeit mit Franziska hat mich der Gedanke immer beunruhigt, daß ich mich eines Tages dazu bekennen muß. Franziska hat mich ab und zu gedrängt, die Geheimniskrämerei zu beenden. Und bevor Sie's von anderer Seite und dann womöglich falsch erfahren: Sie wollte mich unbedingt am Abend des Vortrags ... und ihres Todes ... an dem Abend wollte sie mich unbedingt sprechen, weil sie am Tag davor bei einem der wenigen Menschen war, denen sie außer mir vertraut hat, einem ihrer früheren Lehrer nämlich ...»

«Wie heißt er?» unterbrach ihn Glaser.

«Er ist einer der Benediktiner von Heiligenberg, Pater Erminold Eichfelder. Den Wallfahrtsort werden Sie nicht kennen.»

«Heiligenberg liegt nicht in meiner Zuständigkeit.»

«Jedenfalls», setzte Konrad seine Bekenntnisse fort, «war ihr dieser Pater ein Ratgeber und hat ihr wohl sehr zugeraten, mich zu heiraten und zu allem offen zu stehen. Ich denke, er war kein schlechter Ratgeber. Wenn ich mit ihm auch gesprochen hätte, ich hätte vielleicht nicht so gezögert. Und ich hätte Franziskas Wunsch entsprochen und mich an dem Abend mit ihr getroffen, anstatt sie so brüsk wegen eines Vortrags zurückzuweisen. Was bedeutet so ein Vortrag schon? – Aber das ist uneinholbar, so uneinholbar, daß ich nicht mal trauern kann.»

«Respekt», flüsterte der Kommissar nach Sekunden des Schweigens, «eine beeindruckende Rede. Aber das beeinflußt meine Schlußfolgerungen zu dem Fall nicht im geringsten. Der wird mir von Mal zu Mal klarer.»

«Non liquet – nichts ist klar», mischte sich Laubmann ein. Er hatte sich eher abseits gehalten, in der Sackgasse herumgeschnüffelt und nur mit halbem Ohr zugehört. Er verfolgte sozusagen seine eigenen Interessen. «Falls es Ihnen noch nicht aufgefallen ist, aber eines der Häuser in der Seitengasse steht leer. Darauf sollten Sie bei Gelegenheit einen Blick werfen. Im übrigen», fügte er schwärmerisch hinzu, «strahlt die Gartenmauer besonders in der Dunkelheit etwas Teuflisch-Romantisches aus, finden Sie nicht? Wie bei Meister Cardillac, dem Pariser Goldschmied in Hoffmanns ‹Fräulein von Scuderi›. Als würde E.T.A. Hoffmanns Zeit in Bamberg wieder lebendig.»
Mittlerweile hatte es stark zu regnen begonnen. Philipp Laubmann gab ein beinah burleskes Bild ab. Vorausahnend hatte er einen wasserdichten Anorak angezogen, allerdings ein aus der Mode gekommenes Modell, in einem matten Bräunlichgrün gehalten und mit zu kurzen Ärmeln. Philipp hatte in den letzten Jahren zugenommen, so daß er in dem Anorak aussah wie hineingestopft. Zudem hatte er die Kapuze übergestülpt und um sein Gesicht herum festgezurrt, über das ihm die Wassertropfen rannen.
Während Glaser mit seinem dünneren Mantel im Regen stand, hatte der Professor einen großen schwarzfarbenen Schirm mit braunem Holzgriff bei sich, worunter zwei Personen ausreichend Platz gefunden hätten. Er hatte ihn einmal für sich und seine Haushälterin gekauft und derzeit vorwiegend als Waffe gegen einen befürchteten Angriff dabei. Glaser hätte sogleich den freien Platz unter dem Schirm eingenommen, hätte es ihm der Professor nur angeboten. Der sah jedoch keine Veranlassung dazu. Der Kommissar hingegen wollte ihn aus Stolz nicht darum bitten.

XIV

Laubmann mochte im laufenden Wintersemester den Donnerstagmorgen normalerweise nicht. Um acht Uhr c.t. war eine einstündige Vorlesung angesetzt, die er zu halten hatte. Seine einzige. Als ein in der Mehrzahl der Nächte von Unruhe beherrschter Schläfer, war Philipp der Schlaf eher suspekt. Doch zu frühes Aufstehen behagte ihm auch nicht, gerade wenn ihm der Nachtschlaf nicht die ersehnte Ruhe bringen konnte. Nach dieser einen Stunde Vorlesung fühlte er sich daher jedesmal richtig ausgelaugt. Sein Rhythmus war durcheinander, und er konnte danach nichts Gescheites beginnen, in der Regel bis zum Mittagessen in der Mensa. An diesem Donnerstag war das anders, denn er hatte sich vorgenommen, gleich nach der Vorlesung den Fall betreffende Nachforschungen anzustellen. Philipp Laubmann suchte das Liegenschaftsamt des Bistums auf, das wie die Kirchenbehörde insgesamt im Dombezirk zu finden war.

Ein Sekretär eskortierte ihn durch einen der hohen, lichten Räume und über knarrende Dielen hin zur Amtsleiterin, Frau Theresia Schmitthans-Jungbauer, die hinter einer Rokokoflügeltür zwischen Aktenschränken und Computern ihre Tätigkeit ausübte.

Ihr Vorgesetzter war niemand anders als Prälat Albert Glöcklein, der als angesehener Kirchenmann über mehrere katholische Dienststellen und Verbände die Aufsicht führte. Vielleicht wünschte er sich sogar insgeheim, am Ende seiner Laufbahn und als deren Krönung Generalvikar und damit in einem umfassenderen Sinne Stellvertreter des Bischofs zu werden; denn in der Kirche kann man auch mit 60 noch eine schöne Karriere beginnen, malte Laubmann sich aus.

«Ihr Name ist mir durch Herrn Prälaten Glöcklein schon bekannt», begrüßte Theresia Schmitthans-Jungbauer Dr. Laubmann freundlich. Sie hatte einen aufgeschlossenen Blick, auffällige Ohrringe, war aber kaum geschminkt. Philipp fragte sich, ob sie wohl jünger oder älter als 50 sei. Mit seiner ganzen wissenschaftlichen Autorität erklärte er ihr, er forsche im Rahmen seiner Habilitation über die Möglichkeit beziehungsweise Unmöglichkeit endgültiger Antworten auf moralische Fragen. Nun sei zu definieren gewesen, welche Lebensbereiche von moralischen Fragestellungen berührt seien, und es sei ja wohl richtig, daß man in sämtlichen Bereichen des Lebens moralisch fündig werde. Zu den ganz intensiven Gebieten aber gehöre die Frage des Eigentums und damit in einer theologischen Arbeit auch des Eigentums der Kirche. Seine Arbeit behandle also die ethische Dimension des Besitzens an sich, speziell jedoch zuvörderst des Grundbesitzes, wie er zum Beispiel in einem Liegenschaftsamt verwaltet werde. Gerade im Sinne der Kirche – mit ihrem hochgelobten Verständnis für die Kleinen und scheinbar Unbedeutenden und deren Geschichte – gehe es nicht allein um den Erhalt prächtiger Dome und Palais, sondern zudem um das Bewahren von weniger auffälligen Häusern, die aber gleichwohl denkmalschutzwürdig seien. Und deshalb seien die Bemühungen der Kirche und ihrer Verwaltung, auch

leerstehende Kleindenkmale zu restaurieren und als Wohnraum möglichst sozialverträglich wieder verfügbar zu machen, doch sehr begrüßenswert. Jetzt suche er Beispiele dafür. Er denke da an ein Haus in der «Grube», von dem er vermute, daß es die Kirche zu eigen habe. Könne sie ihm liebenswürdigerweise dabei helfen, dies ausfindig zu machen, und ihm vielleicht Einblick in die Pläne gewähren, wofür er ihr über alle Maßen dankbar wäre?
Überrollt von dieser langschweifigen Rede, äußerte Frau Schmitthans-Jungbauer Verständnis für Dr. Laubmanns Ersuchen. «Ich glaube, ich weiß, welches Gebäude Sie meinen. Wir haben das geerbt, wir, die Kirche. Aber ob daran so bald etwas renoviert werden kann, halte ich für unwahrscheinlich. Bei unserm Mangel an Kirchensteuermitteln. Treten ja alle aus. Ich sage Ihnen das nur, damit Sie keinen schlechten Eindruck von den sozialen Bemühungen der Kirche bekommen.»
«Ich kann das berücksichtigen.»
Die Leiterin des Liegenschaftsamtes erhob sich hilfsbereit, um gleich ins Archiv zu gehen und die relevanten Pläne nachzuschlagen und herzubringen. Sie ließ Dr. Laubmann allein am Schreibtisch zurück, in dessen Nähe er auf einem unbequemen Rokokosofa saß. Philipp hatte jetzt also Zeit, bis sie wiederkam. Und er nutzte diese Zeitspanne, indem er aufstand, auf ihrem Schreibtisch umherblickte – das Teufelchen der Neugier war ihm nicht unlieb – und allerhand Schriftstücke zu Gesicht bekam, die ihn nichts angingen, wie etwa das Protokoll einer Sitzung des kirchlichen Liegenschaftsamtes in Anwesenheit von Glöcklein und dem Bischof höchstselbst.
Frau Schmitthans-Jungbauer brachte das Kartenmaterial mit, teils gerollt, teils gefaltet, wobei sich Laubmann sofort

auf die eingezeichnete «Gruben»-Immobilie konzentrierte. Es war unmittelbar ersichtlich, daß zwischen dem platzgreifenden Grundstück des bistumseigenen Liegenschaftsamtes und dem Haus- beziehungsweise Gartengrundstück, vor dessen verschlossenem Tor er sich am Vorabend befunden hatte, eine direkte Verbindung bestand, jeweils über den rückwärtigen Teil. Na also! Das Phantom hatte sich ungesehen verdrücken können.

«Wenn Sie's besichtigen wollen, ich kann Sie jederzeit hinführen», bot sie spontan an.

«Ja, das würde mich interessieren.»

«Ich brauch nur den Schlüssel.» Sie ging kurz ins Vorzimmer – Laubmann folgte ihr ein paar Schritte, um durch die geöffnete Flügeltür Einblick zu haben – und sperrte einen breiten Hängeschrank aus edlem Holz auf, der angefüllt war mit Schlüsselbünden, jeder sorgfältig beschriftet.

Sie schaute ziemlich lange in den Schrank und drehte einzelne Bünde hin und her. «So was; das ist mir aber jetzt unangenehm. Ausgerechnet die Schlüssel für dieses Haus und den Garten fehlen.»

Theresia Schmitthans-Jungbauer fragte zwei Mitarbeiter, ob sie etwas über den Verbleib der Schlüssel wüßten, doch ohne Ergebnis.

«Lassen Sie's gut sein; ich kann bei passenderer Gelegenheit das Haus immer mal in Augenschein nehmen», versuchte Laubmann sie zu beschwichtigen.

«Also wenn Sie nichts dagegen haben, ich möchte der Sache lieber gleich auf den Grund gehen», antwortete sie nervös, griff sich eine apfelgrüne Wollweste und bat Dr. Laubmann, sie zu begleiten.

Sie eilten durch mehrere Gänge, danach durch das Foyer eines Nebengebäudes und kamen, für Laubmann unver-

hofft, in einen durch umgebende Mauern geschützten und daher von draußen uneinsehbaren runden Park en miniature, der, wie er sofort erfuhr, manchmal den Herrn Pfarrern und Prälaten der Kirchenbehörde zur Erholung diente. Weiße Bänke verbargen sich in Nischen, eine Gartenlaube war von Rosen umrankt und ein hübscher kniehoher Springbrunnen plätscherte trotz der Kühle des Tages inmitten eines herbstlich verblaßten Blumenrondells.
Die Leiterin des Liegenschaftsamtes ging hastigen Schrittes voran und hatte bereits einen Heckendurchlaß erreicht, hinter dem sich ein wahrer Gegensatz erstreckte, nämlich ein länglicher, völlig verwilderter Garten, der stark abschüssig auf ein vernachlässigtes Haus und eine Gartenmauer zuführte. Sie mußten aufpassen, um auf dem Trampelpfad nicht auszugleiten und sich nicht im Dornengestrüpp links und rechts zu verfangen. Der Garten wäre es ebenso wert, gepflegt zu werden, fand Laubmann; zumal er stattliche Obstbäume aufwies, an denen trotz der fortgeschrittenen Jahreszeit noch viele Birnen und Äpfel hingen.
Als sie an dem Haus und dessen Gartenmauer angelangt waren, also an der Rückseite des Hauses in der Seitengasse, und sich Theresia Schmitthans-Jungbauer davon überzeugt hatte, daß alle Türen verschlossen und daß die Vorhängeschlösser unbeschädigt waren, war sie sichtlich erleichtert. «Wahrscheinlich hat der Hausmeister die Schlüssel bei sich. Er macht ab und zu Rundgänge und schaut, ob alles in Ordnung ist. Und danach jammert er jedesmal über die Arbeiten, die ausgeführt werden müßten.»
«Das Haus sieht auch auf der anderen Seite, zur Straße hin, ziemlich heruntergekommen aus.»
«Sie haben schon ganz recht, ein solches Anwesen sollte saniert werden. Vielleicht können Sie mit dem Abschluß

Ihrer Habilitation ja bis dahin warten», meinte sie schmunzelnd.
Sie bot Dr. Laubmann ihre Mithilfe bei der Suche nach weiteren geeigneten Objekten an. Laubmann versprach, bald wiederzukommen und die Innenbesichtigung nachzuholen. Auf dem Rückweg durch den gut gepflegten Garten des erzbischöflichen Liegenschaftsamtes hörte sich das Plätschern des Springbrunnens für ihn anders an als auf dem Hinweg, lebhafter, unbändiger, denn nun wußte er, was er hatte wissen wollen.

XV

Kriminalkommissar Ernst Lürmann nahm sein geliebtes Wannenbad. Schön heiß und schaumig. Vollkommene Entspannung bei gleichzeitig hart arbeitendem Kreislauf. Lürmann wusch sich mindestens einmal pro Woche in der Wanne, oder er lag einfach im Wasser, hörte Radiomusik und ließ meditierend die Zeit verstreichen. So konnte er sich in aller Ruhe kriminalistischen Detailfragen widmen und mögliche Tathergänge an seinem inneren Auge vorüberziehen lassen, was im Gehetztsein des polizeilichen Tagesgeschäfts nicht möglich war. Er sah es als seine Aufgabe, auf das zu achten, was andere übersahen.

Der Zeitpunkt des Unfalls war so ein Detail von vielen; oder die Rosenkränze, über die er mit Eva Weißhaupt gesprochen hatte, mochte Laubmann deren religiöse Bedeutung auch besser beurteilen können. Er fragte sich, wie Franziska Ruhland zum Stadtpark gelangt war: zu Fuß oder mit dem Auto? Immerhin hatten sie Autoschlüssel und den Führerschein der Toten in deren Handtasche gefunden. Wo war der Wagen? Es gab keine dringende Veranlassung, das zu erkunden, aber womöglich ergab sich daraus ein neuer Aspekt, und er wollte sich nicht nachsagen lassen, ein Detail übersehen zu haben. Erschien es zudem nicht angebracht, eine Durchsuchung der Ruhlandschen Wohnung zu veranlassen?

In Reichweite der Badewanne lag sein schnurloses Telefon, und dessen Läuten riß Lürmann aus seinen Überlegungen. Er war ein ums andere Mal regelrecht begeistert darüber, daß ein gefunkter Telefonanruf bis in dieses Badezimmer gelangen konnte. Außerdem freute er sich, unterstrich so ein Anruf doch unbestreitbar die eigene Unentbehrlichkeit. Schnell trocknete er sich mit einem griffbereiten Handtuch die Hände ab und langte nach dem Hörer, der sich zusammen mit weiteren Handtüchern auf einem kleinen Regal für Haarshampoo, Badesalz, Seife, eine Plastikente und andere Utensilien neben der Wanne befand.

Glaser meldete sich und verkündete ihm, daß Hüttenberger verschwunden sei. «Damit hat er sich höchst verdächtig gemacht. Die Fahndung hab ich bereits eingeleitet. Können Sie gleich kommen? Was machen Sie gerade?»

«Ich nehme ein Bad.»

«In der Wanne? Da haben Sie sich den denkbar ungünstigsten Zeitpunkt rausgesucht.»

«Ich habe dienstfrei», sagte Lürmann, obwohl er sich immer im Dienst fühlte. «Wie sind Sie darauf gestoßen, daß sich Hüttenberger aus dem Staub gemacht hat?» Er ließ das Wasser ab.

«Ich wollte ihn zur Vernehmung laden, aber niemand weiß, wo er abgeblieben ist. Das erzähl ich Ihnen nachher genauer. Beeilen Sie sich bitte, ich könnte mir vorstellen, daß wir kurz vor der Lösung des Falls stehen.»

Der Kommissar klang siegessicher, und auch Lürmann packte das Aufklärungsfieber; obgleich sich beide natürlich nicht auskannten mit den Verhaltensweisen und Eingebungen eines religiös dermaßen durchdrungenen Menschen.

Josef Maria Hüttenberger plagte sich bei einem Fußmarsch. Er setzte sich, nach Stunden des Gehens, einfach auf die Erde und zog die Schuhe aus. Seine Füße schmerzten, Blasen waren entstanden. Er hielt die Füße in einen Bach. Aber das Wasser des Baches war nach Hüttenbergers Meinung keine ausreichende Buße mehr; denn das Wasser tat den Füßen gut. Wenn es sich zumindest um einen eiskalten Bach gehandelt hätte. Dieser hingegen speiste sich aus einem Quellgebiet, das man an anderer Stelle sogar für ein Thermalbad nutzte. Er kam, was selten genug war, erwärmt aus den Tiefen des Erdmantels.
Und weil er das Baden der Füße nun doch nicht lassen konnte, steigerte sich Hüttenberger wenigstens geistig in eine Bußsituation hinein, damit das Wohltuende nicht zum Genuß würde. So redete er sich Ängstlichkeiten ein, bezogen auf die Lichtreflexe an der Oberfläche und irgendwelche Bewegungen im Wasser, als könnten diese von unbekannten, aber gefährlichen Wassertieren herrühren. Hatte er nicht in diesem Augenblick etwas Glitschiges, etwas Nesselndes an seiner Haut verspürt? Freilich schwammen allerlei Pflanzenteile an ihm vorbei, Gewächse streckten ihre Äste, Blätter, Stengel oder Halme vom Ufer her übers Wasser nach ihm aus. Alles wirkte so seltsam frisch, wie erstarrt, überraschend deutlich sichtbar durch die klare Luft; obgleich der Himmel lückenlos bedeckt war und schwere Wolken von Horizont zu Horizont jagten. Die Natur schien ihm unberechenbar.
Josef Maria war ein gequälter Mensch, der sich zu allem Überfluß selber die Schuld daran gab und überzeugt war, nur durch sich selbst auferlegte Bußhandlungen Friede in sich zu finden. Er vertauschte jedoch nur eine Qual mit der anderen und ließ sie sich gegenseitig potenzieren. Es gelang

ihm nicht, sich von den mannigfachen Bedrängnissen zu befreien; und die Kirchenkreise, in denen er verkehrte, waren nicht dazu angetan, ihm helfend zur Seite zu stehen. Sie hatten sich eher der Qual verschrieben und begründeten dies mit dem Leiden Christi, obwohl der Kreuzestod Jesu im Sinne eines äußersten Mit-Leidens Gottes den Menschen doch aus seiner Pein erlösen sollte.

Schon sehr bald waren Josef Maria Hüttenberger die Eltern gestorben, und er hatte im Kindesalter keine andere Wahl, als bei einem Bruder seines Vaters mehr geduldet als geliebt aufzuwachsen. In sich verkrochen, war ihm die Schule nur ein bedrohlicher Raum und sein Werdegang ohne Perspektive. Erst als er mit 16 Jahren die Möglichkeit erhielt, auf ein kirchliches Gymnasium zu wechseln und ein priesterliches Leben ins Auge zu fassen, fühlte er einen Aufbruch in sich.

Nach dem Abitur hatte er, ohne auch nur einen Augenblick ein anderes Fach in Erwägung zu ziehen, Theologie studiert und war ins Priesterseminar eingetreten. Doch während er sein Studium zu Ende brachte, und nicht mal schlecht, wurde seine Laufbahn im Seminar jäh unterbrochen. Er wurde beurlaubt, einer seelischen Krise wegen. Es hatte ihm ungeheuere Schwierigkeiten bereitet, sich einzuordnen; nicht, weil er zu frei dachte, sondern weil er zu starr war in seinem Verhalten. Dies hatte in einer unglücklichen Zuspitzung zu einer Handgreiflichkeit gegenüber einem anderen Alumnus geführt, was die Seminarleitung nicht mehr tolerieren konnte. Eine Mitarbeit am Lehrstuhl für Dogmatik, seinem Studienschwerpunkt, bot einen Ausweg.

Einer der Gründe, warum er sich zudem und zunehmend kirchlich-sektiererischen Bewegungen anschloß, Bewegungen also, die kirchlich zwar geduldet sind, Kirchlichkeit und

Theologie jedoch nur sehr ausschnitthaft wahrnehmen, mag der Tod seiner einzigen Schwester vor wenigen Jahren gewesen sein. Im Missionsdienst tätig, war sie bei einem nicht endgültig geklärten Unfall im peruanischen Hochland ums Leben gekommen. An ihr hatte er einen Halt gehabt, seinen einzigen familiären Halt. Priester hatte er bisher nicht werden können; der Schritt war ihm erst einmal verwehrt. Aber anders als Laubmann wollte er es gerne werden. Das war ihm wichtiger als eine Promotion.

Trostlos mühte sich Hüttenberger ab, während der Bach unablässig plätschernd und gurgelnd seine Füße massierte. Schlimme Gedanken über die Möglichkeiten weiterer Gefahren türmten sich in ihm auf. Andere Tiere könnten ihn angreifen, Äste auf ihn herabfallen. Oben und unten lauerte die Gefahr. Ein wahrer Pfuhl seiner Ansicht nach. ‹So ist sie nun, die Sündhaftigkeit der Welt›, jammerte er leise, ‹diese Sündhaftigkeit, die ich ertragen muß.› Solche Leute wie Konrad scherten sich nach Meinung Hüttenbergers nicht darum. Die suhlten sich in den größten Sünden und verstießen durch ihren Lebenswandel ständig gegen ihre Gelübde, um damit den wahren Büßern wie ihm, Josef Maria Hüttenberger, um so mehr Pein aufzuladen. Er dachte an einen von ihm bevorzugten Spruch in Jesus Sirach: ‹Fliehe vor der Sünde wie vor einer Schlange; denn wenn du ihr zu nahe kommst, so sticht sie dich. Ihre Zähne sind wie Löwenzähne und töten den Menschen.›

Schon begann er irgendwelche Gebete vor sich hinzumurmeln, keine innerlich empfundenen Gebete freilich, sondern Gebetsformeln, die den Sprecher eher einem Zwang unterwerfen. Hüttenberger verrannte sich regelmäßig in die längsten Serien von Litaneien, in Rosenkränze und sogenannte Ewige Anbetungen. Er bedachte nicht, daß

Beten etwas anderes, viel Menschlicheres sein mußte. – Seine Füße trocknete er mit einem von seiner Schwester bestickten Taschentuch.

XVI

Am Nachmittag begab sich Philipp Laubmann zur Wohnung Professor Konrads. Er hatte sich endlich vorgenommen, mit der Haushälterin, Melitta Steinig, ein Gespräch zu führen, um eventuell von deren Seite aus Licht in die Angelegenheit zu bringen. Er wollte nichts versäumt haben. Philipp lief wieder durch das Alte Rathaus der Stadt, das mitten in den Fluß gesetzt war, und durch die Judenstraße, das Wohnviertel der Juden im Mittelalter.

Melitta Steinig kannte Dr. Laubmann beiläufig, so wie ihr andere Kollegen des Professors bekannt waren. Laubmann kam wie diese gelegentlich zu dienstlichen Besuchen in die Wohnung Konrads, die seine Haushälterin mit Kaffee, Tee, Gebäck oder einer Vesper abzurunden verstand. Sie geleitete Dr. Laubmann sogleich in die Küche, rechts hinter der Diele. Der Professor sei ausgegangen, hatte sie schon an der Haustür gesagt, und Philipp hatte ihr schmeichlerisch erklärt, daß er diesmal mit ihr plaudern möchte, unter vier Augen, mache er sich doch ein wenig Sorgen um ihren Dienstherrn. Daß der abwesend war, war ihm gar nicht unrecht; darauf hatte er sogar spekuliert, da er über dessen universitäre Veranstaltungen Bescheid wußte.

Die Küche, in einem aus der Mode gekommenen matten Grün gehalten, war sauber und «bienenfleißig» aufgeräumt, wies aber kaum eine individuelle Ausstattung auf, so daß sie Besuchern unweigerlich den Eindruck vermittelte, die Zeit sei stehengeblieben. Wenn es nach Melitta Steinig gegangen wäre, hätten in der Küche mehr ausschmückende Gegenstände einen Platz gefunden. Ihr behagte die Nüchternheit keineswegs, denn sie mußte der Hausarbeit wegen, die sie freilich gerne tat, viele Stunden hier zubringen. Kochen bereitete ihr Freude, nur dieser Raum nicht. Professor Konrad bestand allerdings darauf, die gemeinsam genutzten Räume des Hauses so zu gestalten, daß diese nicht aussahen, als würden sie wie ein Ehepaar leben. Ein Priester müsse darauf achten, hatte er gleich zu Anfang entschieden. Sie respektierte das.

Wenigstens brachten die blau geblümte Tischdecke oder der bunte Missionskalender neben der Tür einige Farbtupfer ein, und der auf dem Küchentisch liegende, wertvoll erscheinende Rosenkranz – aus elfenbeinfarbenen Perlen – wirkte in dieser Umgebung geradezu belebend. Melitta Steinig, die vor dem überraschenden Auftauchen Laubmanns eine kleine Arbeitspause mit Beten zugebracht hatte, steckte den Rosenkranz rasch in ihre dunkelbraune Küchenschürze, bevor sie ihrem Gast anbot, sich an den Tisch zu setzen. Auf einen Metallstuhl mit einem abwaschbaren grauen Plastikpolster.

Die sterile Atmosphäre konnte Philipp Laubmann nicht abschrecken, zumal sich die Haushälterin des Professors anschickte, dem Gast und sich einen Tee aufzugießen, das heißt, nicht irgendeinen Tee, sondern Laubmanns bevorzugtes Getränk, einen Kamillentee. Seine Vorliebe war bereits bis zu ihr durchgedrungen, und Melitta Steinig selbst war dieser Geschmacksrichtung nicht abgeneigt. Drei Beutel auf eine Kanne bevorzugte er. Denn die Blüte der

Kamille heile nicht nur Wunden und Entzündungen, sondern wirke auch entkrampfend auf Magen, Darm und Nebenhöhlen.
Melitta Steinig war sicher älter als Konrad. Laubmann betrachtete sie verstohlen und verglich sie mit Theresia Schmitthans-Jungbauer aus dem Ordinariat, die ihm gerade in den Sinn kam: Beide durften etwa das gleiche Alter haben; aber die Steinig machte weniger aus sich. Vielleicht wollte sie den Eindruck sogar bewußt erwecken, enthaltsam und ergeben zu sein, so puritanisch wie die Küche, vermutete Philipp. Der Schmitthans-Jungbauer gegenüber nahm sie sich mit ihrem spitzen Gesicht wie eine Betschwester aus, die dunklen Haare in den Nacken gezogen wie eine strenge Haube.
Selbst in der Universität, als Sekretärin Konrads, vermittelte sie eher das Bild einer Hausangestellten. Laubmann überlegte, ob sie wohl viel Schreibarbeit zu Hause erledigte, da er sie fast nie in der Universität antraf, wenn er dort war. Oder lag das an seiner eigenen häufigen Abwesenheit? ‹Konrad wird viele seiner Unterlagen in der Wohnung haben. Ist auch praktischer, wenn seine Sekretärin hier wohnt.› Aber wo in diesem Haus widmete sie sich der Büroarbeit? Doch nicht etwa in der Küche? Sie erschien ihm wie eingesponnen in ihre Welt.
«Kennt die Kirchengeschichte nicht einen Heiligen namens ‹Camillus›?» fragte Melitta Steinig.
«Da haben Sie recht.» Laubmann schreckte aus seinen Überlegungen hoch. «Hat aber eigentlich nichts mit der Kamille zu tun. Schade; darüber hab ich auch schon nachgedacht, weil ich den Tee doch so gern mag. Die Pflanzenbezeichnung ‹Kamille› und die Namen ‹Camillus› oder ‹Camilla› haben jedoch sprachgeschichtlich unterschiedliche

Wurzeln. Die Kamille heißt nämlich übersetzt ‹Erdapfel›, weil ihre Blüten angeblich nach Äpfeln duften. Camillus heißt hingegen ‹der Edle› oder ‹von edler Geburt›; obwohl, in meinen Augen ist die Kamille auch eine edle Pflanze.»
«Aber der Heilige ist nicht erfunden?» Die Frage klang beinahe trotzig.
«Der ist echt. So um 1600 hat er sich zusammen mit Philipp Neri in Rom der Krankenpflege und Krankenseelsorge gewidmet.» Der Orden der Kamillianer sei nach ihm benannt. Die seien für den Krankendienst zuständig. «Haben Sie übrigens bemerkt, daß der heilige Philipp Neri denselben Vornamen trägt wie ich?»
Melitta Steinig reagierte nicht darauf. «Möchten Sie Zucker oder Süßstoff?» Sie stellte Untertassen und Tassen mit Goldrand auf das geblümte Tischtuch.
«Süßstoff, sonst verlier ich meine *Fassong*.» Das sollte eine Laubmannsche Verballhornung von *Fassung* und *Fasson* werden, was die Haushälterin nicht verstand, was ihr freilich niemand übelgenommen hätte.
Sie goß den heißen Tee in die Tassen, und Laubmann begann genüßlich schlürfend zu trinken. «Ich nenne meinen Kamillentee immer *Peppone* ... Don Camillo – Peppone.»
Sie war durch Laubmannsche Sprachwitze nicht aus der Reserve zu locken. Weshalb auch hätte sie mit jemandem, den sie kaum kannte, lustige Reden führen sollen? Hatte er nicht gesagt, er sei ihres Professors wegen besorgt? Warum benahm er sich dann so albern?
«Sie geben nichts bedenkenlos über den Professor preis?» fragte er spontan.
«Ich möchte so was nicht. Das gehört zu den Grundsätzen meines Berufs», gab sie unaufdringlich zur Antwort.
«Das ist bestimmt angebracht. Außerdem bekleiden Sie

eine Vertrauensposition als seine Sekretärin. Ich denke nur an seine wissenschaftlichen Resultate.»

«Ich nehme das sehr ernst.»

«Wie hat sich diese ‹Doppelfunktion› denn ergeben, als Haushälterin und Sekretärin?»

Möglicherweise fragte sie sonst nie jemand danach, jedenfalls konnte Melitta Steinig bei dieser Gelegenheit einmal ungehindert ihre Geschichte erzählen, was sie recht freimütig tat: Sie sei eine entfernte Verwandte Konrads, nämlich die Tochter einer Cousine seiner Mutter. Beider Mütter seien längst verstorben. «Ich hatte eine Ausbildung als Sekretärin; staatlich geprüft. Aber als er dann zum Priester geweiht wurde, hab ich mich entschlossen, ihm halbtags den Haushalt zu führen, und bin zu ihm gezogen. Die zweite Hälfte des Tages hab ich in meinem erlernten Beruf gearbeitet, in einer Versandfirma.» Vor einigen Jahren sei die Halbtagsstelle der Sekretärin an seinem Lehrstuhl frei geworden, da habe der Professor sie bald darauf gebeten, bei ihrer Firma zu kündigen, um die Stelle bei ihm zu übernehmen, «weil ich mich sowieso in seinen Dingen gut zurechtfinde».

Laubmann tastete sich mit seinen Fragen vorsichtig weiter: «Sie wissen natürlich, daß Professor Konrad in eine dumme Geschichte verwickelt ist.» Sie nickte mit gesenkten Lidern. «Das war ein schlimmer Unfall.» Sie nickte wieder.

«Haben Sie Franziska Ruhland, die Tote, gekannt?»

«Ja, aber nicht näher.»

«Ich gehe davon aus, daß sie öfter hier war.»

«Fast nie.»

«Die Polizei überprüft zur Zeit die halbe Fakultät, wie Sie sich vorstellen können. Und weil Professor Konrad ja gleich zu Beginn der Untersuchungen an mich herangetreten ist,

bin ich mit der Sachlage vertraut und helfe gewissermaßen aus. Ich hoffe, daß er Sie davon unterrichtet hat.»
«Nein. Davon weiß ich nichts.»
«Ja, das ist jetzt irgendwie bedauerlich. Erlauben Sie mir trotzdem, kurz ein paar Fragen zu stellen?»
Sie nickte, wie gehabt. «Ich helfe Ihnen natürlich; wenn ich kann. Ich will nur nichts sagen, was dem Herrn Professor schaden könnte. Sie verstehen das hoffentlich.»
«Mir geht es in erster Linie darum, ihn zu unterstützen.» Was freilich ein wenig geheuchelt war, denn Laubmann ging es vor allem um die Lösung des Kriminalfalls. «An dem fraglichen Abend, dem Abend des Unfalls, also am 22. Oktober, war Professor Konrad ja in der Universität beschäftigt. Wann haben Sie ihn gesehen, sofern Sie sich daran erinnern? Davor und danach.»
Sie überlegte. «Ich erinnere mich schon daran, daß er, wie er das oft macht, so nach halb acht die Wohnung verlassen hat. Wiedergekommen ist er ... warten Sie ... da hab ich bereits in meinem Zimmer geschlafen ... aber ich hab ihn gehört ... so nach Mitternacht. Unsere Zimmer sind hellhörig.»
«Ist es möglich, daß er zwischenzeitlich, das heißt während der Veranstaltung in der Universität, für kurze Zeit zu Haus war?»
«Bestimmt nicht. Er war doch der Leiter des Vortragsabends. Außerdem hätt ich's merken müssen; ich war den ganzen Abend über hier», sagte Melitta Steinig aus.
«Eher persönlich gefragt, also nach Ihrem Eindruck: War er am darauffolgenden Tag etwas verstört?»
«Aber ich bitte Sie; an diesem Tag hat er doch von ihrem Tod erfahren.»
Der Tee war mittlerweile lauwarm; und die Küche war auch nicht gerade behaglicher geworden. Laubmann würde

gleich gehen, damit die Haushälterin des Professors weiterbeten oder weiterarbeiten konnte. Ora et labora! Philipp spürte deutlich, daß sie sich innerlich verschlossen hatte. Sie nahm ihren Beruf, den sie womöglich sogar unter dem Aspekt der Berufung betrachtete, wirklich ernst. Den Rest des Tees mochte Konrad trinken.

Philipp Laubmann hätte gerne weitere Fragen vorgebracht, hätte bohrender gefragt, aber die monotone Kühle des Ortes machte ihn wie vernagelt. Es war ihm geistig schon schwergefallen, bis hierher zu gelangen.

Melitta Steinig war richtig schweigsam geworden und räumte ihren Tee, an dem sie nur genippt hatte, samt Untertasse zur Seite, als hätte sie viel zu viel Vertrauliches über Erich Konrad preisgegeben. «Ich glaube, ich habe alles gesagt», merkte sie schließlich ruhig an und setzte den Deckel endgültig auf die Kanne. «Für den Herrn Professor wäre es bestimmt nicht in Ordnung, daß ich mit Ihnen heimlich über ihn rede.»

Laubmann dankte ihr trotzdem für ihre Gesprächsbereitschaft, äußerte, daß er nicht hätte aufdringlich sein wollen und vielleicht ein andermal wiederkomme. Höflich begleitete sie ihn zur Haustür.

‹Meine Cousine›, sinnierte Philipp auf dem Nachhauseweg, ‹frag ich besser nicht, wenn bei mir mal eine Haushälterinnenstelle zu haben ist.›

XVII

Um nicht vollends untätig zu sein und weil er sich nicht entschließen konnte, an seiner Habilitation zu arbeiten, eilte Philipp Laubmann an diesem Tag wenigstens noch zur Bibliothek, um wie jede Woche die neuen Bücher zu inspizieren. Die Angestellte im Vorraum, Sibylle Schmidt, registrierte er nur im Vorübergehen, denn voller Tatendrang strebte er gleich dem Lesesaal zu. Doch so schnell kam er diesmal nicht an ihr vorbei.

«Herr Dr. Laubmann!»

Er blieb stehen.

«Entschuldigen Sie, Herr Dr. Laubmann, ich soll Sie im Namen von Herrn Dr. Prestl fragen, ob Sie einen Moment Zeit hätten, mit ihm zu sprechen.»

«Ich hab auch daran gedacht. Ich geh gleich hinauf.» Laubmann war sofort die seltene Ausgabe einer theologischen Schrift eingefallen, die er schon länger bestellt hatte. Wahrscheinlich bat ihn der derzeitige Leiter der Bibliothek zu sich, weil es mit der Bestellung Schwierigkeiten gegeben hatte; oder er mußte ein gesondertes Formular unterschreiben, weil es sich bei dem Buch um ein außergewöhnlich wertvolles Exemplar handelte.

«Augenblick bitte, ich frag erst an, ob er gerade zu sprechen ist.» Sibylle Schmidt wählte eine Nummer auf dem Haustelefon und wartete einen Moment. Nach einer kurzen Rückfrage war die Sache geklärt. Lag nicht ein wenig Wehmut in ihrer Stimme, als sie mit Berthold Prestl sprach? «Sie können unsern ‹Geheimgang› benutzen», teilte sie Dr. Laubmann mit.

Laubmann freute sich immer auf den Besuch beim kommissarischen Bibliotheksdirektor. Die Bibliotheksangestellte drückte einen Knopf an ihrem Schreibtisch, und an der Rückwand des Vorraums ertönte das summende Geräusch eines elektrischen Türöffners sowie das Aufschnappen einer Metalltür. Philipp hastete darauf zu und verschwand sogleich in der Wand, genauer gesagt, im dahinterliegenden Gang.

Dieser Gang – und in der ehrwürdigen Fakultät gab es einige solcher Gänge – war eigentlich ein langes, niedriges Gewölbe, nicht sehr hell und an beiden Seiten dicht mit Bücherregalen bestückt. Es waren aber keine gleichförmigen Regalreihen; sie waren vielmehr durchsetzt von geschlossenen oder verglasten Schränken. Laubmann vermutete, daß hier verstorbene Pfarrer die Universitätsbibliothek testamentarisch mit ihren Büchersammlungen und -schränken bedacht hatten. Der Geruch des alten Papiers, des Leims und des Leders gefiel Philipp. Schließlich hielt er sich etwas darauf zugute, ein Büchernarr zu sein.

Zur rechten wie zur linken Seite schnuppernd, war Philipp Laubmann durch das Gewölbe gegangen und hatte bald eine Aufzugstür erreicht. An einer der Aufzugstasten war zu lesen: «Direktion». Schleppend bewegte sich der Aufzug mit Laubmann nach oben, in den zweiten Stock. Dort angelangt, trat der Theologe in eine ganz andere Welt: Die Flure lagen großzügig vor ihm, prächtige Portaltüren öffneten sich in ausschweifend angelegte, saalartige Räumlichkeiten.

Aus einem Fenster konnte man auf die Stadt blicken, die von hier aus betrachtet geradezu biedermeierlichen Charme ausstrahlte.
«Herr Dr. Laubmann, hier sind wir!» Dr. Prestl bevorzugte manchmal den «Pluralis majestatis», um seine amtliche Autorität herauszustreichen, hätte jedoch, darauf angesprochen, entschieden behauptet, er gebrauche nur den Plural der Bescheidenheit, den «Pluralis modestiae», der angesichts der langen Geschichte seiner Bibliothek und ihrer unermeßlichen Schätze angemessen sei.
Er war aus seinem Büro herausgekommen und hatte auf den wissenschaftlichen Assistenten des Lehrstuhls für Moraltheologie gewartet. Laubmann fand, daß Prestls Stimme immer etwas zu hoch und zu «oberflächlich» klang, zumindest für einen erfolgreichen Mann von 48 Jahren in einem gut geschnittenen Anzug. Sein ebenmäßiges Gesicht mit den schmalen Lippen wurde durch einen genauso schmal gehaltenen ergrauten Backenbart gerahmt. Prestl litt unter Haarausfall und darunter, daß nicht nur sein Bart, sondern auch sein ursprünglich schwarzes Haupthaar ergraute, obwohl das Graumelierte der Würde eines Bibliothekars keinen Abbruch tat.
Er war nicht viel größer gewachsen als Philipp, beugte sich aber bei der Begrüßung leicht herablassend mit zur Seite geneigtem Kopf zu seinem Gast hin, zu jedem seiner Gäste. Diese Körperhaltung wirkte wie eingeübt. Seine Liebenswürdigkeit war nicht ganz frei von Nervosität. Laubmann erklärte sich die Anspannung Dr. Prestls damit, daß er zwar designierter Leiter der Bibliothek war, aber noch nicht endgültig ernannt. Und diese Ernennung ließ auf sich warten, wahrscheinlich aus Sparsamkeitsgründen. Der Staat hatte Zeit. Das machte Dr. Prestl zunehmend nervöser.

Berthold Prestl forderte Laubmann auf, sich vor einen Rokokotisch zu setzen, der offensichtlich als Schreibtisch diente. Das gefiel Philipp nicht, obwohl er sich bedankte; denn lieber wäre er noch etwas stehengeblieben, um sich in alle Richtungen hin umzusehen. Was gab es hier nicht alles zu entdecken: die Bücherschränke, die Fensternischen mit den Regalen darunter, die verzierten Karteikästen, die sein Herz höher schlagen ließen, die Stuckverzierungen, die sich in gewisser Weise in den Bodeneinlegearbeiten wiederholten, und nicht zuletzt die Galerie der Porträtgemälde.
Diese konnte Philipp Laubmann jedoch weiterhin betrachten, weil sie sich im Rücken des nunmehr am Schreibtisch sitzenden Dr. Prestl befanden. Laubmann konnte aus der Entfernung die unter den Gemälden angebrachten Schrifttäfelchen nicht genau lesen, er wußte aber, daß es sich sozusagen um die Ahnengalerie der Bibliotheksdirektoren handelte. Hinter den Namen folgten jeweils die Jahreszahlen ihrer Vorstandschaft; das älteste Gemälde stammte noch aus der Renaissance; das neueste war in einem Stil gemalt, der sich, vielleicht von Kokoschka inspiriert, den letzten Jahrzehnten zuordnen ließ. In manche Porträts waren spielerisch Buchmotive eingearbeitet. Am lustigsten erschien ihm ein Rokokobild, auf dem der Herr Direktor mit einem «Füllhorn» dargestellt war, aus dem sich Unmassen von Schweinslederfolianten ergießen wollten. Aus der Art, wie Dr. Prestl nun vor dieser Galerie thronte, schloß Laubmann, daß es wohl der allersehnlichste Wunsch dieses Buchbeamten sein mußte, einmal mit seinem eigenen Konterfei in dieser Reihe verewigt zu sein.
Prestl überreichte seinem Gast voller Stolz das lange bestellte kostbare moraltheologische Werk. «Wir haben es von der Universitätsbibliothek in Wien nur bekommen,

weil wir schon längere Zeit vertrauensvoll mit ihr zusammenarbeiten.»

«Das ist wirklich sehr freundlich von Ihnen; ich war mir nicht sicher, ob sich die Bibliothek in diesem schwierigen Fall so einsetzen würde.» Philipp war tatsächlich hocherfreut, die Erstausgabe eines alten Katechismus in seinen Händen halten zu dürfen, denen man in ihrer Wohlgeformtheit ansah, daß sie allzeit nur mit Papieren, Schreibutensilien und Büchern in Berührung kamen.

Und dann gedachte er sich auch schon zu verabschieden. Prestl kam ihm jedoch zuvor. «Ich wollte allerdings noch etwas Privates und … na ja, Prekäres mit Ihnen besprechen, das mich zutiefst beschäftigt …»

Laubmann machte ein ahnungsloses Gesicht und forderte Prestl mit einer einladenden Handbewegung auf, weiterzusprechen. Kaum konnte er seine «Anteilnahme» bezähmen.

«Es geht schlicht darum: Ich habe Sie mit Herrn Professor Konrad gesehen …»

Sollte Prestl der Unbekannte sein, schoß es Laubmann durch den Kopf.

«… und ich habe bemerkt», fuhr Dr. Prestl fort, «daß Sie ein gewisses Vertrauensverhältnis zu ihm haben. Außerdem ist ja bekannt, daß Sie es verstehen, sich gut mit der Polizei zu stellen.»

Philipp Laubmann wunderte sich nun doch, daß er wiederum auf sein Verhältnis zur Polizei angesprochen wurde und aufgrund dessen ins Vertrauen gezogen werden sollte; denn darauf lief es offenbar hinaus. «Und was heißt das?»

«Sehen Sie, ich müßte etwas mehr erfahren über den Tod von Frau Ruhland. Ich wollte Sie bitten, mir zu sagen, ob Sie etwas wissen, was über die Gerüchte hinausgeht, insbe-

sondere etwas darüber, inwieweit Herr Konrad in die Sache verstrickt ist. Verstehen Sie mich nicht falsch ... aber ich hab einen Grund für meine Anfrage: Ich war nämlich auch einmal mit Frau Ruhland befreundet, verlobt sogar, bis Konrad gekommen ist.» Die kleinen Augen Prestls glitzerten leicht wäßrig durch die trapezförmigen Brillengläser.
«Ich verstehe das durchaus.»
«Ich möchte eben vermeiden, daß ich selbst zu sehr in ... ja in den Vordergrund gerate; das ist doch, hoffe ich, verständlich. Ich war schon lange nicht mehr mit Frau Ruhland zusammen. Trotzdem, vielleicht besteht ja die Gefahr, daß ich jetzt in diesen Todesfall hineingezogen werde.»
«Sicher.»
«Sehen Sie, das ist es, was mich zur Zeit so beschäftigt: Sobald nur die Möglichkeit eines Verdachts auftaucht, mir gegenüber, dann bin ich in einem ganz merkwürdigen ... Status! Nach außen hin.»
«Können Sie nicht in aller Ruhe abwarten, bis sich die Sache klärt?» Wollte ihn Prestl von irgend etwas ablenken, ihn gedanklich in eine bestimmte Richtung drängen?
«Mein Gott, wie Sie sich vielleicht denken können, habe ich mich um die Stelle des Leitenden Bibliotheksdirektors beworben, und als Stellvertreter des Vorgängers und jetziger kommissarischer Leiter habe ich alle Chancen.»
‹Daher weht der Wind!› Laubmann sah an Prestl vorbei und projizierte dessen Bild gedanklich in einen Rahmen an der Wand. «Und deshalb möchten Sie nicht, daß irgendeine Ungereimtheit in Ihre Personalakte eingetragen wird.»
«Gott bewahre! Schon ein Gerücht könnte da fatale Folgen haben!» Prestl reagierte aufgebracht.
«Ich stehe allerdings Herrn Konrad gegenüber im Wort. Ich kann hier nichts Persönliches erzählen, was er mir anver-

traut hat. Was Sie selbst betrifft: Ich weiß von der Polizei, daß Sie zur Sache befragt werden sollen.»
«Muß es denn so weit kommen?» Prestl sah seine Chancen schwinden.
«Das ist doch kein Beinbruch. Wenn Sie wollen, kann ich es vermitteln, daß erst einmal ein ganz diskretes Gespräch stattfindet. Wenn sich nichts weiter ergibt, dann bleibt es dabei.»
«Das könnte mir natürlich eine unschätzbare Hilfe sein. Wenn es nur nicht publik wird, daß ich von der Polizei verhört worden bin.»
«Sie können sich auch von sich aus ans Polizeipräsidium wenden», warf Laubmann scheinbar belanglos ein.
«Aber das wäre ja noch schlimmer!» schrie Prestl fast hysterisch.
«Vielleicht könnte Kommissar Glaser genauso über einen geheimen Gang in Ihr Büro kommen, wie ich es gerade gemacht habe.»
Prestl war einen Moment verdutzt. «Da haben Sie recht, das wär eine Möglichkeit. Es gibt sogar einen separaten Eingang für mich. Wenn Sie diesen Kommissar dazu überreden könnten? Bei aller gebotenen Verschwiegenheit, versteht sich.»
«Warum eigentlich nicht?» sagte Laubmann – und mit Vergnügen registrierte er, daß er immer neue Einblicke in das Räderwerk dieses Falles erhielt.

XVIII

WAR ER DAS WIEDER? Konrad visierte angestrengt einen Mann in der nebeligen Dämmerung des späten Nachmittags an. War es der, der ihm in der Krypta des Domes und in der «Grube» aufgelauert hatte? Es ärgerte ihn, daß er alles nur so undeutlich sehen konnte. Und es ärgerte ihn, daß er immer noch Zweifel hatte, ob alles nicht nur Einbildung war. Vielleicht malten ihm seine Gefühle ein Trugbild in diese Dunstigkeit.

Aber Konrad blieb ganz sachlich; denn Angst hatte er mit einem Mal keine mehr. Immerhin hatte er der Polizei Bescheid gesagt. Und vor allem den Laubmann neuerlich ins Vertrauen gezogen, obwohl dies ohne die zufällige und unglückliche Begegnung in der Bibliothek niemals geschehen wäre. Der hegte seines Wissens nach schon wieder einen Plan; jedenfalls sollte Konrad ihn sofort verständigen, falls er den Verfolger erneut entdecken würde.

Nein, Erich Konrad war sich sicher. Jetzt war der Zeitpunkt gekommen. Jetzt würde eine Gegenaktion erfolgen, und nicht so ungestüm wie beim letzten Mal. Genau derselbe Mann, der sich vorhin so verhalten und entfernt als Silhouette bewegt hatte, erschien unvermittelt auf der anderen Straßenseite, also näher und damit endlich greifbarer. Der Mann war zwar wiederum nur ein Schattenriß im Nebel; an der Größe, an der Art, wie er sich bewegte, und nicht zuletzt an dem schwarzen Anzug oder Umhang glaubte Konrad ihn jedoch unter den wenigen vorbeihuschenden Passanten ausmachen zu können. Er hatte ihn oft genug gesehen.

In den letzten Tagen, vor allem seit dem Ereignis in der «Grube», hatten die Nachstellungen zugenommen; sogar ein Wagen war ihm gefolgt. Auch wenn Konrad lange kaum Angst empfunden hatte, die fortwährenden Verfolgungen hatten ihn mürbe gemacht, so daß er sich einem Gefühl des Bedrohtseins nicht mehr entziehen konnte. Nun schien endlich die Gelegenheit für Laubmanns Plan günstig zu sein. Er wußte nicht genau, wie sein junger Universitätskollege die Identifizierung des Unbekannten anstellen wollte. «Wenn dich einer verfolgt, dann verfolge ihn, bis er davon abläßt», hatte sich Laubmann geäußert und etwas von einer Autofahrt gemurmelt.

Konrad wandte sich in der im späten Nachmittagslicht immer dämmriger werdenden Straße einem Schaufenster zu, das noch keine nächtliche Beleuchtung aufwies. Somit konnte der Verfolger vermutlich nicht beobachten, wie er das Mobiltelefon hervorholte, das er sich neulich extra für diesen Zweck gekauft hatte. Laubmann war gleich am Apparat, und Konrad sagte fast beschwörend: «Herr Dr. Laubmann? Es ist soweit: Rauhenstein!»

Diese theatralische Parole hatte sich natürlich Philipp Laubmann ausgedacht. Konrad hatte zwar keine Ahnung, warum er gerade diesen Namen gewählt hatte – aber warum hätte er nicht darauf eingehen sollen? So abwegig manche Gedanken Laubmanns auch sein mochten – vielleicht führten sie ja zum Ziel.

Sogleich trat der Laubmannsche Plan in Kraft: Unverzüglich begab sich Konrad in die nahegelegene Tiefgarage, wo

er seinen Volvo, einen Caravan, geparkt hatte. Als er etwas später aus der Garage herausgefahren war, bemerkte er, daß ihm ein blauer Mittelklassewagen folgte, wenn auch nicht allzu geschickt. Ähnlich wie vor wenigen Tagen.
Er fuhr gemäß der Vereinbarung zu Dr. Laubmanns Wohnung. Der wartete bereits vor der Haustür, abermals mit seinem komischen Kapuzen-Anorak und heute zusätzlich mit einer ausgebeulten Aktentasche unterm Arm. ‹Gar nicht mal so schlecht, die Idee›, dachte Konrad, ‹das sieht nach einem Arbeitstreffen aus.› Voller Spannung nahm der Professor seinen Kollegen auf. Stumm – als könnte er womöglich abgehört werden – wies Konrad schräg nach hinten, wo der blaue Wagen in einiger Entfernung parkte. «Da drüben», flüsterte er Laubmann dann doch bedeutungsvoll zu.
Philipp Laubmann sah sich gar nicht um. «Fahren Sie erst mal. Ich sag Ihnen, wenn Sie abbiegen müssen.»
Konrad war von Laubmanns Kaltblütigkeit ziemlich beeindruckt. Eilfertig startete er seinen Wagen. Im Rückspiegel nahm er wahr, daß auch der andere losfuhr. «Er kommt uns nach!» rief er fast triumphierend.
Laubmann reagierte weiter nicht, sondern ließ sich vom Professor das Handy geben. Dann wählte er eine Nummer. Konrad lauschte neugierig.
«Codewort: Rauhenstein», raunte Philipp verschwörerisch und drückte gleich wieder auf die Taste zur Beendigung des Gesprächs.

Sie fuhren längere Zeit, meist wortlos, über die Ausfallstraßen der Stadt. Konrads Stimmung wechselte allmählich. Ihm wurde schauriger zumute. Wie und wo sollte das enden? Wen hatte Laubmann verständigt? Der tat sehr

konspirativ und schwieg beharrlich. Konrad wollte ihn gar nicht mehr fragen, weil er fürchtete, am Ende in etwas Undurchsichtiges hineingezogen zu werden.
Jener sagte plötzlich, er müsse sich im Ordinariat nach was Wichtigem erkundigen, und bat Konrad erneut ums Handy. Philipp Laubmann wählte die Nummer von Frau Schmitthans-Jungbauer, der Leiterin des erzbischöflichen Liegenschaftsamtes. Sie war noch im Büro und hob ab. Sie wußte, daß Dr. Laubmann sie heute schon mehrfach zu erreichen versucht hatte, weil er, wie er vorgab, wegen seiner Habilitation mittlerweile sehr an einer Besichtigung des denkmalgeschützten Hauses in der «Grube» interessiert wäre. – Ob der Schlüssel nun da sei.
«Der Schlüssel ist wieder aufgetaucht», antwortete seine Gesprächspartnerin. «Herr Prälat Glöcklein hat ihn persönlich zurückgebracht, nachdem ich ihn sicherheitshalber benachrichtigt hatte. Er hat mich extra gebeten, Ihnen auszurichten, daß er selbst mit Ihnen über die Besichtigung sprechen möchte. Ich kann Ihnen gern die Durchwahl geben. Ich kann auch versuchen, Sie von hier aus durchzustellen.»
Laubmann vertröstete sie und beendigte das Gespräch dankend, wollte er doch überhaupt keine Besichtigung vornehmen. Ihm war nur wichtig zu wissen, wo die Fäden zusammenliefen. Glöcklein war hier also die «Schlüssel-Figur»! Ihn würde er sich wohl als nächstes vornehmen.
Währenddessen waren beide nach den knappen Anweisungen Laubmanns in eine ländliche Gegend gelangt. Es war noch nicht ganz dunkel, alles lag grau in grau. Am Horizont tauchten die Ruinen einer Burg auf, die Laubmann nun ansteuern ließ.
Professor Konrad warf einen Blick in den Rückspiegel und lachte auf, da sein Verfolger, mit Abstand zwar, aber nur

allzu auffällig, in denselben engen und kurvenreichen Seitenweg einbog. «Er ist hinter uns.»
Nach einigen hundert Metern mußten sie anhalten. Der Weg endete an einem Graben, dort, wo einmal der Burgeingang gewesen war.
Konrad mußte geradezu ungeduldig fragen: «Was sollen wir denn hier?»
«Die Burgruine Rauhenstein. – Hier stellen wir ihn», kommentierte Laubmann selbstsicher. «Da kann er nicht entwischen.»
«Aber müssen wir dafür wirklich einen so einsamen, ja verrückten Ort aufsuchen?» Konrad hielt die Aktion für übertrieben.
Laubmann wiegelte ab: «Ich hab alles vorbereitet.»
Der Verfolger war ebenfalls, etwas abseits, stehengeblieben. Die Scheinwerfer der Pkws waren erloschen. Die Augen paßten sich der Dunkelheit an. Die Nacht war noch immer nicht vollends herabgesunken, Dämmerschein durchwebte Wiesen, Bäume und Mauern. In der weitreichenden Ruinenanlage konnte man haushohe, teils eingebrochene Mauern, höher aufragende Stümpfe von runden und eckigen Türmen, einzelne neu gedeckte Dächer und ein gotisches Fenster ohne Glas erkennen, von dem eine Blattform des Maßwerks im Spitzbogen erhalten war.
«Wenn Sie mir jetzt bitte vorsichtig folgen würden», gab Laubmann die Anweisung. Dabei hatte er bereits eine Taschenlampe aus seiner Aktentasche herausgezogen und angeknipst. Das erweckte wieder etwas mehr Vertrauen bei Konrad. Noch besser fand er Dr. Laubmanns Vorbereitungen, als dieser ihm gar eine zweite, recht starke Lampe überreichte. Dann waren sie schnell vom Gemäuer verschluckt.

Wie soll ich mich darin bloß zurechtfinden, fragte sich der Unbekannte, als er aus einiger Entfernung beobachten mußte, wie sich die beiden Lichtkegel in die Ruine hineinbewegten. Er hatte das Gefühl, daß es um das Gemäuer herum kälter war. Obwohl es absolut still war, glaubte er einen Moment lang Vogelstimmen zu hören, was ihm unwirklich vorkam. ‹Ich könnt einfach warten; irgendwann müssen die ja wieder rauskommen.› Aber genau das, was sie in der Ruine taten, konnte höchst interessant sein, überlegte er sich. Vielleicht feierten sie irgendwelche verbotenen Kulte in den Gewölben. Von so etwas hatte er schon gehört. Satansmessen. Das wäre allerdings eine vortreffliche Nachricht über Konrad und Laubmann, die er würde übermitteln können.

Voller Neugier schlich er auf die Ruine zu. Daß sich das Gras auch innerhalb der Ummauerung fortsetzte, fand er äußerst günstig, hatte er doch befürchtet, sich durch knirschende Steine zu verraten. Freilich, grundsätzlich sollte Konrad ruhig merken, daß er verfolgt wurde. Das sollte ihm gehörig Angst einjagen. Im Moment war die Situation jedoch eine andere. Wenn hier geheime Handlungen stattfanden, durften sich die Ketzer nicht verfolgt fühlen. Um so vorsichtiger verhielt er sich nun.

Beim Eingang zu einem dunklen Kellergewölbe angelangt, glaubte er aus dem Augenwinkel wahrgenommen zu haben, daß sich darin etwas bewegt hatte. Aber es war gewiß nur ein Irrtum. Oder vielleicht ein Tier, eine Katze oder ein Vogel. Wo Konrad und Laubmann wohl abgeblieben waren? Alles still hier.

Auch das Loch in der Mauer dort hinten war sicher einmal eine Eingangstür gewesen. Über einen Graben hinweg schaute er auf einen der Türme. Er erstarrte. Die schemenhafte Gestalt über dem Graben nahe diesem Mauerloch sah so aus, als stünde da ein Mönch – aber war das möglich? Und als er genauer hinsehen wollte, einen Schritt nach vorne gemacht und seine schwarz umrandete Brille zurechtgerückt hatte, war die Erscheinung verschwunden.

Er wollte es für eine Einbildung halten, doch dafür war es zu spät, denn drüben an der Mauer war ein zweiter. Er wollte etwas rufen, aber es ging nicht. Er atmete nur schneller, griff in die Innentasche seines Umhangs, weil ihn die Unsicherheit und die Undurchsichtigkeit der Lage in Panik zu versetzen drohten.

Gerade als er sich abwenden wollte, sah er einen dritten Mönch direkt auf sich zukommen. Er war aus dem gotischen Bogen herausgetreten, mit einer langen spitzen Kapuze über dem Kopf und über dem Bauch verschränkten Armen, die Hände in den weiten Ärmeln seines dunkelbraunen Habits verborgen. Er dachte zuerst nicht an Gegenwehr, nicht mal ans Weglaufen. Für Sekunden dachte er nur: Soll mich der Teufel holen, meinetwegen.

Seine Gedanken waren wie stillgelegt, so daß er sich später gar nicht mehr so genau daran erinnern konnte, wie er eingekreist worden war. Rasch griff er wieder in die Innentasche des Umhangs, zog die Waffe hervor und schoß ohne Vorwarnung in die Luft. ‹Gut so›, dachte er.

Wie ein böser Spuk waren sie mit einem Schlag verschwunden, in Deckung gesprungen, abgetaucht. «Der ist irrsinnig geworden!» hörte er rufen. Das hatte er gern, bei anderen Angst erzeugen, Angst vor ihm. Sich Respekt verschaffen, nannte er das wenig einfallsreich.

Daß es nur eine Schreckschußwaffe war, mit der er hantierte, wer konnte das in der Dämmerung ahnen. Laubmann war drauf und dran, die Aktion unverzüglich abzubrechen, ohne diesen Irrsinnigen noch irgendwie zu provozieren, auch nicht versehentlich. Ihm war selber blitzartig bewußt geworden, wie theatralisch sein Unternehmen angelegt war, daß er wiederum hatte übertreiben müssen, um seine Phantasie zu befriedigen, und daß er dadurch eine echte Gefahr heraufbeschworen hatte.

Zum Glück war der Schütze, nach einem ersten Triumphgefühl, über seine unbedachte Reaktion nun doch erschrocken. Die Waffe nach wie vor in der Hand, wollte er so schnell wie möglich zu seinem Wagen zurückrennen. Die abgefallenen Ahornblätter waren jedoch so glitschig, daß er das Gleichgewicht verlor. Er stürzte, wobei ihm die Waffe aus der Hand glitt und einen Abhang hinunterkullerte. Er selbst war mit voller Wucht auf die Hüfte gefallen und lehnte nun vor Schmerz und Scham stöhnend an einem aufgeschichteten Haufen aus Bruchsteinen.

Die Mönche, Laubmann und Konrad wagten sich angesichts eines solchen Bildes des Jammers aus ihren Deckungen und kamen vorsichtig näher. Die Lichter der Taschenlampen nahm der Mann wieder sehr bewußt wahr, denn das soeben Vorgefallene war wie in einem geistigen Nebel passiert. Es war ihm passiert, ausgerechnet ihm, und er erschrak ein weiteres Mal vor sich selbst. Die verdammte Schreckschußwaffe hatte er sich nur aus purer Angst besorgt. Schließlich stieß er einen ganz erbärmlichen Hilfeschrei aus, als ihn einer der Mönche am Arm packte, aber nur, um zu verhindern, daß er erneut ausrutschte.

«Den kenn ich doch, dem bin ich schon im Ordinariat begegnet! Heißen Sie nicht Scholz, Pfarrer Dominikus Scholz?» Mit lauter und deutlicher Stimme fegte Laubmann alles Bedrohliche und Gespenstische hinweg, was ihm selbst am meisten guttat.

«Nein, Schultz, mit t z!» widersprach der Verfolger überbetont.
«Sind Sie nicht strafversetzt?» fragte ihn Laubmann. Er erklärte es den anderen: «Er ist strafversetzt, weil er seine Gemeinde hinter die Liturgiereform des Zweiten Vatikanischen Konzils zurückführen wollte, die Gemeinde sich das aber zu Recht nicht gefallen ließ.» Auch Konrad erinnerte sich an den Skandal in Kirchenkreisen.
Der gestellte Verfolger wischte sich den tropfenden Schweiß aus seinen fettigen pechschwarzen Haaren – und die Schuld wollte er gleich mit wegwischen. «Ich mach das für Herrn Glöcklein, den Herrn Prälaten. Er hat's mir aufgetragen. Ich soll Konrad überwachen, wegen seines Lebenswandels. Seiner Unzucht! – Ich nehme jetzt innerhalb der Diözese besondere Aufgaben wahr.»
«Hört, hört!» riefen die Kapuzinermönche, sogar ein wenig höhnisch. Alle drei trugen sie Bärte, was bei den Kapuzinern keine Pflicht mehr war, und standen nun etwas gelassener und mit entblößten Häuptern zwischen Laubmann und Konrad.
«Das also hat unser von uns allen geschätzter Glöcklein Ihnen aufgetragen, uns mit einer Waffe zu bedrohen wie ein Wahnsinniger!» Laubmann schrie Schultz regelrecht an.
«Das war nur eine Schreckschußwaffe», beteuerte dieser. «Ich wollte Ihnen nichts antun, keinem von Ihnen!»
Professor Konrad durchschaute die Laubmannsche Aktion noch immer nicht ganz, schließlich waren ihm die Mönche unbekannt. Laubmann erläuterte, daß die drei Mönche seine Freunde aus dem über dem Maintal auf einem Ausläufer des Steigerwalds gelegenen Kapuzinerkloster seien, mit denen alles verabredet gewesen sei und die ihm freundlicherweise geholfen hätten. Allerdings müsse er sich bei

ihnen allen entschuldigen, denn die Aktion hätte auch ins Auge gehen können. In Zukunft werde er solche Pläne besser nicht mehr aushecken. Die Mönche pflichteten ihm ernsthaft bei.
«Das ist Pater Oswald, neben ihm Pater Oskar und Bruder Otto.» Die Mönche lächelten. Philipp wollte gerade anfangen zu erzählen, wie er und die Patres sich beim gemeinsamen Theologiestudium kennengelernt hatten, als Schultz verlangte, daß man ihn gehen ließ.
Da wurde Laubmann erneut zornig, denn er war auch zornig auf sich: «Sie betreiben selbst die größte Unzucht mit ihren Nachstellungen! Dagegen ist der Lebenswandel von Professor Konrad das Menschlichste, was ich mir vorstellen kann. Aber euch Fundamentalisten ist ja jedes Mittel recht. Der Zweck *heiligt* die Mittel, heißt es bei euch. Das hat allerdings mit der christlichen Moral nicht mehr das Geringste zu tun!»
«Wenn Sie mir Fundamentalismus vorwerfen, kann ich nur sagen: Seine Haushälterin» – er wies auf Konrad – «geht immer zu den offiziell nicht unbedingt gebilligten Sühnenächten. Außerdem wird das für den Herrn Prälaten Glöcklein sehr von Interesse sein, wie Sie diesen Herrn Konrad verteidigen.» Die Androhung klang in Anbetracht der Umstände mehr als kraftlos.
«Den Prälaten Glöcklein werde ich schon noch zur Rede stellen, das können Sie mir glauben!» Laubmann beeindruckte seine Begleiter durch scheinbare Respektlosigkeit. Er wandte sich von Schultz ab und behandelte ihn fortan, als wäre er Luft für ihn.
«Wußten Sie das von Ihrer Haushälterin?» fragte Philipp Laubmann den Professor wie beiläufig.
«Ich wußte davon», antwortete Erich Konrad lakonisch.

«Seit längerem. Aber ich habe es nie akzeptiert. Ich habe sie jedoch nie darauf angesprochen.»
Auch die drei Kapuziner unterhielten sich mit Philipp so über die Kirchenpolitik im allgemeinen und über Dominikus Schultz im besonderen, als sei der gar nicht anwesend. Konrad hörte nur mit halbem Ohr zu. Er hatte an Schultz eine Frage. «Was ich wissen wollte, wie sind Sie mir denn neulich nachts in der ‹Grube› entkommen?» Laubmann hatte ihn nicht eingeweiht.
«Ich hatte vorgesorgt; ich hatte den Schlüssel. Mit dem bin ich in das Haus an der Gartenmauer gelangt. Ohne Mühe – und des öfteren. Ich konnte Ihre Wohnung jederzeit bequem erreichen.» Dominikus Schultz war plötzlich wieder stolz darauf, den ach so ehrenwerten Professor hinters Licht geführt zu haben.
«Der kann sich von mir aus ruhig aus dem Staub machen, jetzt, wo seine Identität aufgeflogen ist. Für unseren verehrten Glöcklein hat er jeden Wert verloren. Und nicht nur für den», bemerkte Laubmann zu Konrad, daß Schultz es mitkriegen mußte.
Dominikus Schultz stemmte sich hoch und humpelte ohne Umschweife, aber böse um sich blickend, davon. Keiner hinderte ihn daran. Kurz danach vernahmen sie einen aufheulenden Motor.

XIX

Laubmann war geladen; nicht: vorgeladen, sondern: wutentbrannt. Er stürmte aufs Geratewohl zu Glöcklein, egal, wie die Sache ausgehen mochte. Er wollte sich nicht aufhalten lassen, auch nicht durch die Schwester Sekretärin. Sie hatte ihn am videoüberwachten Eingangsportal des Palais per Knopfdruck und ohne Verzögerung eingelassen, weil Dr. Laubmann nicht zum ersten Mal am Amtssitz ihres Dienstherrn etwas vorzutragen hatte. Laubmann eilte die Steintreppe hinauf, ohne einen Blick für die barocke Pracht, und kam schneller als sein Klopfgeräusch zu ihr ins schmucklose Vorzimmer. Er nickte nur knapp einen Gruß und hielt aus reiner Höflichkeit inne, um ihr in wenigen Worten kundzutun, daß er dem Herrn Prälaten einen unaufschiebbaren Besuch abzustatten gedenke.

Die Ordensschwester blickte irritiert: «Sie haben keinen Termin.» Sie war von ihrem kantigen Holzstuhl aufgestanden.

«Wenn er gehört hat, was ich ihm zu sagen habe, hatte ich einen Termin.» Laubmann verbarg nicht, daß er sogar ohne ihre Erlaubnis auf die Tür des Prälatenzimmers zuschreiten würde.

«So geht das aber nicht!» Die Schwester wollte eiligst den Bürotisch verlassen, um sich zwischen Laubmann und die

Tür zu stellen, doch ihr schwarzes wallendes Ordensgewand verfing sich so unglücklich an ihrem Stuhl, daß er beinahe umgestürzt wäre.
In diesem Moment erklang zur Überraschung beider die Stimme Albert Glöckleins aus der Gegensprechanlage: «Lassen Sie ihn bitte eintreten, den Herrn Dr. Laubmann.»
Der Prälat saß gerade über seiner Sonntagspredigt, machte sich Notizen auf Zetteln und Blättern verschiedener Größe, die über den Schreibtisch verteilt lagen. Mehrere Bücher, die schon ob ihres Gewichts auf theologische Inhalte hinwiesen, waren zum Exzerpieren aufgeschlagen. Glöcklein pflegte sich gründlich vorzubereiten. So auch auf sein neuestes Thema: Das Schweigen als Haltung der Demut.
«Ich habe Sie bereits kommen sehen», sagte er doppeldeutig und hielt es in Anbetracht des überstürzten Eindringens seines Gastes nicht für nötig, sich von seinem «Thron» hinter dem Schreibtisch zu erheben. Der goldene Glanz seiner Brille und das schwere düstere Kreuz über ihm sollten die Besucher alles andere als erbauen. «Wenn Sie möchten …»; mit einer Geste lud er den wissenschaftlichen Assistenten Laubmann ein, sich auf einen der einfachen Gästestühle zu setzen.
Laubmann hatte die Zimmertür etwas zu heftig ins Schloß fallen lassen, was ihm peinlich war, und er mußte daher aufpassen, seine Wut nicht gleich zu verlieren. «Ich habe nicht vor, lang zu bleiben.» Trotzdem nahm er Platz. In der Nacht davor hatte er im Brevier gebetet, im Band mit den Morgen- und Abendgebeten der Kirche, und erinnerte sich nun an einige Psalmenverse, die ihn angesprochen hatten: «Der Herr ist die Kraft meines Lebens: Vor wem sollte mir bangen? Dringen Frevler auf mich ein, um mich zu verschlingen, meine Bedränger und Feinde, sie müssen straucheln und fallen.» Besonders gut gefiel ihm die Wendung: «Ich

muß mitten unter Löwen lagern, die gierig auf Menschen sind. Ihre Zähne sind Spieße und Pfeile, ein scharfes Schwert ihre Zunge.»
Glöcklein zeigte kein Entgegenkommen, etwa mit einer formelhaften Frage nach dem Wohlergehen seines Gastes, ja rührte sich nicht einmal, sondern versuchte geschickt durch sein Stillschweigen beim Gegner Beklemmungen zu erzeugen, zumal ihm der schwarze Pullover Laubmanns aus dem Laden der Cousine herausfordernd ins Auge stach.
«Wir haben uns schon oft inhaltlich gestritten, Herr Prälat», machte Philipp Laubmann den Anfang, «aber dieses Mal bin ich über Ihr Verhalten zutiefst empört. Es ist mir unbegreiflich, wie sich ein Mann Ihres Formats für so eine absurde Vorgehensweise hergeben mag. Sie werden gleich sagen», Laubmann hob abwehrend die Hände, «Sie wüßten nicht, wovon ich rede. Ihr Adlatus jedoch – oder soll ich ihn Handlanger nennen? – hat alles ausgeplaudert, als wir ihn gestellt haben.»
«Ja, ich habe es bereits vernehmen müssen, welche Eigenmächtigkeit Sie und Ihre … Kumpane sich angemaßt haben. Pfarrer Schultz und ich haben darüber nachgedacht, welche Konsequenzen die von Ihnen angeführte Überrumpelung haben könnte. Ich habe ihm nur mit Mühe davon abzuraten vermocht, die Sache an die große Glocke zu hängen; das würde weder der Wahrheitsfindung noch unserer Mutter Kirche dienen.»
Laubmann begann sich in der Auseinandersetzung sicherer zu fühlen. Er langte in seine Jackentasche, zog die Schreckschußwaffe hervor, die Dominikus Schultz in der Ruine verloren hatte, und reichte sie, beinahe formvollendet, Prälat Glöcklein über den Schreibtisch, der sie sogleich angewidert beiseite schob. «Ihr Gehilfe hat wohl ein bißchen die

Fassung verloren? Oder hat er strikt nach Ihren Anweisungen gehandelt?»
«Ich muß doch sehr bitten!» Überrascht war Glöcklein nicht.
«Wer hängt nun was an welche Glocke, auf daß sie uns mit ihrem wundersamen Klang ergötze?»
«Sie Spötter.» Der Prälat zeigte keinerlei Kompromißbereitschaft. Selbst die ansatzweise Entschuldigung hatte jenen faden diplomatischen Beigeschmack, der sie als nicht gesagt deklarierte: «Das tut mir aufrichtig leid, daß Pfarrer Schultz sich – von Ihnen wohlgemerkt sehr in die Enge getrieben – zu einer überstürzten Handlung hat hinreißen lassen. Er hat mir sein Versagen eingestanden und glaubhaft versichert, daß es nie eine Gefahr für Leib und Leben der Beteiligten gegeben hat. Gleichwohl hätte ich niemals ein solches Vorgehen geduldet.»
«Uns hat er mitgeteilt, in Ihrem Auftrag unterwegs gewesen zu sein.»
Glöcklein widersprach entschieden: «Das ist nicht wahr. Sie werden ihm doch nicht etwa glauben? Unser Pfarrer Schultz ist manchmal ein etwas übereifriger Mensch. Ich habe ihn nie aufgefordert, Professor Konrad oder Ihnen nachzustellen.»
«Schön, daß Sie's wenigstens zugeben ...»
«Ich gebe gar nichts zu, weil ich nichts zuzugeben habe.»
«Davon gehe ich sogar aus; Ihre Methoden sind vermutlich subtiler.»
«Sie gehen zu weit in Ihrem rüden Ton!» Glöcklein schlug mit seiner fleischigen Hand flach auf seinen ausladenden, schwarz lackierten Schreibtisch, daß es richtig hallte und die feingliedrige Kreuzigungsgruppe dortselbst erbebte, hatte sich aber sofort wieder im Griff und verlieh seiner Stimme

einen konzilianteren Tonfall. Lange konnte er Konflikte nicht ertragen. «Sie wissen natürlich, wer Pfarrer Schultz ist, daß er gewisse Schwierigkeiten mit der moderneren Liturgie hatte. Wir haben das abgestellt und ihm Aufgaben im Ordinariat übertragen.»
‹Um ihn zu überwachen›, dachte Laubmann und konnte sich nicht entscheiden, ob er erleichtert sein sollte, daß auf einem wie Schultz das Auge der kirchlichen Obrigkeit ruhte. Machte ihn gerade das nicht zu einem willfährigen Werkzeug, zumal Dominikus Schultz sich selbst als gefällig und nützlich erweisen wollte? «Ich bitte Sie, von wem hatte Pfarrer Schultz denn den Schlüssel für das unbewohnte Haus und das Gartengrundstück in der ‹Grube›, das der Diözese gehört, wenn nicht von Ihnen? Wie konnte er überhaupt von der Verbindungsmöglichkeit zwischen dem Liegenschaftsamt und der Straße wissen, an der Professor Konrad wohnt, wenn nicht durch Sie? Wo man so bequem und vor allem unbeobachtet ein und aus gehen kann, um fremder Leute Privatsphäre zu überwachen.»
«Ich bin nicht in allem verantwortlich für ihn. Ich räume ein, wir haben – aus kirchlicher Sorge – über Professor Konrad gesprochen. Genügend Anlaß dazu gab es ja. Und ich habe Pfarrer Schultz gebeten, daß er sich bei Gelegenheit in der Universität zum sittlichen Lebenswandel des Professors umhören und die eine oder andere Veröffentlichung aus dessen Feder sichten möge. Seine eigenmächtigen Unternehmungen hingegen waren mir bis vor kurzem unbekannt. Den besagten Schlüssel hat er sich selber angeeignet, um nicht zu sagen, entwendet. Ich habe ihn unverzüglich zurückgefordert, als ich davon gehört habe. Pfarrer Schultz wurde im übrigen seiner Aufgaben hier am Ordinariat für die nächste Zeit entbunden.»

«Mein Kompliment», erwiderte Laubmann, «damit ziehen Sie ihn geschickt aus der Affäre; ich gehe davon aus, um unsere Mutter Kirche wiederum vor Schaden zu bewahren. – Wer soll denn in Zukunft die detektivischen Aufgaben übernehmen?»
«Als Detektiv war er nicht geeignet. Ich bedauere deshalb aufrichtig, daß Sie auf der falschen Seite stehen; Sie sind der bessere.» Wie schmeichlerisch.
Selbstverständlich behielt es sich die Kirche vor, Nachforschungen über die Sittlichkeit der ihr anvertrauten Personen anzustellen, etwa wenn ein Laie ein kirchliches Amt übernehmen sollte. Glöcklein befürwortete diese Vorgehensweise eindeutig, war eine solche doch außerhalb der Kirche ebenfalls nicht unüblich.
«Wissen Sie», sprach der Prälat von der anderen Seite des Tisches, als wollte er Philipp ins Vertrauen ziehen, «es fällt mir hin und wieder schwer, streng vorgehen zu müssen. Ich bin sehr wohl ein Freund des harmonischen Miteinanders, auch wenn Sie mir das nicht glauben werden. Aber ich bin der Überzeugung, im Sinne einer umfassenderen Harmonie in unserer Kirche und ebenso in unserer Gesellschaft ist Strenge unabdingbar. Professor Konrads zu verurteilendes Tun, sein Verhältnis, ist nicht bloß privater Natur, sondern auf dem Hintergrund seiner Funktion als Professor, Priester und demzufolge als Zölibatär gerade auch öffentlich zu sehen. Den vielen Kritikern des Zölibats kommt ein solches Verhalten nur allzu gelegen, denn diese schmähen die Institution Kirche, wann immer sie können.»
Es war Albert Glöcklein, aufgewachsen in einem gut katholischen Elternhaus und erzogen in einem streng katholischen Internat, von Jugend an als eine ehrenvolle Aufgabe erschienen, seine Kirche und ihren Glauben in Schutz zu

nehmen. «Aber Respektlosigkeiten, wie die gegen den geheiligten Zölibat, können uns wie ihre Urheber, mit Verlaub, gestohlen bleiben. Wenn sich Kritiker deshalb von der Kirche verabschieden, bitte sehr; dann werden wir als Kirche ihr Weggehen bedauern, für sie beten und uns endlich in Ruhe unseren Aufgaben widmen.»

Prälat Albert Glöcklein holte ein fein gearbeitetes Kistchen aus einer Schreibtischschublade und entnahm ihm eine handgerollte Zigarre, Brasiltabak, um sie sich paffend anzuzünden. «Sie erlauben?» Auch Dr. Laubmann bot er eine an, der dankend ablehnte. Eine gute Zigarre wußte er zwar zu schätzen, und Glöckleins Zigarren besaßen Qualität, aber Philipp behagte die Atmosphäre nicht. Der Prälat richtete sich vor seinem hochlehnigen Sessel am Schreibtisch auf und wandelte, als Laubmann das Wort ergriff, zu einem der drei Doppelfenster, um es ein wenig mehr zu öffnen. Dies geschah freilich nicht ohne Absicht und keineswegs nur aus Rücksichtnahme, um den Rauch abziehen zu lassen.
Gleich schräg gegenüber, jenseits eines engen Innenhofs, stand der Generalvikar – Vicarius generalis, inoffiziell auch GV genannt – in seinem Büro, der Mann mit Vollmacht in der Diözese, deren leitender Angestellter sozusagen im Gefolge des Bischofs. Er arbeitete an einem Stehpult und meist bei geöffnetem Fenster.
Glöcklein hatte nun den listigen Gedanken, sich weiterhin in der Nähe des geöffneten Zimmerfensters aufzuhalten und Laubmann munter reden zu lassen, etwa über den Zölibat, so daß, falls jener wortgewaltige Ketzereien von sich geben sollte, diese über die nur kurze Distanz unmittelbar dem GV zu Ohren kommen könnten.
Das war zweifellos hinterhältig, und Albert Glöcklein war

sich dessen bewußt, ja fühlte sich nicht sonderlich wohl dabei. Doch es erging ihm hin und wieder so, daß er befürchtete, seinen Gegnern in Auseinandersetzungen nicht gewachsen zu sein, so daß er eben zu unorthodoxen Mitteln greifen mußte.

«Der Zölibat ist für das reibungslose Funktionieren unserer Kirche unabdingbar. Er ist *für* die Menschen eingesetzt worden und nicht *gegen* die Menschen gerichtet.» Glöcklein ließ eine Rauchwolke in die Luft aufsteigen. «Ich behaupte, wer sich gegen den Zölibat erhebt, richtet sich gegen die vorbehaltlose Liebe zu den Menschen.»

Laubmann mochte bei dieser Disputation nicht zum Prälaten aufschauen müssen und stand deshalb gleichfalls auf, um seinem Widerpart Paroli zu bieten. Er wußte zuerst nicht, wohin mit seinen Händen, trat dann jedoch hinter die Rückenlehne des barocken Gästestuhls und legte sie darauf, immer wieder gestikulierend. «Sie werden es mir auch nicht glauben, aber ich respektiere den Zölibat durchaus; ich habe die höchste Achtung vor Männern *und* Frauen, die ehelos leben, um der Welt und Gott zu dienen, Gott zu suchen, als Priester oder in den Klöstern. Ich hab selbst Freunde dort, wie Ihnen Ihr Beauftragter sicher berichtet hat.»

«Ich bemerke wohl, daß Ihnen Ihre kleine Inszenierung, einen Priester zu umzingeln, eine eigentümliche, ja bedenkliche Freude bereitet hat. Und das bestärkt mich in der Schlußfolgerung, daß ein Nichtpriester wie Sie, der die Theologie eher zur Kritik gebraucht, das zölibatäre Leben nicht verstehen kann. Weshalb wohl entscheiden Sie sich nicht für das Priesteramt.»

«Ich weiß die Ehre zu schätzen, wenn man gleichsam vom priesterlichen Olymp herab gefragt wird, warum man sich

als Theologe nicht *ganz* Gott hingeben und Priester werden will. – Erstens: Ich fühle mich als bloßer Theologe nicht wie ein halber Mensch, sondern als ganzer Mensch, der sich zweitens *ganz* von Gott angenommen glaubt, wie ich als Mensch eben so bin, genauso unvollkommen wie jeder Priester-Mensch auch. Drittens: Gerade weil ich die Ehelosigkeit und die Keuschheit nicht leichtfertig übergehen will, habe ich für mich noch keine endgültige Entscheidung für oder gegen eine Priesterweihe getroffen, unabhängig davon, daß ich den Zölibat als kirchliches Gesetz nicht für sinnvoll halte.»
«Dann begreifen Sie nicht», Glöcklein rauchte aufgeregter, «daß die Berufung zum Priestertum und zum zölibatären Leben eine von Gott den Auserwählten geschenkte Gnade ist!» Ein Hustenreiz machte sich bemerkbar.
«Herr Prälat», Laubmann sprach ganz gelassen, «Gott in seiner Allmächtigkeit bevorzugt niemanden eines Amtes oder eines Titels wegen, und verzeihen Sie, sogar Prälaten nicht, davon bin ich felsenfest überzeugt. Und wenn er einem Menschen eine Gnade zuteil werden läßt, dann heißt das noch lange nicht, daß die Menschen oder die Kirche darüber verfügen können. Halten Sie es denn nicht für möglich, daß Gott in seiner Allmacht und in seiner Güte eine einmal erteilte Gnade durch eine andere, zum Beispiel die Ehe, ‹ersetzen› kann? Oder meinen Sie ernsthaft, daß alle diejenigen, die an ihrem zölibatären Leben scheitern, von Gott ausgestoßen werden oder sich nur dem Lustprinzip hingeben?»
Glöcklein schob das Fenster weiter auf, hustete kurz. «Sie verkennen den freien Willen dabei. Niemand wird von der Kirche gezwungen, Priester zu werden, sondern jeder Kandidat muß das ausdrücklich freiwillig tun. Mit Ihrer

Ansicht, nach der jeder mit seinem geleisteten Versprechen umgehen kann, wie er will, um sein Versagen dann einfach auf Gott zu schieben, öffnen Sie der Sünde Tür und Tor.»

«... und Fenster. Nein, überhaupt nicht. Das wäre der Fall, wenn ich zur Leichtfertigkeit aufrufen würde, was ich aber gerade nicht tue. Außerdem ist uns beiden doch klar, daß die Willensfreiheit eine relative ist, weil uns die Lebensumstände nun wahrlich nicht alle Möglichkeiten offenhalten. Nur, wenn wir schon wissen, daß Priester am Zölibat zerbrechen können oder, wenn Sie so wollen, von der ‹Gnade› einer partnerschaftlichen Liebe wie unser Professor Konrad berührt werden, dann plädiere ich im Sinne der Menschlichkeit – und ich glaube, auch im Sinne der verzeihenden Liebe Gottes – dafür, daß diese Menschen die Chance haben, sich ihrem Scheitern zu stellen und wohlüberlegt ihr Versprechen zu ändern. Oder es von vornherein mit Hilfe der Kirche anders zu gestalten, weil eben das menschliche Scheitern nicht einfach nur auf Gott zu schieben ist und erst recht nicht absichtlich herbeigeführt wird. Hören Sie sich bitte einmal Erfahrungsberichte an, die zum Beispiel im VkPF geäußert werden, in der ‹Vereinigung katholischer Priester und ihrer Frauen›.»

«Herr Dr. Laubmann, die Aussagen der Kirche zum Zölibat sind eindeutig. Es gibt schließlich Konzilsbeschlüsse und eine entsprechende Tradition, die sich vom frühesten Bestehen der Kirche an entwickelt hat. Den Zölibat gilt es als ein heiliges Gut für diese Welt zu bewahren, denn er ist ein echtes Zeichen für den Anbruch des Reiches Gottes hienieden. Wir dürfen die Einzelfälle des Scheiterns oder gar eines willentlichen Versagens nicht generalisieren. Die entscheidenden Aussagen des Apostolischen Stuhls sind selbst Ihnen in der Theologischen Fakultät zugänglich.»

«Damit beschränken Sie die Verantwortung für das Reich Gottes wieder auf die Priester und Ordensleute, als könnte das nur durch ihren besonderen Dienst entstehen. Aber sind wir nicht alle dazu aufgerufen, in dieser Hinsicht lebendige Zeichen zu setzen? Jeder auf seinem Platz, auch der Zölibatär, und wenn er heiratet, dann eben als verheirateter Priester, der in gleicher Weise mit der ‹Gnade› des Verständnisses für Menschen gesegnet sein kann. Und das gilt in gleicher Weise für Laientheologen im kirchlichen Dienst, die von ihrer Berufung her mit Bestimmtheit, wie's kürzlich in einem törichten Leserbrief im Bistumsblatt geheißen hat, keine ‹Pseudo-Pfarrer› sind oder sein wollen.»
«Solche Abwertungen sind nicht mein Niveau», bemerkte Glöcklein leise. Er hatte vergessen, an der Zigarre zu ziehen. Asche fiel zu Boden.
«Ob sich allerdings ein Fünftel des Weltklerus», fuhr Laubmann ungeniert fort, «das sich in den vergangenen Jahrzehnten vom Zölibat verabschiedet hat, noch als jeweiliger ‹Einzelfall› diffamieren läßt, ist eine Gewissensfrage. Sie sollten sich, statt die Betroffenen mit einer solchen Bezeichnung herabzuwürdigen, besser in geschwisterlicher Liebe jedem ‹Einzelfall› zuwenden. Denn vor Gott sind wir doch alle ‹Einzelfälle›. Gott sei Dank.»
«Sie werden spitzfindig.»
«‹Spitzfindig› meinen Sie; ich halte das für christlich.»
«Mit dieser Haltung, mein lieber Herr Dr. Laubmann», beendete Prälat Glöcklein unversehens und mit einem gebieterischen Unterton die Diskussion, «werden sie keine Aussicht auf eine Professur an unserer Theologischen Fakultät haben. Unter diesen Voraussetzungen brauchen sie sich gegebenenfalls gar nicht die Mühe machen, sich zu bewerben.» Die Zigarre war erloschen.

«Das haben Sie nicht allein zu bestimmen.»
«Verschätzen Sie sich nicht, was meinen Einfluß anbelangt.»
«Ich kann Ihre Besorgnis zerstreuen. Bis ich soweit bin, um mich zu bewerben», sagte Laubmann leicht resignativ, «sind Sie womöglich schon außer Dienst.»
«Sie pflegen zu viele Nebeninteressen, Herr Doktor.»
«Ich bitte Sie, jetzt werden Sie wieder zu persönlich.» Laubmanns wunder Punkt. «Ich habe gedacht, wir könnten uns zum Abschluß exegetisch und historisch ein klein wenig über die Mehrdeutigkeit von Bibelstellen und Konzilsdekreten zum Thema ‹Zölibat› streiten. Ich fürchte jedoch, Sie halten das Thema für ausdiskutiert. Das macht aber gar nichts; mir geht das bereits seit Jahren so.»
«Ich werde mir wohl einen Vermerk in Ihrem Dossier notieren müssen.» Prälat Glöcklein lehnte den Fensterflügel am Fensterkreuz an, denn der Generalvikar hatte vor kurzem sein Büro verlassen, was Glöcklein gesehen und was seinen Gesprächsenthusiasmus entscheidend gedämpft hatte. Der Prälat kehrte an den Schreibtisch zurück, auf dem unberührt die Predigtblätter über das Schweigen und die Demut lagen.
«Dann will ich Sie nicht länger von Ihrer Textarbeit abhalten», erlaubte sich Laubmann spießig zu übertreiben.
Glöcklein vollführte eine müde Geste. «Ich danke Ihnen für dieses offene Gespräch; hoffentlich fruchtet es was.»
Laubmann, der zur Tür schritt, fügte gleich hinzu: «Ach, eine Nachricht hätte ich noch, an den Herrn Generalvikar, wenn Sie's übermitteln möchten: Der Innenhof hat eine schwache Akustik.»
«Sie unverschämter ...», Albert Glöcklein verschluckte ein Schimpfwort. «An Ihnen hat die Kirche schwer zu tragen.»

«‹Einer trage des anderen Last; so werdet ihr das Gesetz Christi erfüllen.› Doch ‹wer sich einbildet, etwas zu sein, obwohl er nichts ist, der betrügt sich.› Brief an die Galater, Kapitel 6.» Philipp Laubmann deutete eine Verneigung in selbstkritischer Demut an und öffnete die Tür. Ein plötzlicher Windstoß wirbelte die Predigtblätter durcheinander.

XX

Sie gingen über den nicht sehr geräumigen, schmucklosen, geteerten Hinterhof der Universität, der vorwiegend als Abstellplatz für fahrbare Müllcontainer und wild durcheinander gestellte Fahrräder der Studierenden genutzt wurde. Allein in einer Ecke überlebte ein verwachsener und vorne rücksichtslos abgerissener Strauch; möglicherweise Holunder. Die beige Farbe der nahezu fensterlosen Gebäudefassaden, die den Hof umgaben, war abgeblättert und hätte dringend einer Auffrischung bedurft. Aber hier befand sich eben nicht die Schauseite der Theologischen Fakultät, sondern bloß ein außer von Fahrradfahrern kaum frequentierter Hintereingang, der im Grunde nur zu einigen Lagerräumen der Bibliothek führte – und über eine rückwärtige Stiege zur Direktion. Deshalb hatte deren Leiter, Dr. Prestl, die Polizei gebeten, diesen Eingang zu benutzen.
Glaser war zornig: «So ein Getue.» Er öffnete die selbsttätig ins Schloß fallende Stahltür am Eingang und hielt sie Lürmann auf, und der wiederum ließ Laubmann den Vortritt. «Darauf hätt' ich mich nie einlassen sollen.»
Lürmann bemühte sich um einen sorgfältigen Umgang mit den mitgebrachten Geräten: ein veraltetes Tonband, Mikrophon und mehrere Kabel. Er konnte es dennoch nicht vermeiden anzuecken. Der selten genutzte Zugang war nicht

komfortabel. «Hat Dr. Prestl nicht Kooperation signalisiert? Ich mein, wozu schlepp ich denn sonst das Aufnahmegerät mit?» Bisweilen mißfiel es ihm, Handlangerdienste leisten zu müssen, als wolle man ihm seine kriminalistische Kompetenz absprechen.
«Stiekum durch die Hintertür», gab Laubmann zum besten, was jiddisch war und heimlich hieß und keiner der sonst Anwesenden verstand.
Glaser blieb zornig. «Nur weil der Herr Bibliotheksdirektor in spe nicht im Umkreis des Kommissariats beobachtet werden möchte, weil er um seine Karriere fürchtet!»
«Was soll unsereins da sagen, die wir täglich dort zu tun haben.» Der Witz Laubmanns kam nicht an.
«Meint, er kann uns einfach zum Tonbandprotokoll bestellen. Und später dürfen wir's ihm dann gnädig zur Unterschrift vorlegen. ‹Käme allen Beteiligten entgegen.› Und wir dürfen über den Hinterhof reinschleichen. Was daran weniger indiskret sein soll?» Glaser brachte seinen Groll nicht an; wollte es auch gar nicht.
«Ich halt das gar nicht für so unüberlegt», erwiderte Laubmann. Sie schritten einen einsamen Gang entlang, um an dessen Ende über eine steile und schmale Holzstiege ins obere Stockwerk zu gelangen. «Unliebsame Blicke könnten uns überall leichter treffen als hier. In dem Hinterhof treibt sich nie jemand herum; die Büros der Sekretärinnen und Dozenten gehen nach vorn raus oder zum eigentlichen Innenhof. Das Zimmer des Bibliotheksleiters war schon immer abgelegen, weil ihn ja der Lehrbetrieb direkt nichts angeht. Außerdem muß die Anlage historischer Gebäude logistisch überhaupt nicht nach modernen Gesichtspunkten ausgerichtet sein. Und Prestl ist ein altmodischer Mensch.»
«Ach was, der ist ein ewiger Streber. Einfach paradox, unser

Verhalten. Es gibt in diesem Fall sowieso zu viele Hintertüren.»
Dann schwiegen sie, weil der Hall ihrer Stimmen weit vorausklang.

Berthold Prestl glaubte, es geschickt angestellt zu haben. Er hatte sein Büro für den erwarteten Besuch präpariert, denn er wollte sich das polizeiliche Personal auf Distanz halten, selbst aber in seinem lederbezogenen Arbeitssessel hinter seinem altertümlichen Arbeitstisch dominierend wirken. Als würde er dadurch einen Vorteil haben.
Zu diesem Zweck hatte er auf die in größerer Anzahl vorhandenen Stühle absichtlich Bücherstapel gestellt, so daß für den Kommissar nur noch ein entfernt stehender Stuhl übrigblieb und für Lürmann und Laubmann eine hölzerne Bank an der Wand, die bei jeder Bewegung eines darauf Sitzenden zu schwanken anfing. Der Holzboden war uneben. Die Bank knackte und ächzte ebenso wie die Dielen des historischen Bodens. Philipp Laubmann erinnerte die Anordnung der Bücher auf den Stühlen an seine eigene unaufgeräumte Hausbibliothek, nur daß Karteikarten fehlten. Und das Verhalten Prestls erinnerte ihn an das Glöckleinsche Gehabe, auch die leicht nach vorn gebeugte, herablassende Körperhaltung bei der Begrüßung der erwarteten Besucher, obgleich dem kommissarischen Bibliotheksdirektor kein Kreuz im Genick saß, sondern die prangende Galerie seiner Vorgänger, und daß statt einer Kreuzigungsgruppe eine kostbare Bibel aus der Frühzeit des Buchdrucks seitlich auf dem Tisch drapiert war.
Ernst Lürmann schob die Bibel dienstlich beiseite. Privat hatte er nichts gegen das Buch der Bücher einzuwenden. Er hatte direkt vor Prestl das Tonbandgerät für die Verneh-

mung einzurichten, wobei sich ein greller Sinuston nicht vermeiden ließ, der ihm schrill in die Ohren fuhr, als er bei einer Sprechprobe mit dem Mikrophon zu nahe an den auf große Lautstärke eingestellten Kopfhörer kam. Prestl zuckte unwillkürlich zusammen, obwohl das Geräusch Lürmann ja viel stärker erwischt hatte.
Glaser fühlte sich so frei, den für ihn vorgesehenen und abseits gerückten Stuhl zu ergreifen und ihn unmittelbar vor Prestl zu plazieren, und zwar mit der Lehne in dessen Richtung, so daß er rittlings Platz nehmen konnte. Der Kommissar machte keine Anstalten, höfliche Einleitungsworte zu finden, sondern hielt sich nach der rechtlichen Belehrung sofort an seinen Fragekatalog, während sich Lürmann zu Laubmann auf die nach vorne und hinten kippende Bank setzte: Datum und Uhrzeit der Tonbandaufzeichnung, Anwesende, wer führt die Befragung durch, Einverständnis damit, Name, Geburtstag, Geburtsort, Beruf des Befragten. Dr. Prestl antwortete zuverlässig.
«Sie waren mit der Toten, Franziska Ruhland, verlobt?» fragte der Kommissar.
«Wieso wissen Sie das bereits? – Ja.»
«Wie lange?»
«Einige Monate.»
«Bis wann waren Sie mit ihr verlobt?»
«Bis sich ein anderer in unser Verhältnis gedrängt hat.»
«Professor Erich Konrad?»
«Sie wissen es ja.»
«Das Ziel einer Befragung ist», Glaser bemühte sich, seine Contenance nicht zu verlieren, «daß der zu Vernehmende Antworten gibt, und nicht, daß der Fragende seine Fragen gleich selbst beantwortet. Das widerspräche den Gepflogenheiten.» Weniger ironisch: «War es Professor Erich

Konrad, dem sich Franziska Ruhland nach der Beendigung des Verlöbnisses mit Ihnen zugewandt hat?»
«Ja, es war Professor Konrad, und er hatte sich ihr schon *vorher* zugewandt! Denn das war der Grund für die Auflösung der Verlobung.» Prestl war aufgebracht.
«Bedeutet Ihr gereizter Tonfall, daß Sie Professor Konrad nicht mögen?»
«Tut mir leid. Mein gereizter Tonfall beruht allein auf der Art Ihrer Fragestellung.» Dr. Prestl atmete durch. «Meine Freundschaft mit Konrad war selbstverständlich in dem Moment zu Ende, als seine intime Freundschaft mit Franziska begonnen hat. Obwohl ich von dieser Beziehung zuerst nichts gewußt habe.»
«Das läßt mich vermuten, daß Sie eifersüchtig waren. Sind Sie es noch?»
«Nein, die Eifersucht ist völlig verschwunden. Am Anfang war ich sehr eifersüchtig, das geb ich zu. Und gekränkt.»
«Ist es möglich, daß eine starke Eifersucht so mir nichts, dir nichts vergeht?»
«Sehen Sie, ich brauche Klarheit. Ich habe deswegen Herrn Dr. Laubmann um die Vermittlung eines Kontaktes zu Ihnen ersucht.»
Laubmann nickte, was bereits genügte, um die Bank wieder in Unruhe zu versetzen.
Prestl fuhr mit ruhiger Stimme fort: «Es geht mir nicht nur darum, in einer personell schwierigen Situation die vakante Stelle des Bibliotheksdirektors zu übernehmen. Ich habe – aber bitte, das ist streng vertraulich und muß unter uns bleiben –, ich habe auch eine neue Beziehung – was Ihre Eifersuchts-These wohl entkräften dürfte. Beides zusammengenommen und dann die Gerüchte um Franziska Ruhlands Tod, sind, meine ich, Anlaß genug, um vorbeu-

gend mit Ihnen ins Gespräch zu kommen, sogar wenn Sie es als Verhör gestalten.»
«Um Sie zu vernehmen, haben wir genügend eigene Anhaltspunkte», gab ihm der Kommissar zur Antwort.
«Welche ‹Anhaltspunkte› bitte?»
«Verdachtsmomente, wenn Ihnen dieser Ausdruck mehr liegt.»
Prestl reagierte nervös: «Aber, ich hab Ihnen doch im Moment erklärt, daß für eine Eifersucht von meiner Seite ...»
«... kein Grund mehr besteht, ich weiß. Wie heißt denn Ihre neue ‹Beziehung›?»
Prestl zögerte. «Ich sage das wirklich ungern.»
«Ich bestehe darauf.»
«Also ich verrate Ihnen das nur unter äußerster Zurückhaltung meinerseits; und um die bitte ich Sie auch, Sie alle ...»
«Also dann ...», drängte Glaser mit aufforderndem Tonfall.
«Sie heißt Sibylle Schmidt», kam es kleinlaut von Prestl.
«Schmidt, Sibylle? Schmidt mit d t, Dora Theodor?» Der Bibliotheksleiter nickte. «Dr. Prestl nickt zustimmend», vermerkte der Kommissar fürs Tonbandprotokoll.
Laubmann redete dazwischen: «Unsere hübsche Bibliothekssekretärin, vorn an der Ausleihe? Aha! – Das ist mir nie aufgefallen.»
Prestl fixierte ihn streng, was Laubmann jedoch nicht irritierte. «Ist sie nicht etwas zu jung für Sie?»
«Herr Dr. Laubmann, bitte!» fuhr ihn Glaser an. Dabei hatte sich Philipp fest vorgenommen, sich diesmal möglichst nicht einzumischen, weil er sich's mit Prestl nicht verderben wollte, schließlich beschaffte der ihm von anderen Bibliotheken tolle Raritäten.

Der Kommissar suchte nach einem neuen Ansatzpunkt: «Möchten Sie heiraten, Sie beide?»
«Warum eigentlich nicht?» gab Berthold Prestl zu. «Wir tragen uns schon mit dem Gedanken.»
«Wann haben Sie Franziska Ruhland zum letzten Mal gesehen?»
«Eine ganze Weile nicht mehr vor ihrem Tod.»
«Wie und wann haben Sie von ihrem Tod erfahren?»
«So in den Tagen danach, denke ich, durchs Hörensagen hier in der Universität und durch Zeitungen.»
«Hat Sie ihr Tod nicht näher berührt?»
«Doch, schmerzlich sogar.»
«Und Sie hatten überhaupt keinen Kontakt mehr zu ihr?»
«Gut, vielleicht haben wir mal telefoniert.»
«Aber, Herr Dr. Prestl, als Sie sich überlegt haben, eine andere Frau zu heiraten, wollten Sie sich da nicht noch einmal mit Frau Ruhland treffen?»
«Warum sollte ich?»
«Etwa, um sich auszusprechen, damit Sie sicher sein konnten, daß sie Ihren Bestrebungen nicht im Wege steht.»
«Was sollte es da noch zu besprechen geben?»
«Das müssen *Sie* uns erläutern», hielt ihm Kommissar Glaser entgegen. «Möglicherweise fällt es Ihnen leichter, wenn ich Sie davon in Kenntnis setze, daß wir eine Wohnungsdurchsuchung bei der Toten durchgeführt haben.»
Prestl holte nervös ein sauber gefaltetes Taschentuch aus der Innentasche seines Jacketts. «Geht denn das so einfach?»
Glaser blickte Lürmann an: «Klären Sie das auf.»
Ernst Lürmann erhob sich, was er als rhetorische Geste verstand. «Wohnungsdurchsuchungen bei bereits getöteten Opfern, wobei zum Beispiel Einsicht in Schriftstücke

genommen werden kann, sind rechtlich unter der Bedingung zulässig, daß ein Verwandter oder eine Verwandte des Opfers oder, wenn kein Verwandter oder keine Verwandte verfügbar sein sollten, ein Vertreter oder eine Vertreterin der politischen Gemeinde als unabhängige Person die Wohnung zusammen mit der Polizei betritt. – Mehrere Verwandte, en bloc, gehen vermutlich auch.»
Laubmann war beeindruckt, daß Lürmann den komplizierten Text, ohne zu stocken, vorgetragen hatte.
«Der Haus- beziehungsweise Wohnungsschlüssel war in der Handtasche der Toten ... der Haus- beziehungsweise Wohnungsschlüssel der Toten in der Handtasche der Toten», fügte Lürmann hinzu und spürte, daß er sich nun doch in seiner Akkuratesse verfangen hatte.
«Dann darf ich wohl fortfahren», stellte der Kommissar mit Nachdruck fest. «Unsere Wohnungsdurchsuchung hat nämlich ein wertvolles Indiz zutage gefördert – und zwar in bezug auf Ihre Person.» Er konzentrierte sich wieder auf Berthold Prestl. «Uns ist bei Frau Ruhland ein Kalender in die Hände gefallen, in dem wir unter dem 22. Oktober, ihrem Todestag, die Initialen ‹B.P.› entdeckt haben sowie den Vermerk ‹21 Uhr›. Diese Eintragungen waren zwar kräftig durchgestrichen, ich würde sogar meinen: energisch durchgestrichen, aber sie waren noch mit bloßem Auge erkennbar. Die kriminaltechnische Untersuchung wird da ein übriges tun. – Was, bitte, war am 22. um 21 Uhr?»
Prestl überlegte nicht viel. «Na schön, Sie haben recht.» Er fühlte sich überführt. «Ich war mit ihr verabredet, schon seit eineinhalb Wochen. Wir haben uns überlegt, daß wir uns bei ihr zu Haus treffen, um uns endgültig und einvernehmlich auszusprechen, auch wenn wir uns, ich betone das, sonst nicht mehr viel zu sagen hatten.»

«Und das ausgerechnet am Abend ihres Todes. Was für ein Zufall.»

«Überhaupt kein Zufall. Ich kenne den Veranstaltungskalender der Universität in- und auswendig, und daß Konrad an diesem Abend einen Vortrag zu leiten hatte, stand seit Monaten fest. Franziska war zu der Zeit also allein – so haben wir uns das zumindest vorgestellt; ich habe sie ja nicht getroffen. Ich glaube, daß sie Konrad nichts von unserer Verabredung erzählt hat. *Er* war nämlich der Eifersüchtige, nicht ich. – Es könnte natürlich sein, daß sie ihm doch was gesagt hat. Dazu müßten Sie ihn befragen.»

«Sie hätten jedenfalls seine Abwesenheit ausgenutzt?»

«Was heißt hier ‹ausgenutzt›? Mir ging's ausschließlich um meine Heirat mit Sibylle.»

«Wo war Ihre Sibylle an diesem Abend?»

«In dem Vortrag. Sie werden doch nicht denken, daß sie zusammen mit mir … also, mit zu Franziska gehen wollte. Sie können mit Sicherheit Zeugen finden, die sie beim Vortrag gesehen haben.»

«Das heißt andererseits, Sie waren allein. Dann beantworten Sie mir bitte, wie Ihr Abend verlaufen ist, mit oder ohne Franziska Ruhland; zumindest bis zum Zeitpunkt ihres Todes.» Dem Kommissar kam Prestl so vor wie Konrad; er gestand nur das ein, was man ihm direkt unter die Nase reiben konnte. «Und achten Sie darauf, was Sie aussagen; es handelt sich um Ihr Alibi.»

«Um meinen Unschuldsbeweis.» Dr. Prestls Rede wirkte fast spöttisch. «Der ergibt sich nämlich schlicht daraus – ich kann es nur wiederholen –, daß ich Franziska Ruhland gar nicht angetroffen habe, nicht am Abend und logischerweise danach genausowenig.»

«Und was soll an dem Alibi hieb- und stichfest sein?»

«Großer Gott, sie war nicht in ihrer Wohnung. Ihr Wagen war auch nicht zu sehen. Ich hab geklingelt, mehrfach, und ab neun Uhr respektive 21 Uhr auf der Straße gewartet. Bis es mir zu bunt geworden ist. Danach bin ich zur Fakultät zurückgelaufen, um Sibylle, Frau Schmidt, noch am Schluß des Vortrags zu erwischen.»

«Können Sie Zeugen benennen?»

«Sie werden lachen, das kann ich: zum einen Frau Schmidt und höchstwahrscheinlich unseren Hausmeister hier, den Herrn Kappas. Die beiden werden Ihnen meine Ankunft in der Universität bestätigen.»

«Wir werden sie dazu befragen.»

«Tun Sie's bitte!»

«Erinnern Sie sich, wann Sie die Fakultät erreicht haben?»

«So gegen 23 Uhr, nehm ich an.»

«Moment; das heißt, Sie haben mindestens eineinhalb Stunden vor dem Haus des Opfers nur gewartet und sonst nichts unternommen? – Das ist ziemlich lang, und ziemlich unglaubwürdig.»

«Ich kann ja versuchen, meinen Weg genauer zu rekonstruieren.»

«Das wäre nicht verkehrt.»

«Also gut. – Soweit ich mich erinnern kann, bin ich so kurz vor neun an der Wohnung von Franziska Ruhland gewesen. Sie war nicht zu Haus; ich hab das vorhin geschildert. Ich bin bis circa 21 Uhr 30 vor dem Haus geblieben. Als sie dann immer noch nicht zu sehen war, bin ich zurück in die Altstadt gegangen … »

« … zur Universität.»

«Nein; um offen zu sein, zur Wohnung Konrads, um sie eventuell dort anzutreffen. Der Vortrag lief ja noch. Meines Wissens war sie manchmal in seiner Wohnung mit ihm

zusammen, oder er hat sie dort warten lassen, wenn er nur kurz weg war. Und wenn er die Veranstaltung vielleicht schon früher verlassen hätte und schon zu Haus gewesen wär, es hätt' mich nur wenig gestört. Aber, wer weiß, womöglich hätt' er sich ausfallend benommen.»
«Und wie ging das mit der Haushälterin, wenn Frau Ruhland da war?» fragte Laubmann von der Seite.
«Was weiß ich.»
Glaser war jetzt doch sehr erstaunt: «Sie begeben sich zum Haus Ihres einstigen Rivalen, um Ihre Ex-Verlobte, seine Geliebte, aufzuspüren; ja verdammt, mit welcher Absicht denn?»
Prestl schluckte und rang nach Luft: «Ich hab mich erheblich unter Druck gefühlt; mehr als ich bisher eingestanden habe. Für den übernächsten Tag hatte sich ein Beauftragter des Ministeriums angekündigt. Ich war gezwungen, jeden Skandal zu vermeiden, und hab Franziskas Zusage gebraucht, mich auf gar keinen Fall in ihre absurde Affäre mit einem Priester hineinzuziehen. Sie konnte sehr unberechenbar sein und überspannt reagieren!»
«Womit wir ein klares Motiv hätten.»
«Ach, Sie haben doch überhaupt keine Ahnung, wovon Sie reden!»
«Im Gegenteil, mehr als Sie glauben. Wie lang haben Sie denn für den Weg zur Professorenwohnung gebraucht?»
«Was weiß ich; zwanzig Minuten.»
«21 Uhr 50. Was ist danach passiert?»
«Nichts! Das Licht war an, die Vorhänge waren zu, und mein Läuten hat niemand gehört oder hören wollen. Nach einigen Minuten hab ich mich zum zweiten Mal auf den Weg zur anderen Wohnung gemacht, zur Wohnung Franziskas, in der Hoffnung, jetzt eine Chance zu haben, sie

anzutreffen. Das Ergebnis war das gleiche. – Ich wollte alles hinter mich bringen.»

Ernst Lürmann ging unauffällig zum Arbeitstisch und überprüfte bedächtig die Funktionstüchtigkeit des Aufnahmegeräts. Er flüsterte fürs Protokoll ins Mikrophon, seinen Kopf hierbei vorsichtig vor das Gesicht des Bibliotheksdirektors schiebend: «Kriminalkommissar Lürmann kontrolliert das sich in Betrieb befindliche Tonbandgerät.»

Prestl betrachtete ihn befremdet und hatte sekundenlang Mühe, seine Gedanken zu ordnen. «Schließlich bin ich ... »

«Weiter bitte!» forderte ihn Glaser auf.

«Ja ... ich bin schließlich zur Fakultät gelaufen, wo mich der Hausmeister gegen 23 Uhr gesehen haben muß. Er war wie üblich in seinem Zimmer und hat den Vorlesungssaal gegenüber, auf der andern Seite des Innenhofs, beobachtet, weil er am Ende jeder Veranstaltung die Räume abzuschließen hat. Die Diskussion im Anschluß an den Vortrag war aber noch nicht beendet. Deswegen hab ich den Vorlesungssaal nicht betreten, sondern bin im Vorraum geblieben. Ich wollte nicht auffallen.» Dr. Prestl fühlte sich unverstanden, denn der Kommissar blickte ihn mißtrauisch an. «Ich kann niemanden um 23 Uhr umgebracht haben!»

Lürmann – wieder auf der Bank – sah sich aufgefordert, eine Bemerkung zur genauen Tatzeit vorzubringen, doch Glaser unterdrückte sie mit einer abwinkenden Handbewegung, wollte jede weitere Unterbrechung vermeiden. «Und Ihre jetzige Freundin; wann sind Sie ihr begegnet?»

«Zehn, zwanzig Minuten später; nach dem Abschluß der Diskussion, als sie den Saal verlassen hat.»

Dietmar Glaser hielt einen Augenblick inne. «Ihre Aussage überzeugt mich nicht besonders; um es offen zu sagen, sie erscheint mir konstruiert. Warum waren Sie zum Beispiel zu Fuß unterwegs? Warum haben Sie von unterwegs aus nicht bei Frau Ruhland angerufen? Sie hätten sich einen Weg sparen können. Auch dieses angeblich verzweifelte Hin und Her wirkt so, als wär's erfunden.»

Prestl mußte sich verteidigen. «Das hab ich vergessen zu erwähnen: Ich habe, bevor ich das zweite Mal zu Frau Ruhland gegangen bin, von einer Telefonsäule aus bei ihr angerufen. Und das war das Seltsame, denn deshalb hab ich ja gedacht, sie ist zu Haus, daß nämlich ihr Anschluß besetzt war.»

«Aha, urplötzlich wollen Sie angerufen haben. Sehr glaubwürdig. – Na schön, es könnte immerhin sein, daß jemand anderes, der Franziska Ruhland ebenfalls erreichen wollte, die Leitung gerade blockiert hat.»

«Außerdem war es von meiner Wohnung aus zu Fuß nicht so weit zu ihr; und ich hätte an dem Abend bei ihr bestimmt was getrunken.»

«Ein Trunkenheitsdelikt wär allerdings schlecht für die Karriere gewesen», murmelte der Kommissar und fabulierte in Gedanken die Schlagzeile: ‹Bücherwurm fuhr Schlangenlinien›.

Er war mit der Befragung nicht zufrieden; keiner war das. Hatte er sich von Prestl einwickeln lassen? Aber dem war nicht beizukommen, obwohl seine Aussagen so durchsichtig schienen. Wie bei Konrad eben auch. Andererseits: Wenn beide unschuldig waren, dann auf sehr dumme Art.

Fürs Protokoll war die Befragung des Hausmeisters nachzureichen. Das übernahm Ernst Lürmann, zumal man sich bereits in der Universität aufhielt. Währenddessen begleitete Laubmann Glaser zu Sibylle Schmidt, indem er ihn stolz durch den «Geheimgang» führte. So hatte man sich

das aufgeteilt, nachdem man Prestl wieder seinen Büchern überlassen hatte.
Der Hausmeister, Wendelin Kappas, zeigte Kriminalkommissar Lürmann die fakultätseigenen Zimmer im Erdgeschoß, die er mit seiner Frau bewohnte und die ähnlich wie etliche Büroräume der Fakultät Fenster zum Innenhof besaßen. Lürmann gefiel die Aussicht auf den ruhigen Innenhof, und er bedauerte, daß seine Dienststelle nicht in diesem Gebäude untergebracht war.
Kappas bestätigte ihm, daß er am 22. Oktober den auf der gegenüberliegenden Seite an den Innenhof grenzenden Vorlesungssaal von seinem Sessel aus beobachtet habe, um den Abschluß der Vortragsveranstaltung mitzubekommen, weil es seine Pflicht sei, die Lichter zu löschen und die Türen zu verschließen, wenn alle Gäste den Saal und das Foyer verlassen hätten. Manchmal bleibe sogar was liegen, wenn auch nie was Wertvolles. Genauso wie am Abend müsse er vor den Vorlesungen am Morgen – also in umgekehrter Reihenfolge – alle Türen aufsperren. Zwar hätten die Professoren selbst Schlüssel für die Haupttüren, aber die dächten nicht daran, solche Dienste zu verrichten.
Lürmann wiederholte seine Frage, die Vorgänge am Abend des 22. Oktober betreffend. «Noch mal, wie war das?»
Ja, den Dr. Prestl habe er kurz nach 23 Uhr im Foyer stehen sehen, sagte Kappas aus. Das war hell erleuchtet. «Der Doktor hat dort gewartet bis zum Ende der Veranstaltung, so um zwanzig nach elf. Ich war erledigt und wollt ins Bett. Ich muß ja früh raus. Der verspätete Anfang und damit das späte Ende der Veranstaltung … so was paßt mir nicht.»
«Und wie war das mit Professor Konrad? War Licht in seinem Zimmer über dem Vorlesungssaal?»
Das sei ihm komisch vorgekommen, denn der sei schon um

zehn hinaufgegangen. «Der hat kurz Licht gemacht in seinem Büro und es gleich wieder ausgemacht. Und nach elf hat er wieder das Licht eingeschaltet und kurz darauf wieder ausgemacht. Dann ist er im selben Moment unten aufgetaucht, wie ich rübergegangen bin.»
Und Prestl?
«Der hat keine halbe Minute davor das Haus drüben verlassen, mit der aus der Bibliothek, mit der er was hat.»
Lürmann notierte die Aussage und bedankte sich. Es freute ihn, einen Mosaikstein mehr gesammelt zu haben, der sich ins Gesamtbild einfügen ließ.
«Halt!» rief der Hausmeister ihm nach, ein Vorkommnis hätte er noch zu vermelden: An dem Vortragsabend hielt sich etwas abseits im Innenhof, allerdings nah genug an seiner Wohnung, eine Frauensperson auf, die nur einfach dagestanden und sich kaum gerührt hat. «Mit so blonden Haaren und einem ganz weißen Kostüm. Das war zu dünn für die Jahreszeit. Aber immerhin mit weißen Handschuhen. Es gibt ja schon Nachtfröste.» Die sei erst so um 20 Uhr 45 abgehauen. «Sonst hätt' ich sie angesprochen und sie darauf aufmerksam gemacht, daß sie sich hier bei mir nicht einfach in einer Ecke rumzudrücken hat. Die muß aber unser Professor Konrad auch gesehn haben, denn der ist zusammen mit seinem Kollegen und der Kollegin an ihr vorbeigegangen.»

Wiederum fürs Protokoll: «Trifft es zu, Frau Schmidt, daß Sie mit Herrn Dr. Prestl liiert sind?»
Sie bejahte, hatte die beiden Herrn jedoch vorsorglich in einen Nebenraum der Bibliothek gebeten. Philipp bewunderte ihre hellen Augen. Sie gab an, daß Prestl sich mit Franziska Ruhland habe treffen wollen, um seine früheren

Gefühle für Frau Ruhland und seine jetzigen für sie, wie er sagte, «abzuklären».
«Ein rohes Wort», bemerkte Laubmann leise. Sie sah ihn zustimmend an und nickte.
Berthold – Dr. Prestl – habe ihr für diesen Abend den Auftrag erteilt, Professor Konrad nicht aus den Augen zu verlieren, damit es zu keinem unglücklichen Zusammenstoß käme, wenn er allein bei Frau Ruhland sei, bei ihr zu Haus; nicht daß der Professor am Ende noch durchdrehe. «Deshalb hat er mir die Telefonnummer ihrer Wohnung gegeben, und ich hab auch sicherheitshalber dort angerufen, als Professor Konrad den Saal verlassen hat. Ich konnte ihn ja schlecht fragen, ob er die Absicht hat, Frau Ruhland gleich zu besuchen.»
Wieder nur fürs Protokoll: Wann genau habe sie telefoniert?
«Danach, also kurz nach zehn. Ich hab's extra lang läuten lassen – es hat aber niemand abgehoben.»
«Weiß Herr Prestl, daß Sie ihn wegen Professor Konrad telefonisch bei Frau Ruhland zu erreichen versucht haben?» fragte Glaser.
«Ja, mit Sicherheit.»
Laubmann überlegte: «Das hat er uns nicht mitgeteilt.»
«Als ich ihn nach dem Vortrag im Foyer getroffen hab, hab ich ihm das sofort gesagt», erklärte Sibylle Schmidt.
«Um welche Uhrzeit war das?» wollte der Kommissar wissen.
«Das wird gut Viertel nach elf gewesen sein; am Ende der Diskussion.»
«Hat Herr Prestl da abgehetzt ausgesehen?»
«Nein, nur ein bißchen verfroren.» Sie lächelte.
«Verfroren oder unverfroren, das ist hier die Frage», bemerkte Laubmann, aber nicht fürs Protokoll.

Sie habe Herrn Prestl, wie es ihr «Auftrag» gewesen sei, zudem berichtet, wann Professor Konrad den Vorlesungssaal verlassen habe; sie habe jedoch nicht nachprüfen können, ob er sich oben oder außer Haus aufhielt. Berthold – Dr. Prestl – meinte ja, daß er bei seiner Ankunft im Innenhof kein Licht im Zimmer Konrads gesehen habe. Doch in diesem Moment sei der Professor in Begleitung Hanauers die Treppe heruntergekommen, und Berthold und sie hätten sich schleunigst verzogen, um ihm nicht zu begegnen.
«Haben Sie uns eigentlich damals in der Bibliothek sprechen hören», wagte Philipp Laubmann zu fragen, «Konrad und mich?»
Sibylle Schmidt wies eine derartige Unterstellung entrüstet zurück: «Ich lausche niemals!»

XXI

Sie fuhren in einem zivilen Einsatzfahrzeug. Allerdings in keinem Neuwagen. Die zivilen Einsatzfahrzeuge der Polizei werden von Zeit zu Zeit unter den Polizeibezirken ausgetauscht, weil sie in den jeweiligen Bezirken im Laufe der Zeit bekannt sind und der Tarneffekt deshalb dahin ist. Ernst Lürmann hatte das Steuer fest im Griff und Vergnügen daran. Ihr Weg führte sie aus dem Hinterhof der Theologischen Fakultät heraus – wobei sie befürchtet hatten, Hausmeister Kappas hätte während der Vernehmung Prestls das Tor in der Durchfahrt zugesperrt – und durch eine der eng gewundenen Altstadtstraßen sowie an der Institutskirche der Englischen Fräulein vorbei zum Holzmarkt. Danach nahm sie der innerstädtische Ring auf, wo sich von Ampelanlage zu Ampelanlage jeweils ein Rückstau bildete.

Glaser saß neben Lürmann; Laubmann saß im Fond: «Haben Sie eine Christophorus-Plakette im Wagen? – Der Heilige der Kraftfahrer schützt vor einem jähen Unfalltod.» Niemand antwortete, Glaser beschirmte nur ab und zu die Augen mit der Hand, aus Sorge über das Fahrvermögen seines Kollegen und redete lieber über den Fall. «Da kommt einiges an Motiven auf uns zu: Eifersucht, Karrierestreben, Fanatismus, Unaufrichtigkeit; letztlich bei allen Kandidaten, hab ich das Gefühl.»

«Der Prestl hat's auch faustdick hinter den Ohren», hörten sie Laubmann auf dem Rücksitz.

«Den schließ ich am wenigsten aus.»

«Aber man benötigt für die Strecke zwischen dem Tatort und der Fakultät fünfzehn Minuten. Die Tatsache können wir bei seinem Alibi nicht negieren. – Ich weiß das; ich geh selber oft durch den Park rüber nach St. Vitus.»

«Ist mir klar.»

«Allein des Neumannschen Kirchenbaus wegen.»

Lürmann drehte sich beim Sprechen gern zu Glaser und Laubmann um, ohne deswegen seine Fahrt zu verlangsamen. «Falls die von mir nach unten korrigierte Zeitangabe des Zeugen Frantz, des zweiten Autofahrers am Tatort, richtig ist, hat sich der Unfall nach 22 Uhr 50, aber vor 22 Uhr 55 ereignet.»

«Schauen Sie bitte auf die Straße!»

Lürmann ließ sich nicht beirren. «Prestl war nach eigener Aussage um 23 Uhr in der Fakultät. Zehn Minuten zu früh, wenn er der Täter sein soll.» Er zeigte die Zahl mit den Fingern an.

«Behalten Sie bitte die Hände am Steuer!»

«Herr Lürmann sieht das vollkommen richtig, was die Zeitangaben betrifft», meldete sich Laubmann wieder. «Sofern Prestl der Täter ist, hätte er, selbst wenn er sich beeilt hat, erst um 23 Uhr 10 im Foyer sein können. Dann hätt' er uns aber mit seinen Angaben bezüglich seiner Rückkunft angelogen.»

«23 Uhr 10 würde mit der Zeitangabe des Hausmeisters übereinstimmen, denn früher als zehn nach elf hat der Prestl wahrscheinlich gar nicht gesehn», gab Glaser zu bedenken. «Unser Bibliotheksdirektor könnte folglich sehr wohl der Täter sein.»

Sie analysierten gemeinsam die Aussagen der Verdächtigen und die bei der Vernehmung Prestls entstandenen neuen Aspekte. Ein Gedanke ergab den nächsten. Philipp Laubmann hatte aus der Innentasche seines Anoraks kleine gelbe Karteikarten herausgeholt, in der Größe A7, auf die er sich Tatsachen und Überlegungen zum Fall notiert hatte, und blätterte beständig in ihnen herum.
Prestl hätte, wenn er am Tatort war, nach dem Unfall oder der Tat sofort zur Universität rennen, also eiskalt reagieren müssen; es sei denn, alles geschah in kopfloser Panik. Dem widersprach jedoch die Aussage Sibylle Schmidts, die ihren Geliebten und Chef nach seiner Rückkunft nur als «verfroren» beschrieben hatte, aber nicht als abgehetzt oder durcheinander.
Freilich hatte sie Prestl nicht gleich nach seiner Ankunft am Vortragssaal getroffen. Zwischen seiner Rückkunft und ihrem Verlassen des Hörsaals lagen mindestens zehn Minuten; das hieß, es war zu überprüfen, ob er sich in dieser kurzen Zeit, etwa zwischen 23 Uhr 10 und 23 Uhr 20, innerlich und äußerlich von einem tödlichen Geschehen so weit hatte erholen können, daß ihm anschließend keiner was angemerkt hat.
«Wie kann er denn ‹verfroren› gewirkt haben, wenn er sich nach seiner eigenen Angabe länger als zehn Minuten im Foyer aufgehalten und dabei doch wohl aufgewärmt hat?» kritisierte Glaser.
«Das Foyer wird nicht beheizt, und zugig ist es auch», wußte Laubmann aus persönlicher Erfahrung zu berichten. «Außerdem war er stundenlang draußen. Die Nachwirkungen kann man sich gut vorstellen.»
Ihre Gedanken wanderten zu Konrad und zu seinem unsicheren Alibi. Wenn er der Täter war, überlegten sie, hätte

er über die vormals als Notausgang installierte Wendeltreppe unbeobachtet aus- und eingehen können, selbst wenn sie «offiziell» gesperrt war. Um die Tat auszuführen, hätte er eine Stunde Zeit gehabt, nämlich von 22 Uhr 10 bis 23 Uhr 10. Davor und danach brannte Licht in seinem Büro. Dieser Annahme widersprach die Überlegung, daß Konrad ja nicht wissen konnte, wie lange die Diskussionsrunde, während derer er abwesend war, dauern würde. Eher hätte er sein Unterfangen auf die Zeit des Vortrags abstimmen müssen, denn der ließ sich zeitlich klarer umreißen. Was war das für ein riskantes Alibi? Alle hatten zwar sein Weggehen und sein Wiederkommen gesehen, aber für die Zwischenzeit hatte er keine Zeugen. Wenn das geplant war, dann war es ungeschickt inszeniert.

«Wir müßten dringend rekonstruieren, wo Franziska Ruhland zwischen 20 Uhr 30 und 22 Uhr 50 gewesen ist», stellte der Kommissar fest. «Zumal wenn sie die Frau im Innenhof war, die Kappas beschrieben hat.»

Laubmann hegte Zweifel: «Bei *den* kümmerlichen Indizien?» Außerdem wollte er, wenigstens einmal, die Frage des Selbstmords aufgreifen. Könnte Franziska Ruhland nicht doch ein verzweifeltes Ende ihrer Liebesgeschichte vorausgeahnt haben?

Glaser winkte entschieden ab. «Dafür haben wir keinerlei Hinweise gefunden; nicht am Tatort, nicht bei den Befragungen der Zeugen oder der Verdächtigen, auch nicht bei der Wohnungsdurchsuchung. Der Sachlage nach ist ein Selbstmord definitiv auszuschließen. Jemand, der sich wirklich umbringen will, stürzt sich von einem Gebäude oder von einer großen Brücke, aber schlittert keine nur wenige Meter hohe und schräg verlaufende Böschung hinunter. Dabei holt man sich blaue Flecken, nicht den Tod.»

«Es sei denn, er oder sie fällt vor ein Fahrzeug», dachte Laubmann laut.
«Also wenn jemand den Tod durch ein Fahrzeug bevorzugt, sucht er sich eine Intercity-Strecke. Er muß freilich Verspätungen einkalkulieren.» Klang darin Sarkasmus an?
«Wir dürfen den Hüttenberger nicht vergessen», bemerkte Lürmann.
«Der fehlt uns noch, und zwar wörtlich.» Glaser war davon nicht erbaut, denn seine Fahndungsmaßnahmen hatten bisher nicht gegriffen.
«Und wie steht's mit dem Herrn Prälaten Glöcklein?» Ernst Lürmann wollte selbst ihn nicht außen vor lassen.
Dietmar Glaser antwortete unerwartet heftig, weil ihm die Fragen lästig wurden: «Ach ja, und der Bischof zählt vielleicht ebenfalls zu den Verdächtigen?»
Laubmann wußte es besser: «Unser Bischof war am Tatabend bei seinem Prälaten Glöcklein im Liegenschaftsamt, und zwar zu einer Sitzung, die bis in die Nacht hinein gedauert haben muß. Das konnte ich neulich einem Protokoll entnehmen, das durch puren Zufall auf dem Schreibtisch der Amtsleiterin lag. Ganz ehrlich, es lag wirklich einfach obenauf.»
«War das nicht ein Vergehen gegen den Datenschutz?» meinte Lürmann penibel.
«Und falls Sie nach Dominikus Schultz fragen», überging Philipp Laubmann die Anspielung, «der war im Vortrag und hat alle ‹ketzerischen› Äußerungen notiert, sagt Professor Hanauer.»

Die beiden Kommissare stritten sich auf dem Rest der Strecke wegen der Autoheizung. Dem einen war's zu warm, dem andern zu kühl. Als sie das Kommissariat betraten, redeten alle drei von neuem hastig durcheinander und diskutierten schließlich im menschenleeren Treppenhaus über die diversen Rosenkränze des Falls: den zerrissenen vom Tatort, die von Hüttenberger erworbenen, gesammelten, verteilten, über den Handel mit Devotionalien im allgemeinen. Die Spuren lösten bei allen Mißmut aus, weil sich keine verwertbaren Indizien daraus ableiten ließen.

Vor Dienstende wollte Kommissar Lürmann noch das Endergebnis seiner akribisch durchgeführten Nachforschungen über die Pfarrhaushälterinnen referieren. Sie hatten Glasers Büro besetzt und Kaffee in dicken Henkeltassen vor sich. Lürmann hatte dazu Zettel aus einer seiner Schubladen in seinem Büro hervorgekramt.

Er habe die undankbare Aufgabe zu erledigen gehabt, sich nach den Besoldungsvorschriften für Haushälterinnen zu erkundigen. Das hiesige Ordinariat habe ihm die Auskünfte, wie das in Pfarreien gehandhabt werde, erteilt, wenn auch nicht ausführlich genug.

Für die Haushälterin eines Pfarrers in einer Pfarrei bestünde ein Mischvertrag, der sie als Angestellte des Pfarrers und als Angestellte der Diözese ausweise, denn sie sei nicht nur für des Pfarrers Haushalt da, sondern in Ermangelung einer Ehefrau des Priesters auch eine pfarramtliche Ansprechpartnerin. Der Pfarrer zahle seiner Angestellten ein Grundgehalt, und er komme für Kost und Logis auf. Dafür erhalte er von der Diözese formal ein höheres Gehalt und Zulagen für seinen Haushalt sowie für die Sozialversicherung seiner Haushälterin, wobei das verwaltungs- und zahlungstechnisch direkt von der Diözesanverwaltung geregelt werde.

«Trotzdem müssen die Haushälterinnen mit einer ziemlich mäßigen Rente auskommen, wenn der Pfarrer stirbt; hat man mir hinter vorgehaltener Hand erzählt.»

Dann habe er – um alle Zweifel zu beseitigen und speziell wegen Konrad – nach den Haushälterinnen von Theologieprofessoren gefragt, die Priester seien; ob deren Haushälterinnen genauso bezahlt würden. Nein, am Ordinariat wisse man dies nicht so genau. Theologieprofessoren seien in der Mehrheit zwar Priester, das sei richtig, aber keine Priester in der Seelsorge, freilich nicht ohne Haushalt. Ein Theologieprofessor, der ihm zu Auskunftszwecken vermittelt worden war, meinte, daß die übliche soziale Regelung auch für Haushälterinnen priesterlicher Professoren gälte, obwohl er dies nicht bestätigen könne, weil er selber gar keine Haushälterin habe. Er empfahl mir jedoch, einen Bekannten von ihm anzurufen, einen freundlichen Professor für Kirchenrecht, der mir definitiv versichern konnte, daß Theologieprofessoren an staatlichen Universitäten trotz ihres Priestertums ihre Haushälterinnen selbst und allein zu bezahlen haben, weil diese eben keine Pfarrhaushälterinnen sind.»

«Das letzte trifft auf Konrad zu und bedeutet, Frau Steinig ist von ihrem Professor finanziell abhängig. Wäre das nicht ein Motiv für sie?» Der Kommissar richtete seine Frage an Laubmann.

«Im Prinzip: ja; aber Sie übersehen, daß er ihr nur eine halbe Stelle bezahlt. Ansonsten hat sie ihr Auskommen durch die Universität.»

XXII

Rose Laubmann ärgerte sich. Stakend ging sie über dieses fürchterliche Kopfsteinpflaster, das man in der «Grube» noch immer nicht repariert hatte. Und durch den – in ihren Augen – «schönen Asphalt» wurde es gleich gar nicht ersetzt, weder hier noch in anderen Straßen der Stadt, obwohl sie bei der Stadtverwaltung mehrere Beschwerdebriefe eingereicht hatte. Viele andere waren nicht ihrer Meinung, das wußte sie. Und trotzdem. Denkmalschutz hin oder her – man muß ordentlich laufen können! In dieser Angelegenheit konnte sie stundenlang mit ihrem Sohn Philipp streiten.

Heute war sie in seinem Auftrag unterwegs, und das nicht ungern. Sie sollte in das kleine Lebensmittelgeschäft der Frau Erna Ferdl gehen, einer «Institution», und mit ihr ein wenig plaudern; «unter Geschäftsfrauen» sozusagen, denn als solche fühlte sich Rose Laubmann mit ihrem ererbten Anteil am Wollgeschäft nach wie vor.

Der Auftrag war nicht ganz harmlos. Der Laden befand sich nämlich genau gegenüber der Wohnung Professor Konrads. Vielleicht hatte Frau Ferdl als neugierige Verkäuferin und allgegenwärtige sowie allwissende Eigentümerin ihres Geschäfts in den vergangenen Tagen etwas vernommen oder in der «Mordnacht» etwas beobachtet. Ihre Wohnung lag ja

direkt über dem Geschäft. Keine Befragung durch die Polizei könnte das alles herausbekommen, das Atmosphärische und die vielen Geschichten drumherum, die fürs offizielle Protokoll nicht geeignet scheinen.
Rose Laubmann öffnete die Tür, eine uralte Klingel ertönte sogleich, Frau Ferdl war zugegen, man begrüßte sich herzlich. Und schon hatten sie ein Thema: das Kopfsteinpflaster. Auch die Ladenbesitzerin liebte das Pflaster nicht, war sie doch um einiges korpulenter als Frau Laubmann. Und nicht zuletzt der Kundschaft wegen, hauptsächlich ältere Herrschaften, die so nur schwerlich zu ihrem Laden gelangen konnten. Für die Bewohner des unweit gelegenen und erst kürzlich modernisierten Senioren-Wohnstiftes nahm die Geschäftsfrau zudem ein- bis zweimal in der Woche Bestellungen entgegen. Das hielt den Laden über Wasser.
Das Gehen war Erna Ferdls Sache nicht, aber innerhalb ihres kleinen Geschäfts war das kein Problem. Die rosige Gesichtsfarbe ließ sie herzlich wirken, selbst wenn sie sich aufregte. Ihre ergrauten Haare mit einigen braunen Strähnen waren zu einem praktischen Knoten zusammengebunden. Ihre rustikal-bunte Küchenschürze paßte zu der geradezu familiären Atmosphäre. Darunter hatte sie ein ausgebleichtes Kleid an.
Dieser Laden mit seiner begrenzten, freilich gut sortierten Auswahl an Lebensmitteln und Haushaltsgegenständen war das Informationszentrum des Viertels. Und was sich unmittelbar vor dem Laden auf der Straße zutrug, wurde von der Inhaberin nicht nur zu den Geschäftszeiten höchstpersönlich kontrolliert. Alsbald kam sie auf das bedeutendste Ereignis der letzten Zeit zu sprechen, nämlich die Sache mit dem schrecklichen Unfall und dem Theologieprofessor. «Haben Sie nichts davon gehört? Ich sag Ihnen ...»

Rose Laubmann gab sich uninformiert. «Sie wissen ja, mein Sohn ist auch Theologe, aber von der Universität erzählt er so selten einmal etwas Spannendes.»
Mit Wonne stürzte sich die Ladeninhaberin nun in die Geschichte von der Geliebten – «soviel man weiß» – und dem nicht geheueren Todesfall. «Außerdem forscht die Polizei schon nach, ob's nicht sogar ein Mord war, stellen Sie sich vor! Mich haben sie noch gar nicht verhört, und ich könnt viel beisteuern – aber man will sich ja nicht aufdrängen, verstehen Sie?»
Rose Laubmann pflichtete ihr bei. Aber ihr könne sie doch einiges erzählen – unter Kolleginnen: «Kennen Sie denn jemand aus dem Haus des Professors, außer ihn selbst?»
«Ach, da gibt es nur die Frau Steinig, seine Haushälterin. Das ist mir eine ganz Überhebliche. Ich glaub, die ist gar nicht von hier. Die gehört nicht zu unsereinem. Will sie gar nicht. Ich kann Ihnen kaum schildern, wie eingebildet die ist. Haushälterin des Herrn Professors. *Ich* und der Herr Professor, verstehen Sie?»
«Versteht sie sich gut mit dem Professor?»
«Wer weiß das schon so genau.» Erna Ferdl senkte die Stimme. «Wenigstens haben die beiden ähnliche Marotten. Zum Beispiel lassen sie immer das Licht brennen, solang sie nachts nicht im Haus sind.» Ihre Stimme hob sich wieder. «Stellen Sie sich vor, was das unnötig Strom kostet!»
«Sind die beiden oft nachts außer Haus?»
«Sehen Sie, das ist recht merkwürdig.» Die korpulente Geschäftsinhaberin beugte sich erneut vertrauensvoll über den Ladentisch. «Wenn der Professor abends weggeht, schleicht sich bald danach auch die Steinig weg – man merkt richtig, wie sie's heimlich tun will; und tut zu uns Nachbarn später so, als wär sie daheim gewesen. Sie sagt zu

uns, sie hat Fernsehen geschaut oder so was, dabei kann man sich doch denken, daß sie nicht da war! Ich glaub das jedenfalls nicht, daß sie daheim bleibt. Die macht mir nichts vor. Die geht immer weg, wenn der Professor ausgeht.»
«Zu wem sie da wohl geht?» Stichworte genügten mittlerweile.
«Mich kann sie nicht täuschen; sie geht zu solchen Leuten hin – Sie wissen schon, fast wie solche Sekten; und da war sie auch neulich, wie dem Herrn Professor seine Geliebte umgekommen ist.»
«Was meinen Sie für Leute?» Eigentlich war das Rose Laubmann egal, aber sie wollte Interesse zeigen, Philipps wegen.
«Na, Sie wissen schon, die beten die ganze Nacht und sühnen für alles und opfern und machen weiß Gott was nicht alles!»
«Und da war sie auch neulich ...?»
«Da ging's überhaupt so turbulent zu, drüben, vor dem Haus. Ich hab immer mal rübergeschaut, verstehn Sie, und ständig dieses Kommen und Gehen und Herumstehen – die Straßenlampe hat eine neue Birne, seitdem kann man nachts alles sehr gut erkennen.»
«Hat sich denn da so viel ereignet?»
«Also: Erst einmal, so um halb acht, ist der Herr Professor weggegangen. Und kurz drauf, was hab ich gesagt, ging die Steinig weg. Sie hat sich wie immer weggeschlichen, durch die hintere Tür, und dann auf die Straße, als käm sie nicht aus dem Haus, sondern ganz woanders her.» Erna Ferdl redete so aufgeregt und pausenlos, als hätte sie seit Tagen mit niemandem mehr gesprochen.
«Und dann sind noch andere Leute gekommen?»
«Ja freilich; um neun Uhr, ich geh manchmal schon um die

Zeit ins Bett, um neun Uhr bin ich nämlich in meinem Sessel aufgewacht, weil's drüben dauernd geklingelt hat. Ich war ein bißchen eingenickt. Ich hab unwillkürlich rübergeschaut und gesehn, wie die blonde Freundin des Professors vor der Tür gestanden ist – stellen Sie sich vor, seine Freundin, die sie in der gleichen Nacht noch umgebracht haben! Furchtbar, wenn ich im nachhinein drüber nachdenke.»

«Da waren Sie vielleicht der letzte Mensch, der sie gesehen hat!»

«Ja eben; und sie war ganz in Weiß gekleidet. Das war richtig gruselig. Weil ... weiß ist doch gar nicht so modern zur Zeit, verstehen Sie? Die hat ein ganz strahlend weißes Kostüm angehabt, das ist mir richtig aufgefallen. Sie hat dann geklingelt, immer wieder, hat ja niemand aufgemacht. Drinnen war natürlich Licht, Sie wissen schon. Das hat die Frau bestimmt irritiert, daß sie gedacht hat, daß doch jemand da ist. Erst ein paar Minuten danach hat sie's aufgegeben und ist verschwunden.»

«Und dann war Ruhe?»

«Wo denken Sie hin; noch lang nicht. Um zehn Uhr in der Nacht ist ein Herr gekommen, der hat ebenfalls geklingelt. Der war so um die 50, mit etwas lichtem Haar und feinem Benehmen – dafür hab ich einen Blick – und mit so einer randlosen, eckigen Brille; könnte ein Kollege des Herrn Professors von der Universität gewesen sein oder aus solchen Kreisen. Der ist bestimmt zehn Minuten lang hin und her gelaufen und danach auch weggegangen. Jeder von denen hat wohl gedacht, daß jemand zu Haus ist; weil sie immer das Licht brennen lassen. – Vielleicht war die Steinig ja drüben, daß sie inzwischen zurückgekommen ist – bei der weiß man nie. Sie hat mir nämlich mal erzählt, daß sie nachts, wenn jemand klingelt und wenn sie allein ist, daß sie dann nie aufmacht; und ihr Chef, der Herr Professor, hat ja selber einen Schlüssel.»

Rose Laubmann wunderte sich wirklich ernsthaft, was die alle dort vorgehabt hatten. Sie konnte sich nichts von all dem zusammenreimen, hatte sich aber so gut wie jedes Wort eingeprägt, weil sie genau wußte, daß ihr Fipps nicht eher ruhen würde, bis er nicht alles bis ins letzte Detail aus ihr herausgeholt hatte. Jedes Wort der Frau Ferdl würde sie wiederholen müssen.

Es war ihr, als hätte Wilhelm Busch ihren Sohn bereits beschrieben: «Der Fipps, das darf man wohl gestehn, ist nicht als Schönheit anzusehn. Was ihm dagegen Wert verleiht, ist Rührig- und Betriebsamkeit.»

XXIII

SÜSSIGKEITEN LIEBTE SIE ebenfalls sehr, nicht nur das Wollige. Das eine wie das andere kam in der Wohnung von Philipps Cousine, Irene Laubmann, nur allzu deutlich zum Vorschein: Nostalgische Bonbonnieren standen auf einem Tischchen, Wollteppiche und Wollbilder hingen an den Wänden, als wollten sie mit dem flauschigen Bodenbelag in Konkurrenz treten. Hier und da Gläser und Porzellan sowie alte Fotografien in geschmackvollen Rahmen.

Irene sammelte so manches von diesem schmückenden Beiwerk, denn darin offenbarte sich ihr oft eine ganze Welt. Deshalb besuchte sie gern Flohmärkte. Die nutzte sie jedoch mehr als Anregung für gediegene Einkäufe, weil ihr das «gebrauchte Zeug» manchmal zu «schmierig» vorkam, wie sie meinte. Wenn sie beim Einkaufsbummel in einem Porzellan- oder Haushaltswarengeschäft einen ähnlichen Gegenstand fand, war ihr – trotz des erhöhten Preises – die Neuware lieber. Zärtlich verzierte sie abends, wenn sie allein war, ihre Wohnung mit den Neuerwerbungen. Dabei achtete sie darauf, daß alles wie zufällig stehengelassen und nicht wie dekoriert aussehen sollte.

Das Gefühl des Alleinseins und der Einsamkeit, beides, belastete sie allerdings mehr als noch vor einigen Jahren, in ihrer Ehe bereits und nach der Scheidung. Tagsüber weniger, wenn sie im Geschäft war; das war ihr Ablenkung genug. Aber die Abende und die Wochenenden, die Feiertage. Seitdem ihre Tochter Johanna in dem für einen kurzen Tagesausflug zu weit entfernten Internat lebte, war sie nun wirklich allein. Ihnen blieben zwar die Ferienzeiten, doch Johanna pflegte inzwischen auch eigene Interessen, und sie selbst konnte ihr Geschäft nicht ohne weiteres schließen. Außerdem konnte und wollte Irene ihr Anlehnungsbedürfnis und ihre Lustgefühle nicht verleugnen.

Sie verstand ihren Cousin Philipp theoretisch schon, wenn er zwischen Alleinsein und Einsamkeit unterschied: Ein allein lebender Mensch müsse sich nicht zwangsläufig einsam fühlen; er könne sich von anderen angenommen, geliebt wissen, könne sich in Bücher vertiefen, die wie Freunde waren, sich generell mit Kulturellem befassen, und nicht zuletzt sei jeder in Gott aufgehoben. Nicht daß sie an Freunden, Büchern und Kultur, ja sogar an Gott keine Freude hatte, aber für sie waren Alleinsein und Einsamkeit praktisch dasselbe. Und ob Philipp immer gut damit zurechtkam, bezweifelte sie.

Es half nicht viel, wenn sie hin und wieder eine der drei von ihr wegen der urtümlichen und lauschigen Atmosphäre bevorzugten Weinstuben in der Sandstraße, *dem* Bamberger Kneipenviertel, besuchte. Tiefere Gespräche kamen dort nur selten zustande, weshalb sie sich meist, wenn sie nicht verabredet war, ein Buch mitnahm, um nicht ganz so alleine zu wirken. Manchmal, selten, hatte sie einen neuen Gast kennengelernt, obwohl sie nie dorthin gegangen war, um einen Mann zu finden. Freilich, wenn sich's zufällig ergeben sollte, dachte sie früher, warum nicht? Doch eigentlich habe sie genug mit sich selbst zu tun, hatte sie gemeint, meinte es noch, und unverantwortlich werde sie niemals

handeln. Die Zeit für eine neue feste Beziehung sah sie bisher nicht gekommen.
Madame Bovary. Den Roman von Gustave Flaubert hatte sie damals, vor einem guten Vierteljahr, in «Ottilies Weinstube» bei sich. Daß die Weinstube auch Cousin Philipps Geschmack entsprach, hatte sie gewußt. Er wußte hingegen bis heute nicht, daß seine Schilderungen sie angeregt hatten, ab und zu hier vorbeizuschauen. Stunden hatte sie sich damals mit einem Gast namens Norbert Adelmann, einem beeindruckend belesenen Mann, bei Wein- und Apfelschorle über das Buch unterhalten. Wie es Flaubert gelungen war, sich derart in die Seele einer Frau hineinzuversetzen; ob nicht manches von ihm selbst in der Titelfigur zu finden sei; ob der Roman gar ein Höhepunkt der psychologischen Darstellung einer Frau in der Weltliteratur sei.
Irene hatte an seinen Lippen gehangen; sie hatte sich dabei ertappt. Als würde sie mit dem Dichter selber sprechen, war es ihr erschienen. Adelmann besaß Charme, war aufmerksam, selbstbewußt, und doch von allem nicht zu viel. Er hatte sanfte Hände, etwa ihr Alter, dunkelblonde Haare, einen sympathischen Blick. Und er hatte sie zärtlich angesehen, denn sie hatte ihm sofort genauso gefallen, ihr Lachen, ihre Wärme.
Seit mehr als einem Vierteljahr war er ihr Liebhaber. Sie trafen sich nicht oft, weil er nicht hier wohnte, doch jedesmal zuerst in der Weinstube ihres Kennenlernens. Freilich war es vorläufig nur ein Arrangement gegen die Einsamkeit, unter der sie beide litten. Sie hatten sich zwar Treue versprochen, aber eine echte Beziehung hatte sich bis jetzt noch nicht ergeben. Die Angst vor neuen schmerzlichen Erfahrungen hielt sie davon ab.
Nach zwei Gläsern Wein – wie immer hatte sie auf getrenn-

ten Rechnungen bestanden – begleitete er sie auch in dieser Nacht auf ihrem Nachhauseweg. Bei ihrem am Fuß der Bergstadt liegenden Wollgeschäft, neben dem Irene wohnte, schob sie ein Eisengitter zu einem kalt gekachelten Flur auf, der an eines der beiden Schaufenster grenzte. Diese wurden von indirektem Licht erleuchtet; die wolligen Waren schienen ihren Duft in die Nacht hinein zu verströmen. Das Gitter, das sich auf Rollen vor und zurück bewegen ließ, verschloß Irene wieder, nachdem sie Hand in Hand durch die Öffnung geschlüpft waren.

Er folgte ihr durch den Flur zu einer richtigen Haustür – alles hatte sich ihm längst dauerhaft eingeprägt. Sie stiegen durch ein schmales Treppenhaus in den zweiten Stock hinauf, wo sie eine weiße Holztür aufsperrte. Ein Geruch von Wolle, Schlafzimmer und Speisen drang heraus. Merkwürdig, hatte er schon beim allerersten Eintreten gedacht, daß mich dieser fremde Geruch gar nicht stört. Bei Irene finde ich alles angenehm. Diesen unaufgeräumten Eingangsbereich, das insgesamt mit etwas zu vielen Decken und Kissen gestaltete Wohnzimmer und die vollgestopften Bücherregale, sogar im Gang zur Küche – alles gefällt mir.

Sie war zur Küche gegangen, er blieb jedoch im Wohnzimmer stehen, wollte noch immer nichts unaufgefordert tun. Nun aber rührte sich nichts mehr. Er lugte in den Gang zur Küche. Da stand sie, mit dem Rücken an ein Regal gelehnt und einen forschenden Blick in seine Richtung werfend. Er bewegte sich auf sie zu, stützte sich mit der einen Hand am Regal ab, mit der anderen streichelte er ihre Schulter. Sein Blick tief in ihren Augen. Sie ließ ihn gewähren. Seine Lippen sanken auf ihren Mund, und sofort verschlangen sich auch ihre Zungen.

Wer sich so küßt, will alles. Ihrem Haar haftete noch der Geruch der Weinstube an. Egal.
Er mußte vor Erregung gezittert haben, das spürte er jetzt, als sie wegging und nach nebenan verschwand. Langsam ging er ihr nach. Sie hatte sich auf ihr Bett gelegt, nun beinahe nackt, und er empfand, daß sie ganz bereit für ihn war. Beide überließen sich ihrer puren Zweisamkeit, das dauernde Alleinsein wegschmelzend, die Einsamkeiten, die Hemmungen und was sonst nicht alles.

«Es war wunderwunderschön», hörte er sie sagen und schmiegte sich zärtlich an sie. Als das Telefonsignal erklang, zuckte er schreckhaft zusammen. Norbert Adelmann war verheiratet; noch, lebte seit zwei Jahren getrennt. Ohne schlechtes Gewissen seiner Ex-Frau gegenüber konnte er mit der anderen Frau nicht schlafen. Er versuchte Irene bei sich zu halten. Aber so leicht ließ sie sich nicht daran hindern, ans Telefon zu gehen; in dieser Hinsicht war sie ebenso pedantisch wie ihr Cousin. Der Freund fand sich notgedrungen mit der Unterbrechung ab. Ein verheißungsvoller Blick Irenes genügte. Wenigstens kam sie mit dem Telefon in der Hand unter die Decke zurück.
Ein junger Mann meldete sich. Sie erkannte die Stimme nicht sofort, denn Josef Maria Hüttenberger hatte einen raunenden Tonfall gewählt, als er ihr unsicher und unerfahren gestand, daß er sie sprechen, daß er sie sehen müsse. Der lauschende Freund empörte sich leise und kitzelte sie zur Strafe. Irene schwankte zwischen der Empfindung, sich belästigt, und der, sich geschmeichelt zu fühlen, und das von beiden Seiten her. Sie konnte daher nicht viel antworten, sondern für den Moment nur eine eher gezwungene Anteilnahme für den Anrufer aufbringen; irgendwie tat ihr

dieser Josef Maria Hüttenberger seit ihrem ersten Zusammentreffen bei Philipp leid.
«Ich bin gerade zu Exerzitien in dem klösterlichen Haus ‹Zu den Schmerzen Mariens› – kennen Sie das?» fragte Josef Maria mit sanfter Stimme.
Irene verneinte. Doch ehe Hüttenberger weitersprechen konnte, stellte sie eine Frage, um ihn abzulenken: «Wie geht das eigentlich mit den Exerzitien?»
«Wir besuchen Meßfeiern, beten, meditieren und tauschen unsere Erfahrungen über den Glauben in der Welt aus und...»
«Darf man dabei telefonieren?»
«Nicht aus dem Zimmer. Aber mein Anruf hat ja etwas mit dem Meditieren zu tun.» Er senkte die Stimme: «Ich mußte nämlich an Sie denken.»
«Und wieso?»
«Ich war wie in ‹Versenkung›; es rang in mir, in meiner Abgeschiedenheit, in meinem Inneren, als ich beinah so was wie eine Vision von Ihnen hatte. – Ich könnte es vielleicht so beschreiben ... Sie waren wie ein ‹Lichtwesen› ...»
«Das kann ich mir kaum vorstellen.»
«... ein ‹Lichtwesen› mit Wärmestrahlung, so sind Sie mir vor meinem geistigen Auge erschienen!»
«So etwas hat mir noch nie jemand gesagt.» Irene setzte sich auf, schaute ein wenig vorwurfsvoll auf ihren Liebhaber und legte ein Kissen zur Seite. Nun war es ihr selbst zu warm geworden, vor allem durch die neuerlichen, immer heißer werdenden Küsse, mit denen ihr Freund ihren Körper überzog.
Hüttenberger fuhr fort mit seinem Annäherungsversuch: «Ich muß Ihnen anvertrauen, daß ich diese Wärme schon neulich gespürt habe, als ich Sie das erste Mal treffen

durfte, in der Wohnung Ihres Cousins. Das konnte ich Ihnen damals natürlich nicht gestehen, zumal ich da ein wenig überstürzt aufbrechen mußte.»

«Bei dem Essen?»

«Wir könnten uns ja einmal woanders zum Essen treffen, damit wir uns wiedersehen können.»

Nun war es aber genug. Außerdem zeigten die Küsse Wirkung. Und für diesen Josef Maria Hüttenberger empfand sie so wenig tiefere Zuneigung, daß sie es geradezu als ihre Pflicht erachtete, ihm einen entschiedenen Korb zu geben. Und das, obwohl sie einsah, daß er ein isolierter Mensch sein mußte, sich vielleicht auch verstoßen fühlte, besonders wenn er von einer Frau zurückgewiesen wurde.

«Ich habe eine entbehrungsreiche Zeit hinter mir», probierte es Hüttenberger erneut, um Irene für sich zu gewinnen. «Nicht bloß bei den Exerzitien hier im Haus, sondern schon davor, bei einer schmerzlichen Fußwallfahrt hierher.»

«Es mag Menschen geben, die das bewundern; mich bewegt das nicht so sehr.»

«Ich hatte Schmerzen!» beschwerte sich Josef Maria.

«Von mir können Sie aber bitte keinen Trost erwarten. Ich bin nicht Ihre Freundin – das muß ich Ihnen leider so deutlich sagen.» Der Mann an ihrer Seite ballte bestätigend und aufmunternd zugleich die Faust gegen den Telefonhörer.

«Dann haben wir uns wohl überhaupt nichts mehr zu sagen?» Hüttenberger klang enttäuscht.

«Nein.»

Und nach einem Moment der Stille: «Sie sind genauso uneinsichtig wie Ihr Cousin.» Es knackte leise im Hörer.

Irene fühlte sich bei weitem nicht heldenhaft; doch bevor sie sich erneut ihrem Liebhaber widmete und ihm die Hintergründe erklärte, wählte sie rasch Philipps Nummer. «Das

muß ich gleich meinem Cousin berichten», meinte sie so bestimmend, daß der Freund sofort von ihr abließ. Familienangelegenheiten gingen vor.
Als Laubmann sich meldete, kündigte sie ihm eine «wahnsinnig interessante» Neuigkeit an.
«Betrifft es unsere Familie?» Cousin Philipp erwartete nicht unbedingt etwas zu hören, was mit seinem Fall zu tun hatte.
«Herr Hüttenberger hat mich angerufen.»
Eine kurze Pause trat ein.
«Von wo?» Jetzt wollte Laubmann unverzüglich das Wesentliche erfahren.
«Aus dem Kloster ‹Zur schmerzenden Maria› oder so ähnlich. Er macht dort irgendwelche ‹visionären Exerzitien›.»
«‹Zu den Schmerzen Mariens›. Das ist ein Exerzitienhaus. Und was hat er von dir gewollt?»
«Ich glaube, er wollt mich in seine religiösen Affären mit hineinziehen, aber dazu bin ich viel zu aufgeklärt. Du kennst mich doch.»
So gut anscheinend auch wieder nicht. Daher war Philipp Laubmann freudig erstaunt über seine Cousine und die souveräne Art, mit der sie Hüttenberger ausgefragt und dann hatte abblitzen lassen. Noch als sie das Gespräch beendet hatten und er sich bereits mit Glaser in Verbindung setzte, schwang Respekt über Irenes Geschick in Laubmann nach.
Wie erstaunt wäre er erst gewesen, hätte er gewußt, daß Irene nicht alleine war.

XXIV

Ein sonniger Tag. Ein Tag, an welchem das Herbstlaub leuchtete wie von innen heraus. Sie hatten eine landschaftlich abwechslungsreiche Fahrt hinter sich, wobei Kommissar Glaser diesmal selbst den zivilen Einsatzwagen fuhr. Kollege Lürmann hatte nämlich kurzzeitig und als Aushilfe in einem anderen, weniger brisanten Fall Alibis zu überprüfen, und Glaser fühlte sich allein sowieso sicherer im Wagen. Das heißt, Dr. Laubmann begleitete ihn, auf dem Beifahrersitz.

Der strahlte schadenfroh: «Meine Informanten sitzen näher an der Quelle. Ich billige der Polizei aber zu, daß sie ein wenig länger braucht und sich schwerer tut, weil ihr als Behörde die zwischenmenschlichen Kontakte fehlen, wie zu meiner Cousine beispielsweise, die geradezu ‹fanatisch› von diesem Büßer verehrt wird.»

«Das erkenne ich neidlos an, daß uns Ihre Cousine einen Dienst erwiesen hat. Ohne sie hätten wir nach unserm Josef Maria Hüttenberger noch lange gefahndet. Wer ahnt denn schon, daß der sich in so ein ‹Übungshaus› zurückgezogen hat, und das zu Fuß.»

«‹Exerzitienhaus›», verbesserte Laubmann, «ein Haus für geistliche Übungen.»

Das moderne Gebäude, ein ausgreifender Komplex, war in

einem abgelegenen Seitental errichtet worden. Ein großflächiger Parkplatz für Pkws und Busse empfing sie oberhalb. Freilich sahen sie sich in ihrer Befürchtung getäuscht, daß ihr teueres Zivilfahrzeug im kirchlichen Umfeld auffallen würde, da der Parkplatz reichhaltig bestückt war mit dezent protzigen Nobelkarossen, deren betuchte Besitzer damit anzeigen wollten, daß sie es sich leisten konnten, Bescheidenheit zu mimen, wann immer sie es wünschten.

Das Exerzitien-Areal ließ sich von oben gut überblicken. Grob beschrieben, ein Geviert, das sich im Tal erstreckte, einstöckig, und grau wie ein sozialistischer Plattenbau. Nur die angesetzte Beton-Kirche ragte heraus, sowohl horizontal wie vertikal. Sie bildete ein überdimensioniertes Kreuz. Auch die Einzelbestandteile des Gevierts waren jeweils in Kreuzform errichtet worden. Im Innenbereich blieben durch diese Bauweise vier Höfe ausgespart, die einen Kreuzgang- und Bußcharakter ausstrahlen sollten. «Zu den Schmerzen Mariens»; und die Anlage verbreitete trotz des Sonnenscheins eine triste Stimmung, daß einem das Tal eher wie ein Tal der Tränen vorkam. Philipp Laubmann verspürte gerade an diesem Ort ein starkes Gefühl der Gottverlassenheit.

Vom Parkplatz aus führte ein gewundener Fußweg über den von unnatürlich gesetzten Bäumen und Sträuchern bewachsenen Hang steil hinab, mit ausgewaschenem Kies als Belag. Jeder Kehre des Wegs waren Figuren regelrecht aufgesetzt worden, vor denen der Spaziergänger andächtig verweilen sollte. Das sah wie ein Kreuzweg aus, war aber im eigentlichen Sinne keiner, weil es nicht den Leidensweg Jesu zum Kreuz nachbildete, sondern nur Figurenthemen variierte: Jesus als Gegeißelter, Gekreuzigter und Auferstandener; Maria mit dem Kind, als Pietà und als Himmelskönigin mit blaugefärbtem Sternenmantel; und Engel, immer wieder Engel, laufend, kniend, flügelschlagend. Alles wetterfest in Bronze, grobschlächtig und angsteinflößend.

Am Eingang zu einem schmaleren Nebenpfad ins «Paradies» – so die Aufschrift – hatte man seitens der Leitung des Hauses und finanziert aus den Spenden der gläubigen und nicht unbetuchten Gäste zwei überlebensgroße Kerubim postiert, sphinxähnliche Fabelwesen, die der ägyptischen Mythologie entsprungen sind und engelgleich im Alten Testament den Weg zum Lebensbaum im Garten Eden bewachen. Die beiden Kerubim aus Bronze dienten als Portal, durch das hindurchzuschreiten war, und waren recht urzeitlich dargestellt, als menschenähnliche Tierwesen mit jeweils vier Flügeln und vier Gesichtern, Rinderhufen und übervoll mit Augen. Laubmann schauderte ein wenig; aber womöglich war das ja beabsichtigt.

An den Eingang des Gebäudekomplexes hatte man echte Pförtner gestellt. Laubmann und Glaser gaben sich als Bekannte des Josef Maria Hüttenberger aus und als Interessenten zukünftiger Angebote dieser kirchlichen Einrichtung. Der schwarze Cousinen-Pullover Philipps hinterließ wiederum einen tiefen Eindruck, unterstützt durch eine schwarze Hose. Sie verschwiegen den Pförtnern gegenüber bewußt den offiziösen Charakter ihres Besuchs, hatten ihr Kommen vorab auch nicht angekündigt. Sonst nämlich hätte der Kommissar den Hüttenberger ins Kommissariat einbestellen müssen, und der wäre vielleicht gleich wieder verschwunden. Denn zuviel Polizei wollte Glaser hier nicht vorfahren lassen, um es sich mit der Kirche nicht zu verderben, nicht in diesem Fall. Nein, Hüttenberger sollte sich ruhig in Sicherheit wiegen. So war das Überraschungsmoment auf ihrer Seite.

An der Pforte ließ man sie problemlos ein, ihnen übereifrig den Weg zu Hüttenbergers Zimmer beschreibend, das aus Exerzitiengründen eben keinen Telefonanschluß besaß. Man habe nichts zu verbergen; sie möchten sich in aller Ruhe und Gelassenheit umsehen, hieß es.

Die Gänge waren alle ziemlich düster, weil man nur an ihren jeweiligen Enden größere Fenster eingebaut hatte. Vereinzelt gab es Lichtschlitze in der Decke. Links und rechts der Gänge befanden sich die Zugänge zu den Gästezimmern, Gruppenräumen und Sälen, deren Fenster entweder nach außen zeigten oder auf einen der Höfe.

Man hatte Glaser und Laubmann angewiesen, erst geradeaus zu gehen, linker Hand die zweite Abzweigung zu nehmen, sich daraufhin rechts zu halten und wieder links einzubiegen. Sodann läge das gesuchte Zimmer rechts. Die Innengestaltung der endlosen Gänge war jedoch so eintönig und ausdruckslos geraten, daß sie mehrmals glaubten, falsch gegangen zu sein. Andauernd schritten im diffusen Licht dunkel wirkende Gestalten an ihnen vorüber, und leicht hätte einer darunter sein können, der den Kommissar irgendwann einmal in der Öffentlichkeit gesehen hatte. Oder Laubmann. Das bildeten sie sich ein.

Sie schlichen an den unverzierten Wänden entlang und versuchten, kein Aufsehen zu erregen. Unversehens traf der geschulte Blick des Kommissars hinter einer erneuten Abzweigung auf Nummern an den Zimmertüren, die wirklich auf den angestrebten Gang hindeuteten. So kamen sie schließlich zu Hüttenbergers religiöser Zelle, mönchisch in ihrer Einfachheit.

Josef Maria Hüttenberger wirkte zwar völlig perplex, als er sie sah, vor allem, als er hören mußte, daß sein Name wegen seines Verschwindens auf einer Fahndungsliste gestanden hatte, war danach aber schnell eingeschnappt, weil Cousine Irene sein vertrauliches Ansinnen ausgenutzt und ihn also verraten hatte. Er glaubte sich mit einem Mal auf dem geradlinigen Weg zur Askese, wenn sich Frauen dermaßen verräterisch geben konnten.

Der Kommissar nahm ihn sofort ins Verhör, denn sie wollten keine Zeit verschwenden: Warum er, Hüttenberger, sich aus dem Staub gemacht habe, ohne zumindest eine Nachricht zu hinterlassen. Das schwäche den Verdacht gegen ihn nicht gerade ab, im Gegenteil.

Es sei ein Rückzug gewesen, entschuldigte sich Josef Maria Hüttenberger, ein Rückzug aus der Welt des Frevels. Eine beschwerliche Fußwallfahrt habe er auf sich genommen und die Schandtaten der Sünder abgebüßt.

«Auch die eigenen Sünden?» fragte Glaser.

Laubmann pflichtete Glaser bei: «Sie könnten Ihr Gewissen erleichtern und gestehen. Das wäre der Beginn einer *echten* Bußleistung.»

Josef Maria empörte sich: «Was habe ich zu gestehen?»

«Vielleicht, daß Ihnen Franziska Ruhland persönlich bekannt war, und das nicht nur vom Sehen», fuhr Laubmann fort.

«Ich hab sie nicht persönlich gekannt.»

«Aber Sie haben es ihretwegen für nötig befunden, anonyme Drohbriefe an Professor Konrad zu schicken.»

«Die paar Zettel.»

Der Kommissar schaltete sich ein: «Sie bleiben dabei, daß diese ‹Zettel› von Ihnen stammen? Wir haben sie nämlich kriminaltechnisch untersuchen lassen. So dilettantisch wie die angefertigt wurden, sind natürlich Fingerabdrücke drauf und Speichelreste an den Kuverts. Wir kommen nicht

umhin, von Ihnen Fingerabdrücke zu nehmen und ein Protokoll anzufertigen. Sie werden vorgeladen.»
«Meinetwegen. Trotzdem, ich bleibe dabei: Das ist alles für den Glauben geschehen.»
«Wir gehen weiterhin davon aus, daß die Zeitung mit der Todesmeldung darin von Ihnen auf das Pult Professor Konrads im Hörsaal gelegt worden ist.»
«Ich habe gegenüber Herrn Laubmann schon zum Ausdruck gebracht, daß ich meine Taten mit Genugtuung bekenne.»
«Nur zu», ermunterte ihn dieser.
«Was hat Sie denn so sicher gemacht, daß die in der Zeitung erwähnte Tote die Geliebte des Professors war?»
«Die Zeitung hat von Franziska R. gesprochen; und es waren sofort Gerüchte im Umlauf. Daß Ihnen das nicht aufgefallen ist, Herr Laubmann, wo Sie doch sonst alles gleich bereitwillig aufsaugen.» Hüttenbergers Stimme hatte an Festigkeit gewonnen.
Glaser fuhr dazwischen: «Das klingt nicht sehr glaubwürdig.»
«Ich hab mir gedacht, selbst wenn sie's nicht ist, was kann's schaden? Konrad wird auf jeden Fall stutzig werden und erschrickt vielleicht, sieht, wie kurz das Leben ist, und geht in sich.»
«In dem Zusammenhang interessiert mich dringend Ihr Alibi. Sie haben in Anwesenheit Dr. Laubmanns angegeben, Sie seien zur Tatzeit in einer Sühnenacht gewesen. Wie lang?»
«Die ganze Nacht über. Es heißt ja auch Sühne-Nacht.»
«Bitte genauer.»
«Von 18 Uhr bis 6 Uhr in der Frühe. Zwölf Stunden.» Stolz schwang mit.

«Wo?»
«Wie: wo?»
«An welchem Ort haben Sie sich aufgehalten?»
«Na, in St. Veit.»
Philipp hatte es nun mal gerne konservativ: «St. Vitus!»
Glaser vermerkte Stichpunkte in einem kleinen Notizbuch.
«Uns beschäftigt der Zeitraum etwa zwischen 22 und 23 Uhr. Haben Sie dafür Zeugen?»
Hüttenberger wirkte abgeklärt: «Unseren Beichtvater, Pfarrer Nüßlein – und Melitta Steinig, Sie werden's nicht glauben.» Er schaute ironisch zu Laubmann – was bei Josef Maria aber zynisch aussah –, wollte er doch zeigen, wie weit sein Einfluß reichte. Er fühlte sich im Recht, sich verteidigen zu dürfen, zumal er gleich von zwei Seiten angegangen wurde.
«Die Haushälterin von Professor Konrad? Das überrascht mich nicht», gab Laubmann zur Antwort. «Wir haben bereits Hinweise darauf.»
«Kunststück; das ist doch kein Geheimnis. Die Leute sollen ruhig von unseren Zusammenkünften erfahren. Wir wollen, daß die Leute zu uns finden.»
Der Kommissar blieb sachlich: «In welchem Verhältnis stehen Sie zu Melitta Steinig?»
Hüttenberger zierte sich nicht, sondern gab rundheraus zu: «Sie ist mir eine Vertraute – das darf ich wohl sagen.»
Glaser und Laubmann warfen sich Blicke zu, doch Josef Maria Hüttenberger verharrte in seiner Nachdenklichkeit: «Eine Freundin, mit der ich viele gemeinsame Sühnestunden zugebracht habe, was Sie beide nicht verstehen werden.»
«Eine Freundin der Nacht sozusagen», ließ Laubmann fallen.

«Sie werden es nie begreifen.» Hüttenberger war bisher nicht aus der Reserve zu locken. Offensichtlich stärkten ihn die Exerzitien.
«Was einem Menschen verschlossen bleibt, muß ihn nicht die Seele kosten. Brief an Philipp, Kapitel 2, Vers 7.» Laubmann tat biblisch.
Hüttenberger überlegte. «Höchstens ‹Brief an die Philipper›. Aber Sie spotten und täuschen nur.»
Kommissar Glaser ignorierte ihr Geplänkel. «Trotzdem möchten wir», hakte er nach, «eine Schilderung von Ihnen hören, wie die Nacht verlaufen ist; und ich meine das nicht anzüglich, sondern klärend.»
«Dabei gibt es nicht viel zu klären. Frau Steinig war immer in meiner Nähe; wir haben zusammen geschwiegen und gebetet, gesungen, uns mal an den Händen gehalten. Am späten Abend hab ich noch gebeichtet – auch ein Sakrament, das von vielen nicht mehr geachtet wird.»
«Aber gebeichtet haben Sie wohl allein, abgesehen vom Priester?»
«Das steht mir zu, und so muß es sein.»
«Wollt ich bloß wissen. Und wann war das?»
«Ich habe mich auf die göttliche Sphäre konzentriert, nicht auf die menschliche. Zeit wird dabei unwichtig.»
«In dem Fall nicht – für uns nicht und für Sie nicht, höchstens für Gott.» Und daß er als Kommissar in dieser Situation bestimme, was wichtig ist, und nicht Gott, wollte er nicht laut hinzufügen. Über die Möglichkeit eines Gottes dachte er sowieso selten nach.
Zudem gab Hüttenberger gleich die Antwort: «Im Beichtstuhl war ich irgendwann zwischen zehn und elf Uhr nachts. Näher kann ich das nicht eingrenzen. Und dann hab ich vor unserer Gottesmutter gebetet.»

«Und danach?»
«Mein Gott, danach hab ich mich wieder neben Frau Steinig gekniet, in einer der Kirchenbänke. Pfarrer Nüßlein ist gleich darauf weggegangen, und sonst war meines Wissens nach niemand mehr in der Kirche.»
«Hat Frau Steinig Sie bemerkt, also kann Sie Ihr Gehen und Kommen bezeugen?»
«Ich hoffe das; sie war nämlich sehr in die Meditation versunken. Ich vertraue auf den Allmächtigen. – Etwa eine Viertelstunde später ist sie allerdings auch gegangen, ohne sich noch um mich zu kümmern. Ich bin für zwei Stunden allein im Kirchenschiff gewesen. Immer ein Erlebnis! Hernach haben sich wieder andere in der Kirche eingefunden. Nicht jeder hält so lange durch.»
«Verzeihen Sie, wenn ich nochmals auf einer Zeitangabe bestehe», formulierte der Kommissar übertrieben höflich. «Um wieviel Uhr hat Ihre ‹Freundin› Sie verlassen?»
«Ich schätze mal, nach elf; rechtzeitig halt, um möglichst vor Erich Konrad zu Haus zu sein, vor dem Ende seiner häretischen Abendveranstaltung, damit er bloß ja nichts mitkriegt von ihrer Opferbereitschaft, der scheinheilige Mensch; weil's ihm ja hätte peinlich sein können vor den Kollegen.»
«Sprechen wir lieber von Ihnen», setzte der Kommissar die Vernehmung fort, «haben Sie nicht den nahen Todesfall am Stadtpark mitbekommen? St. Vitus liegt doch fast um die Ecke.»
Nein, das hatte er nicht, was Josef Maria stereotyp mit der Vertiefung ins Gebet entschuldigte.
Dr. Laubmann appellierte erneut an ihn. «Hier ist nun wirklich der passende Ort für Sie, um Ihr Gewissen zu erleichtern.»

Kollege Hüttenberger widerstand der Aufforderung stoisch: «Von welchem Gewissen reden Sie andauernd?»
«Haben Sie keins?»
«Ich seh keine Veranlassung, mir die Untat eines andern aufbürden zu lassen, selbst wenn sie in einem höheren Sinn gerecht war.»
«Das wäre *die* Chance. Ich denke, Sie büßen gern für andere Menschen?» Philipp spielte den Entrüsteten.
«Sie sind ein Sophist.» Hüttenberger wurde böse, wähnte er sich doch in ungerechtfertigter Art in die Ecke gedrängt. An Intelligenz konnte er es mit Laubmann aufnehmen. «Solche Haarspalter von Ihrer Raffinesse haben die Kirche zu allen Zeiten in den Abgrund stürzen wollen.»
«Das halte ich für unmöglich, denn der Abgrund ist durch Leute wie Sie längstens besetzt. Und dort hinab locken Sie uns auch mit noch so vielen verschenkten Rosenkränzen nicht.»
«Sie spielen wohl auf den Rosenkranz an, den Sie von mir bekommen haben. Mit so einem billigen Exemplar würd ich meine wertvolle Rosenkranz-Sammlung niemals ausstatten; so einen verschenk ich nur an Leute wie Sie, weil's im Grunde hoffnungslos ist und einen höheren Aufwand nicht lohnt.»
«Und ich denke, daß Leute wie Sie in ihrem Eigensinn, der dem Geiz verwandt ist, zu keinerlei Großherzigkeit fähig sind.»
«Ihre Ausdrucksweise harmoniert mit Ihrer verkommenen modernistischen Ideologie, die die Ohnmächtigkeit der Menschen anstelle von Gottes Macht in den Mittelpunkt rücken möchte. Und auf meine Großmut bezogen, darf ich anmerken, daß ich erst vor kurzem Frau Steinig einen sehr kostbaren Rosenkranz aus meiner Sammlung anvertraut habe. Bei ihr lohnt sich das nämlich.»

«Um sie damit wegen Ihres Alibis zu bestechen?» hinterfragte der Kommissar Hüttenbergers Aufschneiden rhetorisch.

Mehr war nicht drin gewesen, obgleich sie sich viel mehr versprochen hatten. Josef Maria Hüttenberger war nicht so einfach zu überführen, wenn er überhaupt zu überführen war. Dazu kam, daß er hier vor Ort die ihm gemäße Umgebung als Rückhalt hatte. Es blieb bei der Ermahnung an ihn, für die polizeiliche Untersuchung in nächster Zeit problemlos erreichbar zu sein und der baldigen Vorladung unbedingt nachzukommen.
Laubmann machte ein langes Gesicht, als sie das Gebäude verließen und sich anschickten, den beschwerlichen, weil steilen Weg nach oben zum Parkplatz zu gehen.
Glaser schüttelte nur den Kopf: «Wie kann so eine Einrichtung im Schatten und im Schutz der Kirche existieren?»
«Es heißt unter Kennern der Lage, der Kirchenleitung gefalle überhaupt nicht, was hier geschieht und zumindest manchmal sektiererische Züge annimmt. Ursprünglich war das eine kleine private Initiative, die einen tiefen christlichen Aufbruch verkörpert hat. Das hat sich dann schlagartig gewandelt, als irgendwelche umtriebigen Traditionalisten das Ruder in dieser Gruppierung übernommen haben. Die verstanden und verstehen es, sich ebenso falsch christlich wie falsch modern oder falsch konservativ zu geben. An denen ist nichts ehrlich und offen. Die genügen sich vollkommen selbst. Meines Erachtens nach stehn die weit außerhalb der Kirche. Und vor genau zwölf Jahren konnten sie es sich durch Spendengelder leisten, diese riesige Anlage aus dem Boden zu stampfen. War früher mal ein lauschiges Fleckchen Erde hier. Jetzt ist alles kaputt.»

Laubmann schimpfte, daß er richtig außer Atem kam, obwohl er allein schon des Aufstiegs wegen kräftig schnaufen mußte. «Und sind die Wege nicht sehr kurz zwischen solch kleinkariertem Sektierertum und religiös-fundamentalistischen Strukturen? Die Mechanismen scheinen mir ähnlich. Besonders wenn Geld die rücksichtslose Durchsetzung eigener Interessen ermöglicht, wenn sich einige gar als auserwählt betrachten und zu Allmachtsphantasien neigen.»

«Jedenfalls ein Paradies für Urheber anonymer Briefe», sinnierte der Kommissar.

«Das hat wohl aufgehört. Ich hab Professor Konrad noch einmal darauf angesprochen. ‹Das hat aufgehört›, hat er mir zwischen Tür und Angel mitgeteilt; sehr abweisend. Entweder er verschließt sich mir gegenüber komplett, denn er läßt kein Gespräch mehr zu, oder Hüttenberger war der einzige Briefeschreiber.»

Endlich am Parkplatz angelangt, fühlte sich Philipp Laubmann erschöpft. Er schwitzte wie so oft, was wieder eines seiner überdimensionalen weißen Taschentücher zum Einsatz brachte. Als er damit über Stirn und Hals wischte, mochte es von der Pförtnerloge her so ausgesehen haben, als winke er zum Abschied.

XXV

Glaser hatte ursprünglich mitgehen wollen. Aber Laubmann beschrieb Haltung und Charakter Melitta Steinigs, der Haushälterin und entfernten Verwandten von Professor Konrad, als sehr«diskret und zurückhaltend», so daß sie bei Anwesenheit der Polizei nur verschreckt reagieren würde. Und dann seien die wesentlichen Informationen nicht mehr aus ihr herauszubekommen. Außerdem sei sie eher Zeugin als Verdächtige. Letzteres wollte Glaser mal dahingestellt sein lassen, vermutete jedoch, daß sie ihn wahrscheinlich nicht als sehr vertrauenswürdig erachtete. Die polizeiliche Vernehmung müsse trotzdem nachgeholt werden, vor allem wenn sie Laubmann sachdienliche Hinweise geben würde. Glaser bestand auf genauen Zeitangaben. Im übrigen hielt er sich Konrad und dessen Diskretionsbedürfnis gegenüber für zu nachgiebig.
So ging Philipp also noch einmal allein zur Wohnung Erich Konrads und Melitta Steinigs. Diesmal nahm er zur Abwechslung den Weg durch das Mühlenviertel und oben an der evangelischen Kirche St. Stephan vorbei, die in ihren Ursprüngen bis auf das Kaiserpaar Heinrich und Kunigunde zurückreichte und deren erster Bau im April 1020 gar in Anwesenheit Papst Benedikts VIII. und nicht weniger als 72 Bischöfen eingeweiht worden war.

Als er läutete, öffnete Konrad selbst. Er sah Laubmann nur kurz an und beeilte sich zu sagen, er sei auf dem Sprung, da er seine Sprechstunde an der Universität abzuhalten habe.
«Macht nichts», antwortete Philipp Laubmann gleichmütig, «ich wollt sowieso mit Ihrer Haushälterin allein sprechen.»
Das gefiel Konrad nicht sonderlich. «Wollen Sie wieder Unbeteiligte über mich ausfragen?» Es störte ihn, wie Laubmann in dem Fall vorging. Er ahnte längst, daß der Kollege nicht bedingungslos zu ihm hielt. Er spürte eine Abkühlung in ihrem Verhältnis zueinander. Konrad machte sich Vorwürfe, daß er Laubmann überhaupt jemals vertraut hatte. Auch Laubmann war klar, daß sich das Verhältnis zu Konrad nicht als Freundschaft bezeichnen ließ. Er war eben vor allem der Wahrheit verpflichtet. Ein «Moralapostel», wie ihn Konrad heimlich nannte.
Ohne auf eine Antwort Laubmanns zu warten, schickte Konrad sich an wegzugehen, seiner Haushälterin noch: «Da ist ein Herr für dich!» zurufend.
Sie kam aber bereits zur Haustür geeilt, um dem Professor einen schwarzen Wollschal nachzureichen, weil er so erkältungsanfällig sei. Vor dem Kollegen paßte ihm das gar nicht.
Melitta Steinig begrüßte Dr. Laubmann mit fragendem Blick. Sie trug ein schlichtes, jedoch nicht unelegantes dunkelblaues Kleid, und Philipp fielen zum ersten Mal ihre weiblichen Formen auf. Sie führte ihn ins rückwärtige, auf der linken Seite der Wohnung gelegene sogenannte Herrenzimmer. Dort bat sie ihn, in einem breiten Ledersessel, den nicht einmal Glöcklein hätte ausfüllen können, Platz zu nehmen. Daraufhin begab sie sich, wie gewohnt, in die Küche, um den Tee zuzubereiten.

Philipp sah sich um. Dieses Herrenzimmer spiegelte eher die Atmosphäre eines biederen englischen Clubs wider: Fast erdrückend große Polstermöbel gruppierten sich zu einer Sitzreihe in der Mitte des Raums und umschlossen einen etwas zu klein geratenen Couchtisch. Den Schreibtisch hatte Melitta Steinig nach einem ernsthaften Streit mit dem Professor aus diesem Zimmer verbannt, und so mußte Konrad, wollte er was schreiben, in sein kleineres Arbeitszimmer ausweichen. Das paßte dem Professor zwar nicht, aber das repräsentative Herrenzimmer sollte nach Steinigs Ansicht eher kirchlichen oder universitären Besuchern vorbehalten bleiben.
Ein Höhepunkt der drückenden Pracht des Zimmers waren die Bücherschränke an den Längsseiten vor und hinter Philipps Sitzplatz: Lange Buchreihen bedeutender Werke erregten seine Aufmerksamkeit. Viele der Bücher waren in dunkelfarbiges Leder mit Goldprägung eingebunden, wohl auf Kosten des Professors. Bewundernd und irritiert zugleich tastete Laubmanns scharfer Blick die Fächer ab. Da fanden sich neben den allgemeinbildenden Konversationslexika ein Literaturlexikon sowie das «Grimmsche Wörterbuch»; darauf folgten in der Hauptsache die theologischen Fachlexika und die gebundenen Jahrgänge wissenschaftlich-theologischer Zeitschriften. Laubmann erkannte das «Lexikon für Theologie und Kirche», die «Theologische Realenzyklopädie», das «Kleine theologische Wörterbuch», Herbert Haags «Bibellexikon», das nur in einem einzigen, wenn auch umfangreichen Band erschienen war, während das «Neue Bibellexikon» von Manfred Görg und Bernhard Lang gleich drei Bände umfaßte, dann die Evangelisch-Katholischen Kommentare zum Neuen Testament oder die bisherigen Ausgaben der «Stuttgarter Bibelstudien».

In einer Ecke des Zimmers lagerten die meist noch eingeschweißten Freiexemplare der Konradschen Werke zu den herausragenden Themen der sozialen Gerechtigkeit aus christlicher Perspektive. Professor Erich Konrad hatte bereits etliche Bücher bei namhaften Verlagen veröffentlicht. Laubmann blickte neidisch darauf, zumal er seine Promotionsschrift nirgendwo sah. Dabei hatte er Konrad ein Exemplar mit persönlicher Widmung geschenkt. Vielleicht liegt es ja auf seinem Nachttisch, versuchte er sich zu trösten.
Auf einem zwischen den anderen Büchern freigehaltenen Regalbrett, das Konrad offensichtlich zur Ablage ihn vorübergehend interessierender Texte nutzte, etwa zu aktuellen Forschungen, befanden sich Werke zum Thema Engel. Wollte Konrad ein Fachmann für Angelologie werden? Doch Philipp dachte gleich: Professor Konrad und seine Franziska. Als wollte er in ihr einen Engel sehen, der ihm den Weg zum Geliebtsein wies und zu einem bißchen Paradies schon auf Erden. Vielleicht wollte er auch nur sein priesterliches Gewissen beruhigen – und warum schließlich nicht? Konnte es nicht sein, daß sie füreinander bestimmt waren? Oder waren sie es nicht, weil alles so bald zu Ende gewesen war?
Bevor sich Philipp Laubmann sowohl über die Engelslektüre des Professors als auch darüber weitere Gedanken machen konnte, welches Vermögen in der umfangreichen Büchersammlung stecken mochte – und gar erst in den Einbänden aus Gold und Leder –, kam die Haushälterin mit einem Teetablett, das sie auf einem Beistelltisch neben Dr. Laubmann plazierte. Auf demselben Tisch entdeckte dieser plötzlich den Rosenkranz, den er bei seinem letzten Besuch bereits flüchtig in der Küche gesehen hatte. Er hob ihn sofort hoch, ohne zu fragen. Der sah nämlich wahrhaftig so

aus wie derjenige, den Hüttenberger für teures Geld in der Devotionalienhandlung gekauft hatte, nach Lürmanns Beschreibung jedenfalls. Hier waren die Perlen ebenfalls aus Elfenbein gefertigt.
Als Melitta Steinig den edlen Rosenkranz in Dr. Laubmanns Händen wahrnahm, erschrak sie, versuchte dies aber gleich zu verbergen.
«Ich hab Ihren Rosenkranz schon neulich bewundert; der sieht sehr kostbar aus.»
«Ja, das ist er», antwortete sie zaghaft. Dann fügte sie selbstbewußter hinzu: «Ich bin recht stolz darauf.»
«Haben Sie ihn geerbt?»
Frau Steinig zögerte. «Ich hab ihn geschenkt bekommen.»
«Oho!» stieß Dr. Laubmann anerkennend aus, obgleich er vordringlich herausfinden wollte, wie das zugegangen sein mochte. Daß der Rosenkranz von Hüttenberger kam, war ihm ja bereits bekannt.
Sie gerierte sich ein wenig verschämt, rückte aber doch von selbst mit der Sprache heraus, ohne daß Laubmann nachgefragt hätte. «Das ist eine unglückliche Geschichte – die erzähl ich Ihnen nur, wenn Sie Professor Konrad wirklich nichts weitersagen!»
«Darauf können Sie sich verlassen. Ich geb Ihnen mein Wort drauf, beim heiligen Erasmus!» Damit war freilich, das wußte Philipp, nicht Erasmus von Rotterdam gemeint, denn der war nie heiliggesprochen worden, sondern der frühchristliche Bischof Erasmus, einer der Vierzehn Nothelfer.
Auch mit der erneuten Anspielung bezüglich der Laubmannschen Vornamen konnte Melitta Steinig nichts anfangen. Trotzdem war es Philipp gelungen, das Eis zu brechen. Sie wurde offener.

«Der Rosenkranz ist ein Geschenk von Professor Konrad. Dummerweise hab ich ihn kürzlich verloren und einfach nicht wiedergefunden. Ich hab alles im Haus immer wieder abgesucht, das können Sie mir glauben. In den entlegensten Ecken hab ich gesucht! Weil mir der Rosenkranz so wertvoll war, als Geschenk von Erich.»
«Und woher stammt dann dieses Exemplar?»
«Ich hab einen Sammler gebeten, den ich gut kenne, daß er mir wenigstens einen ähnlichen vorerst leiht. Und das hat er gottlob gemacht.»
«War das vielleicht unser Herr Hüttenberger?»
Melitta war überrascht. «Wie kommen Sie darauf?»
«Herr Hüttenberger ist unter uns Theologen als Sammler von Rosenkränzen bekannt.»
Mit dieser Antwort gab sie sich zufrieden. Laubmann schlürfte seinen Tee – dieses Mal einen erfrischenden Pfefferminztee, den er auch sehr mochte.
«Ich glaube, Erich sieht es gern, wenn ich diesen Rosenkranz benutze», ergänzte Melitta Steinig sentimental. «Und wenn ich sein Geschenk nicht bald wiederfinde, muß ich's ihm wohl ‹beichten›.»
«Vielleicht wurde er gestohlen?» meinte Laubmann, angesichts des materiellen Werts.
«Nein, in solchen Kreisen verkehr ich nicht», beharrte sie.
«Frau Steinig, eigentlich bin ich noch mal wegen des gewaltsamen Todes von Frau Ruhland zu Ihnen gekommen. Sie wissen, daß ich da mit der Polizei zusammenarbeite. In dem Zusammenhang muß ich Ihnen mitteilen, daß Herr Hüttenberger zu den Verdächtigen zählt.»
«Das kann ich mir nicht vorstellen. Er ist ein so guter Mensch! Eine Seele von einem Menschen …»
Laubmann insistierte in aller Ruhe: «Wie nahe stehen Sie

ihm denn? Herr Hüttenberger hat Sie als ‹gute Freundin› bezeichnet.»

Auf diese Bemerkung reagierte Melitta Steinig geradezu empört. «Das stimmt nicht!» Nach einer kurzen Pause erklärte sie: «Wir ergänzen uns nur sehr in unserer religiösen Einstellung.»

Philipp gab noch zwei Stückchen Süßstoff in seinen Tee. «Er gibt Sie als Zeugin für sein Alibi an, für die Nacht, in der Frau Ruhland gestorben ist.»

Nun regte sich Melitta Steinig doch vernehmlich auf. «Wie um alles in der Welt kommt er auf so was? Ich war mit ihm überhaupt nicht zusammen!» Sie zog sich das Kleid zurecht.

Laubmann fuhr ungerührt fort. «Herr Hüttenberger ist möglicherweise in erheblichen Schwierigkeiten. Da müssen Sie bitte – gerade in christlicher Verbundenheit – die reine Wahrheit sagen.»

Sie kämpfte mit sich. «Ich kann's Ihnen ja gestehn – ich war damals in seiner Nähe ...»

«Wo ist das gewesen?»

«In St. Veit.»

«Zu einer Sühnenacht?»

Bei aller Aufgeregtheit blieb sie vertraulich. «Herr Dr. Laubmann, davon darf Professor Konrad absolut nichts erfahren! Er würde das nicht einsehen wollen, daß ich manchmal daran teilnehme. Sein Ansehen in der Fakultät. Er ist dafür auch viel zu... ‹modernistisch›, wie das Herr Hüttenberger ausdrückt. Ich weiß nicht... die Sündenlast auf unserer Welt nimmt doch beständig zu, wo immer ich hinseh. Dafür muß gesühnt werden!»

«Ich sag ihm nichts – aber vielleicht weiß er's sogar schon.»

«Um Gottes willen! Meinen Sie wirklich?»

Philipp Laubmann wußte es natürlich, wollte jedoch mehr aus ihr herauslocken. «Ich halt's nicht für unmöglich.» Das war die Angelegenheit der beiden. «Ich glaube allerdings, daß die Polizei Ihre Aussage über die Nacht brauchen wird. Können Sie sich diese Nacht noch mal vergegenwärtigen? Wann zum Beispiel haben Sie das Haus verlassen?»
Sie konzentrierte sich. «Als Erich gegangen war. So gegen acht war das.»
«Und wann sind Sie zurückgekommen?»
Darüber dachte sie eine Weile nach. «Das muß irgendwann nach elf gewesen sein. – Genau kann ich's aber nicht sagen», fügte sie ausdruckslos hinzu.
«Sie waren aber vor Professor Konrad hier?»
«Jaja, auf jeden Fall, der Professor ist erst nach Mitternacht gekommen. Das hab ich noch gehört, ich hab schon fast geschlafen.»
«Sie wissen nicht, ob sich in der Zeit, in der Sie weg waren, Professor Konrad oder jemand anders im oder am Haus aufgehalten hat?»
«Davon weiß ich nichts. Das halt ich für ausgeschlossen. Wer sollte denn außer Erich ins Haus kommen? Nein, bestimmt nicht, da war niemand im Haus in der Zeit. Das könnte vielleicht nur jemand denken, der das Licht von außen sieht. Das lassen wir immer brennen, damit das Haus nicht so verlassen und unbewacht wirkt.»
«Bei unserem letzten Gespräch haben Sie sich das aber nicht mehr so deutlich vergegenwärtigen können.» Philipp wollte sie keiner Lüge bezichtigen. «Sie haben behauptet, Sie waren den gesamten Abend über hier.»
Das brachte sie sehr in Verlegenheit. «Ich bitte Sie, das einzusehen; ich wollte nicht, daß meine innere Haltung zu den Sühnegottesdiensten bekannt wird.»

«Womöglich gefährdet Ihre Abwesenheit in dieser Nacht das Alibi von Professor Konrad.»
«Um Himmels willen, das will ich auf gar keinen Fall! Erich war doch beim Vortrag!»
«Zeitweise soll er auf seinem Zimmer gewesen sein, in der Fakultät, und dabei hat ihn niemand gesehen. – Es ging ihm nicht gut an dem Abend.»
Jetzt war Frau Steinig völlig außer sich. Sie legte beide Hände vor die Augen, dann an die Wangen und fragte Dr. Laubmann groß: «Was kann ich denn da machen?»
«Nichts, außer bei den Tatsachen bleiben», stellte Laubmann fest. «Vielleicht kommen wir ja wenigstens mit Herrn Hüttenberger weiter. Sind Sie an dem besagten Abend von zu Hause aus unverzüglich zur Kirche gegangen?»
«Ja, bestimmt!»
«Also waren Sie spätestens um 20 Uhr 30 dort.»
«Wahrscheinlich etwas früher, es ist nicht weit. Und Herr Hüttenberger und ich waren anschließend die ganze Zeit über in der Kirche.»
«Hat er nicht auch gebeichtet?»
«Ja. Einmal.»
‹Na mehrmals wohl kaum in einer Nacht›, dachte Laubmann. «Und wann?»
Melitta Steinig schien unschlüssig zu sein. «Vielleicht so nach zehn.»
«Aber die Kirche hat er nicht kurzfristig mal verlassen?»
«Nein, bestimmt nicht.»
«Und wann genau haben Sie die Kirche verlassen?»
«Ungefähr so nach elf muß das gewesen sein.»
Laubmann betonte es nachdrücklich: «Damit bestätigen Sie also Herrn Hüttenbergers Alibi.» Und nach einer Pause fragte er: «Haben Sie vom Unfall Frau Ruhlands etwas

wahrgenommen? Er war ja ganz in der Nähe!»
«Mir ist nichts aufgefallen. Ich hab an so was nicht gedacht!»
«Wer war denn sonst noch in der Kirche?»
«Am Anfang mehrere; unsere Gemeinschaft wächst, müssen Sie wissen. Später außer Herrn Hüttenberger nur unser Beichtvater, Herr Pfarrer Nüßlein, und ein Herr Rödel, der ist immer mit dabei. Der ist einer unserer glühendsten Marienverehrer. Er ist allerdings schon vor mir gegangen; vor zehn Uhr sogar.»
Philipp stellte sich Herrn Rödel auf einmal mit glühendem Kopf vor, rötlich strahlend in der Finsternis, blieb jedoch ernsthaft bei der Sache. «Wie oft besuchen Sie die Sühnenächte denn?»
«Wenn's geht, also wenn Erich einen Abendtermin hat, so ein-, zweimal im Monat. Herr Hüttenberger möchte meine ‹Frequenz› aber steigern, wie er sagt.»
Laubmann spürte, daß sich Melitta Steinig von ihm ernstgenommen fühlte. Beinahe könnte man meinen, wir haben ein vertrauensvolles Gespräch geführt. Er war ja auch vertrauenserweckend. Es schmerzte ihn, daß er nur gekommen war, um sie auszuhorchen, zumal sie sehr nachdenklich gestimmt war, als er aufbrach, in sich gekehrt.

Er mußte auf andere Gedanken kommen. Mit einer anderen Frau sprechen, einer lebhafteren, einer – obgleich er ihr nur in Worten begegnet war –, die er anziehend fand. Aber das war anmaßend. Dennoch hatte Elisabeth zwischenzeitlich angefragt, wann sie wieder ein ausgiebiges «Gespräch» führen wollten. Als er seinen Posteingang im Computer öffnete, wurde erneut eine E-Mail-Nachricht angezeigt – was sich denn in Bamberg so ereigne.

Er war nicht gut gelaunt. «Kanal- und Straßenbau. Ansonsten Marketing, nichts als Marketing; lästiger lauter Unsinn, Events genannt. Nein, es findet auch Denkwürdiges statt wie die millionenträchtige Theatersanierung oder Großausstellungen des Internationalen Künstlerhauses auf Straßen und Plätzen, die sich dann in provinziellen Auseinandersetzungen darüber widerspiegeln.» Im Grunde benötige er kaum etwas davon, gab Philipp in seiner Antwort zu, er bevorzuge die Stille, die Stille der Nachdenklichkeit. Gott sei Dank bestünde «Ottilies Weinstube» noch und hoffentlich noch lange in ihrem bisherigen Zustand, unrenoviert und ohne Erlebnisgastronomie. Er würde es sich wünschen, sich mit ihr, Elisabeth, dort einmal treffen zu können, von Angesicht zu Angesicht sozusagen.
Wie bei seinem ersten Kontakt übersandte Philipp seine E-Mail-Nachricht am Abend, wiederum verbunden mit der Ankündigung, sich am Morgen bei ihr in Neuseeland für ein längeres «Gespräch» zu melden. Er hatte neue Fragen zu Franziska.
Und abermals war Philipp um 7 Uhr munter, ganz gegen seine Gewohnheit, und schickte, besser aufgelegt als am Vortag, einen freudigen Gruß an Elisabeth, dem die angekündigten Fragen folgten. «Ihre Freundin Franziska wird von Professor Konrad gern als ein Engel beschrieben, der ihm erst das wahre Leben, das Glück, die Liebe offenbart habe. Es steht zu befürchten, daß seine Verehrung für sie beinahe religiöse Züge annimmt, sofern er uns nicht was vorspielt. Ich frage mich, war sie wirklich ein Engel, wenn auch nicht im Sinn eines Gottesboten nach biblischem Verständnis? Ich meine einfach nur, war sie das bloße Opfer eines Verbrechens oder muß berücksichtigt werden, daß in ihrer Beziehung zu Erich Konrad auch eine Eigenwilligkeit

ihrerseits zum Ausdruck kommt, die sogar als ein Schuldigwerden zu interpretieren wäre? Nicht an ihrem Tod, aber in ihrem Verhalten zu Erich Konrad? Vielleicht läßt sich daraus ein Motiv erschließen. Und hinter all dem taucht immer wieder die fundamentale Frage auf, wie ernst es ihr mit Professor Konrad war. – Sie haben Franziska gut gekannt, womöglich besser als Konrad selbst.»

«Sie haben recht, lieber Philipp, das sind wichtige Fragen, ohne deren Beantwortung kein schlüssiges Bild von Franziska entsteht. Ich möchte natürlich nicht den Eindruck erwecken, ihr Schlechtes nachzusagen; sie war sich jedoch selber am meisten über ihre Schwächen und speziell über ihre Schwäche für Männer im klaren. Insofern schreibe ich Ihnen sehr offen, wie ich Franziska gekannt und erlebt habe. Da vertraue ich Ihnen, denn ich glaube, daß ich das Ihnen gegenüber tun kann. Außerdem sind Sie Priester. Sie sind doch Priester? Oder sind Sie kein Priester? Das weiß ich jetzt gar nicht.» Philipp schreckte auf. «Nein!» rief er dem Bildschirm entgegen, «nein, ich bin kein Priester!» Was strahlte er aus, daß ihn Frauen so leicht für einen Priester halten mochten? Er mußte Elisabeth über den wahren Sachverhalt sehr bald aufklären. ‹Hoffentlich bleib ich ihr sympathisch›, dachte er.

Dann las er weiter, was sie ihm geschrieben hatte: «Ich habe sicher schon angedeutet, daß Franziska verwöhnt war; zudem war sie finanziell unabhängig, ledig, schön und ehrgeizig, und das vor allem im Hinblick auf Männer. Wenn sie einen Mann haben wollte, hat sie alles darangesetzt, ihn zu kriegen. Dabei hat es sie kaum gekümmert, ob ein Mann verheiratet war. Das war allein seine Sache. Alle lagen ihrem Charme zu Füßen. Und ebenso schnell hat sie sich wieder getrennt, was einigen der Männer nicht mal unrecht

war. Ich glaube, viele Männer tun sich leichter damit, wenn die Frau sich trennt, als umgekehrt, obwohl sie erst einmal darunter leiden, vielleicht leiden wollen.» Philipp schaute ungläubig. «Manche werden bestimmt gelitten haben. Wenn Sie also ein Motiv suchen, das wäre eins.»
Laubmann fiel Prestl ein, und er wollte gleich nachfragen. Aber Elisabeth kam selbst auf ihn zu sprechen: «Das war bei Franziska weniger ein sexuelles Begehren, sondern fast so etwas wie ein Ausdruck von Macht, von Besitzenwollen. Deshalb hat sie sich auch gerne Männer ausgesucht, die einen gehobenen beruflichen oder gesellschaftlichen Status aufzuweisen hatten. Und deshalb war es für sie nicht schwer, sich von dem Ihnen bekannten theologischen Bibliothekar loszusagen, trotz seines wohl eher einseitigen Verlöbnisses mit ihr, weil es bei ihm einfach nicht klappen wollte mit der Ernennung zum Direktor der Bibliothek. Wie oft hat sie mir das und alles andere erzählt, egal, ob ich sie kritisiert oder gescholten habe.»
Entweder hatte Prestl das durchschaut, überlegte Laubmann, oder er hing noch heute einer Illusion nach. Welche Bedeutung aber hatte Franziskas Verhalten für Konrad? Der hatte schließlich einen Status, ja er hätte seinen Status gefährdet, hätte er sich auf eine Heirat mit ihr eingelassen. Das mußte sie wissen.
«Doch danach ist etwas passiert, womit Franziska nicht gerechnet hat», fuhr Elisabeth fort. «Sie muß der Liebe begegnet sein, der wahren Liebe, der Liebe ihres Lebens. Und so jung sind wir ja alle nicht mehr. Zuerst war Professor Konrad für sie nur eine Eroberung, sogar eine richtige Herausforderung: ein Verhältnis mit einem leibhaftigen Priester. Den für sich zu gewinnen und über eine ganze Institution zu siegen. Sie sprach von Heirat, weil er sich

deshalb nicht nur für sie, sondern auch gegen sein Priestertum entscheiden mußte. Natürlich hat sie am Anfang das mit dem Heiraten für sich nicht ernstgenommen. Aber irgendwann, so am Ende des vergangenen Sommers, hat sie sich plötzlich vollkommen anders geäußert. Ich war erst überzeugt, daß sie mich auf den Arm nehmen will, und hab mit ihr darüber gestritten, bis ich gemerkt habe, ihr ist es wirklich ernst. Sie hatte sich, soweit ich das aus der Ferne beurteilen konnte, völlig verändert. Das war nicht mehr die alte Franziska. Sie wollte ihn tatsächlich heiraten. Es ging um nichts anderes mehr als um ihre gemeinsame Liebe. Und mit einem Mal war sie es, die sich in seelischer Not befand, weil er sich nämlich nicht entscheiden konnte, ja das Geheimhalten ihrer Beziehung unbedingt gewahrt wissen wollte. Welch eine Tragödie. Ich verstehe gut, wie sehr sie um ihn gekämpft haben muß. – Kennen Sie Kleist, seine Erzählung über die Marquise von O.? Der Schlußsatz kommt mir immer wieder in den Sinn. ‹Er würde ihr damals nicht wie ein Teufel erschienen sein, wenn er ihr nicht, bei seiner ersten Erscheinung, wie ein Engel vorgekommen wäre.› Vielleicht war sie sein Engel; aber mehr noch war er ein Engel für sie.»
Philipp war zutiefst berührt. So hatte er Franziska Ruhland nie gesehen. In seinem Kopf verschwammen die Vorstellungen von Elisabeth, Almut und Franziska ineinander. Es war schon ein Jammer mit dem Computer und den virtuellen Welten, die sogar über den Tod hinauszureichen schienen. Jetzt begegnete er einem Menschen wie Elisabeth – ja mit ihr irgendwie auch Franziska – und er konnte nicht real mit ihr sprechen wie mit einem echten, körperlich anwesenden Gegenüber.
Ein Trost blieb ihm freilich, weil ihm Elisabeth zum

Abschied für heute versicherte, daß sie gleichfalls die Stille liebe; und wenn sie nach Bamberg zurückkehre, dann hoffe sie jedesmal, das ruhige alte Bamberg ihrer Erinnerung wiederzufinden, wozu natürlich «Ottilies Weinstube» gehöre. Bei ihrem nächsten Besuch, etwa in einem halben Jahr, möchte sie sich auf jeden Fall dort mit ihm verabreden, ob er nun ein Priester sei oder nicht.
Bevor Philipp Laubmann in sein Büro ging, nahm er sich vor, am Abend eine besonders gute Flasche Wein zu öffnen. Der Geschmack eines «Spitalweins» würde seine Vorfreude auf das Treffen mit Elisabeth noch steigern.

XXVI

Die Kommissare Lürmann und Glaser hatten sich mit Pfarrer Gregor Nüßlein, dem «Geistlichen Beistand» der Sühnenacht-Bewegung, in der Kirche St. Vitus verabredet. Sie wollten sich von seiner Seite aus die Gegebenheiten im Kirchengebäude während der Tatnacht schildern lassen. Daher trafen sie Pfarrer Nüßlein in demjenigen Seitenschiff der Barockkirche, wo sich der Beichtstuhl befand, in dem er regelmäßig die Beichtgelegenheit anbot. Dadurch war die Befragung mit einer Art Ortsbesichtigung verbunden.

Die Kirche wirkte an diesem trüben Spätherbsttag nicht sehr stimmungsvoll, sondern finster und bedrückend. Laubmann hätte seine oft so strahlend-barocke Lieblingskirche nicht wiedererkannt. Nur die Kerzen vor einer weißen Marienstatue in einer Nische des rechten Seitenschiffs erhellten den dortigen Bereich.

Ansonsten war es so dunkel und labyrinthisch, daß Lürmann sich kaum zurechtfand und sich fast verlaufen hätte. Er war Kirchgänge ohnehin nicht mehr gewohnt. «Wo bleiben Sie denn?» fragte ihn Glaser, als er Nüßlein unweit vor sich von einer Seitentür her kommen sah. Lürmann erschien kurz darauf hinter einer der ausladend gemeißelten Säulen, die oben und unten von üppigen Wülsten umschlossen waren. Ein bißchen hatte er sich auch absicht-

lich unwissend gestellt, denn er wollte vor Glaser nicht in den Verdacht geraten, sich in Kirchen auszukennen. Seine weitgehend agnostische Christlichkeit sollte nicht zu einem Thema zwischen beiden in einem privaten Gespräch werden. Er wußte, wie aufmerksam sein Kollege hinschaute. Und außerdem, warum sollte man Pfarrer Nüßlein nicht provozieren? Das hatte manchen schon zu unbedachten Äußerungen verleitet.
Nüßlein kam ihnen wie ein schmächtiges und dennoch agiles Männlein vor und zugleich wie ein älterer Herr, der den Ehrentitel «Geistlicher Rat» bewußt führte. Er war nicht bloß notgedrungen der Kleriker, der die Sühnenacht-Bewegung unter anderem als Beichtvater betreute, sondern er nahm diese Art der Religiosität aus Überzeugung sehr ernst. Gerade die Nachlässigkeit in der Befolgung kirchlicher Regeln und religiöser Praktiken war es, die ihn am modernen Christentum störte. Daher blieb er während des Gesprächs eher reserviert und unzugänglich, weil er mit dem Unverständnis seiner Gesprächspartner rechnete.
Glaser und Lürmann wollten aber von diesen Hintergründen nur wenig wissen. Sie waren hauptsächlich auf die Abläufe in der Tatnacht gespannt, wobei sie durch Hüttenberger bereits Kenntnis davon hatten, daß Pfarrer Nüßlein auch damals eine Beichtgelegenheit angeboten hatte.
«Sie haben also in der besagten Nacht die Beichte ausgeübt?» fragte demgemäß Glaser als erstes, um eine Bestätigung zu erhalten.
«Ich habe die Beichte *gehört*!» hob Nüßlein ausdrücklich hervor.
Glaser ließ sich davon nicht irritieren. «Und wo war das? Zeigen Sie es uns bitte.»
«Hier hinten, im rechten Seitenschiff. In diesem Beicht-

stuhl!» Nüßlein wies auf eine Art mächtigen barocken Schrank mit drei Türen: eine herausgewölbte höhere in der Mitte, mit Fenster und Vorhang dahinter, und zwei Seitentüren rechts und links daneben. Feine Holzverzierungen begannen rankenartig an den äußeren Türen und flossen bis zur obersten Spitze der Mitteltür hin, wo sie sich an einer nach vorn sich öffnenden hölzernen Muschel brachen. Das Seitenschiff bildete an dieser Stelle eine Kapellennische, die durch eine in den Innenraum gezogene Wand vom Hauptschiff abgeschirmt war.

«In dem Stuhl können Sie zwei Personen auf einmal verhören», bemerkte Lürmann.

Pfarrer Gregor Nüßlein antwortete mit rügendem Ton, daß natürlich immer nur ein Gläubiger allein in einem Beichtstuhl dem Priester *beichte*. «Viel mehr sage ich Ihnen aber nicht über die Beichten, denn ich unterliege selbstverständlich dem Beichtgeheimnis – sofern Sie damit etwas anfangen können!» In kirchenrechtlich-strenger Manier glaubte Nüßlein das herausstellen zu müssen. «Das Beichtgeheimnis ist wie das priesterliche Amtsgeheimnis rechtlich geschützt, in der Bayerischen Verfassung sogar ausdrücklich. Artikel 144, Absatz 3. Sollten Sie nachlesen.» Pfarrer Nüßlein ereiferte sich und hob mahnend die rechte Hand: «Der heilige Johannes Nepomuk wurde zumindest der Legende nach gerade wegen der Wahrung des Beichtgeheimnisses ermordet.»

«Aber nicht in Bayern?» tat Lürmann erstaunt.

«1393 und in Böhmen.»

«Na dann.» Was regte sich dieser Nüßlein nur so auf?

Das mit dem Beichtgeheimnis hatte Laubmann den Polizeibeamten allerdings schon vorher dargelegt, was Kommissar Glaser dem Pfarrer gegenüber nicht verschwieg.

«Solche Herren kenn' ich», antwortete dieser. «Als Theologe muß Dr. Laubmann das ja wissen.»
«Kennen Sie ihn persönlich?» hinterfragte Glaser.
«Nur flüchtig – und dabei soll es bleiben.»
Glaser mußte Laubmann verteidigen. «Sein Interesse an Ihnen ist auch nicht sehr ausgeprägt, wie ich höre. Aber es geht jetzt nicht um Dr. Laubmann, sondern um Herrn Hüttenberger...» Glaser blätterte in seinem Notizbuch. «Herr Hüttenberger gab an, er sei in der Nacht vom 22. auf den 23. Oktober von sechs Uhr abends bis sechs Uhr morgens hier in der Kirche gewesen, unter anderem mit Frau Steinig zusammen, die das bestätigt. Können Sie das auch bestätigen?»
«Wozu? Wenn es Frau Steinig bereits bestätigt hat?»
«Weil sie später gekommen und früher gegangen ist als er.»
Der Pfarrer schwieg mürrisch.
«Gibt's in oder an der Kirche eigentlich eine Toilette?» fragte Lürmann dazwischen. «Ich meine, wenn man sich die ganze Nacht hier so aufhält ...»
Der Pfarrer gab pikiert zurück. «Ja; warum denn nicht? Neben der Sakristei. Durch die Sakristei kommt man hin. Sie steht aber nicht jedem offen.»
«Die Sakristei oder die Toilette?»
Glaser ließ nicht locker. «Ich frage noch einmal: War Herr Hüttenberger zur angegebenen Zeit in der Kirche ständig anwesend?»
«Ich hab erst ihn allein, dann beide zusammen – also auch Frau Steinig –, na ja, eher oberflächlich wahrgenommen. So richtig erst, als ich zum Beichtstuhl gegangen bin.»
«Wann sind Sie in den Beichtstuhl?»
«Meist besteht zwischen neun Uhr abends und Mitternacht Beichtgelegenheit.»
Glaser insistierte. «Und währenddessen blieben beide an-

dauernd in der Kirche?»
«Genau weiß ich es nicht», antwortete Nüßlein scharf.
«Können Sie nicht von Ihrem Beichtschrank aus... Ihrem Beichtstuhl, also von dort aus durch den Vorhang, wenn Sie ihn zurückschieben, nach draußen schauen?»
«Das schon. Aber der Kirchenraum ist vom Beichtstuhl aus wegen der Kapellenwand nur sehr begrenzt einsehbar. Außerdem beleuchten wir die Kirche in den Sühnenächten mit nur ganz wenigen Kerzen. Und durch die Dunkelheit hindurch kann ich ja wohl niemanden ‹observieren›.» Höhnisch gab er die «Polizeisprache» wieder oder was er dafür hielt. «Und vor unserer Marienstatue, in der Nische neben dem Beichtstuhl, brennen immer die meisten Kerzen. Das blendet einen, wenn man anschließend ins Dunkle schaut. Das können Sie selbst ausprobieren.»
Vor allem Lürmann starrte eine Zeitlang auf das Kerzenmeer zu Füßen jener weißen Marienstatue, die in dem vielfach flimmernden gelb-rötlichen Licht fast zu zittern schien. Dann wandte er sich zu Glaser um und blickte ihn mit großen Augen an. Er war tatsächlich geblendet.
Glaser war nach wie vor bei der Sache. «Wenn Sie sich im Beichtstuhl befinden, wer alles könnte die Kirche betreten oder verlassen, ohne daß Sie das registrieren?»
«Im Grunde jeder.»
«Herr Hüttenberger gab weiterhin an, daß er irgendwann zwischen 22 und 23 Uhr bei Ihnen im Beichtstuhl war.»
«Dazu schweige ich.»
«Aber vielleicht können Sie uns zumindest mitteilen, wie so eine Beichtsitzung im allgemeinen abläuft, weniger inhaltlich, sondern mehr nach den Formalitäten ...»
«Das ist ja wieder ein Armutszeugnis, daß Sie das nicht wissen!»

Glaser wurde langsam ernsthaft böse. «Wir wissen, wie's geht.» Lürmann lächelte bestätigend. «Ich möchte jedoch gerne von Ihnen hören, wie es *hier* zugeht! Wie lang dauert so was in der Regel mit Ihnen als Beichtvater?»
«Mit den meisten spreche ich zehn bis zwanzig Minuten. Und das wird gewünscht! Wir gehen nicht leichtfertig mit dem Sakrament der Buße um, in dem Fall dem Ritus der Ohrenbeichte. Ich setze mich mit den Beichtgängern – einzeln natürlich – immer äußerst gewissenhaft auseinander. Danach knien ausnahmslos alle, das ist die Regel bei uns, zu einem längeren Gebet hier im Seitenschiff vor unserer Marienstatue.»
«Sind Sie der einzige Beichtvater?» fragte Lürmann nach.
«Wir haben etliche Priester in unseren Reihen.»
«Und an dem Abend?»
«... war ich der einzige.»
Glaser fuhr mit der Vernehmung fort: «Als Sie den Beichtstuhl gegen Mitternacht verlassen haben, davon gehe ich mal aus, wer war da noch in der Kirche?»
«Ich habe den Beichtstuhl bereits kurz nach 23 Uhr verlassen, weil niemand mehr gekommen ist und weil ich am nächsten Morgen sehr zeitig aufstehen mußte. Ich hatte eine Missionsfahrt anzutreten. Das ist freilich die Ausnahme; sonst bleib ich länger.»
Der Kommissar wollte sich nicht erläutern lassen, was der «Geistliche Rat» unter einer Missionsfahrt verstand. «Und wen haben Sie gesehen?»
«Als ich mich am späten Abend auf den Weg zum Beichtstuhl gemacht habe, waren mehrere Leute in der Kirche, darunter, wie gesagt, auch Herr Hüttenberger und Frau Steinig. Auf dem Rückweg zur Sakristei, in der Nacht also, sind mir nur Herr Hüttenberger und Frau Steinig aufge-

fallen – es sei denn, jemand war völlig im Dunkeln. Aber ich bin ja kein Mesner, der die Gottesdienstbesucher für die Statistik zu zählen hat.»

«Der wär um diese Zeit schnell fertig gewesen», wollte Lürmann anmerken, unterließ es jedoch aus Höflichkeit.

Pfarrer Nüßlein hätte sich sowieso nicht beirren lassen: «Ich hab dann noch mein CD-Gerät, das immer in der Sakristei steht und an die Lautsprecheranlage angeschlossen ist, ausgeschaltet und weggeräumt.»

«Wozu war das dienlich?» Glasers Neugier schwand.

«Wir spielen zeitweise etwas Orgelmusik ein, zur stimmungsvollen Untermalung des Gebets. Man darf es mit der Musik freilich nicht übertreiben, damit die Konzentration auf das Gebet nicht beeinträchtig wird.»

Weder Glaser noch Lürmann konnte ob der trüben Stimmung nachvollziehen, warum Philipp Laubmann diesen Kirchenbau so liebte. Sie waren froh, die Kirche verlassen zu können.

XXVII

Der spätere Nachmittag war genausowenig lichtdurchflutet. Dr. Philipp Laubmann hielt sich in seinem Büro in der Fakultät auf – umlagert von aufgeschlagenen Büchern, von Zetteln, Karteikarten und Bleistiften –, denn er hatte Verpflichtungen nachzukommen, und die Arbeit ging ihm nicht aus. Er war jedoch nicht für sich.
Helmut Markowiecz war anwesend, leider, kramte und wuselte, wußte alles besser. Dabei war dieser Student erst im 5. Semester, war also nach der Zwischenprüfung gerade einmal dem Grundstudium entschlüpft. Philipp konnte sich den Nachnamen seiner neuen studentischen Hilfskraft nicht so richtig merken und vermied es deshalb, ihn zu rufen.
Der Lehrstuhl hatte ihm auch in diesem Semester wieder eine Hilfe zu Seite gestellt, die Laubmann als unnötig erachtete. Professor Hanauer vertrat allerdings die Ansicht, daß sein Assistent sie besonders nötig habe, um das Chaos zu sichten und letztendlich mit der Habilitation voranzukommen. Das stimmte schon, überlegte Laubmann, und war zugleich unrichtig. Sein Chaos fördere schließlich seine Kreativität, und um seine geheimnisvolle Ordnung zu durchblicken, wäre mehr als ein oberschlauer Zweiundzwanzigjähriger nötig.

Und der benahm sich lästig. Denn wenn er zweimal in der Woche die anderthalb Stunden für Dr. Laubmann tätig war, die sein Vertrag vorsah, klopfte er nicht mal an, wenn er das Zimmer betrat. Philipp schrak immer hoch, konnte sich in keinen Gedankengang mehr ungestört vertiefen. Es war gewiß bequem, nicht selber am Kopiergerät stehen und Buchkopien anfertigen zu müssen; nur, es widerstrebte diesem Grünschnabel, Kopien zu erstellen. Er war anders als Laubmann von der Allmacht des Computers voll und ganz überzeugt, wollte alles, jedes und jeden digitalisieren, wollte überhaupt kein Buch mehr zu Hand nehmen und behandelte unglaublicherweise sogar den allmächtigen Gott wie eine digitale Erscheinung.

«Wissen Sie eigentlich», wurde Philipp von seiner Hilfskraft belehrt, «wie perfekt das Karteiprogramm Ihres PCs arbeitet? Da können Sie alle Ihre Karteikarten wegwerfen. Sie finden über Suchfunktion sofort und jederzeit genau das, was Sie wollen, und haben somit nicht den geringsten Platzverbrauch. Und sobald Sie Ihre Festplatte mit dem neuen Betriebssystem aufgerüstet haben, können Sie auch noch TV empfangen!»

Das verdarb einem jede aufkeimende Freude am Computer, die sich bei Philipp seit Beginn der E-Mail-Kontakte mit Neuseeland sehr wohl eingestellt hatte. «Nach Ihrer Methode muß ich finden, was vom Programm gesucht werden kann. Ich möchte aber die Freiheit besitzen, auch zu suchen, was sich nicht finden läßt, oder etwas zu finden, was ich nicht suche. Und bei Matthäus heißt es im siebten Kapitel: ‹Sucht, dann werdet ihr finden; klopft an, dann wird euch geöffnet›. Also bitte nächstens anklopfen!»

Endlich war die Hilfskraft, zu Laubmanns Erleichterung, gegangen. Er erklärte bald darauf seine Arbeiten, selbst die an seiner Habilitation, für beendet, für diesen Tag zumindest. Zum Schluß hatte er, wie aus Trotz, eine neue Karteikarte mit dem Stichwort «Unendlichkeit» angelegt, worin sich nämlich Unendlichkeiten unterscheiden, wenn sie einen Anfang haben oder wenn sie keinen Anfang haben. Darüber wollte er demnächst nachdenken. Abschließend wollte er noch irgend etwas erledigen; nur wußte er nicht mehr, was es war. ‹Ein Besuch in der Bibliothek war es nicht, was ich wollte›, brummte er vor sich hin, während er aus dem Fenster schaute, das gekippt war.
Laubmanns Blick war zwar oft gedankenverloren, aber nie ungenau. Schon registrierte er eine dramatische Konstellation: Konrad und Prestl hatten von den zwei sich gegenüberliegenden Schmalseiten her den Innenhof des alten Universitätsgebäudes betreten und bewegten sich auf dem in der Mitte verlaufenden und von Hecken gesäumten Weg aufeinander zu, so daß einer dem anderen nicht ausweichen konnte. ‹Das mußte mal so kommen, daß die sich begegnen ›, freute sich Philipp insgeheim und betrachtete, was geschehen würde. Im ersten Moment sah es fast so aus, als hätten sie sich unter dem jesuitischen Schwarznußbaum verabredet, Juglans nigra, dessen Früchte mit der europäischen Walnuß verwandt, jedoch nicht eßbar sind, da sie einen schwefeligen Geruch verströmen. ‹Solches sagt man auch dem Teufel nach›, sinnierte Laubmann.
Prestl hatte bereits zwei Drittel des Wegs zurückgelegt, während der zögerliche Konrad noch näher am Ausgangspunkt war, als sie aufeinandertrafen. Sie blieben beide, auf Abstand bedacht, stehen, mehr zaudernd, als hätten sie überlegt, ob sie nicht bloß einfach aneinander vorbeigehen

sollten. Konrad hielt sich kerzengerade, die Schultern zurückgenommen, eine feine schmale Aktentasche wie einen Schild vor seiner Brust umklammernd. Prestl stand ein wenig nach vorne gebeugt, die Füße in Schrittstellung haltend, eher wie ein Angreifer.

Aus der Körperhaltungen der beiden zueinander konnte Laubmann leicht schließen, daß es einen Streit geben würde, genauer gesagt: daß er bereits begonnen hatte und weiter anzuschwellen drohte.

Die Stimmen wurden lauter, die Aggressionen nahmen zu. Bald waren deutlich einzelne Worte vernehmbar, obwohl Laubmann nicht immer unterscheiden konnte, wer von den beiden der Urheber war. Einmal tönte es «Mörder!» durch den Innenhof. Auch Worte wie «Unverschämtheit» und «Idiot» oder «Idiotie» waren nicht zu überhören. Das konnte für die Kontrahenten peinlich werden.

Und richtig: Auf der Philipp entgegengesetzten Seite des Innenhofs hatten sich an den offenen Fenstern eines Hörsaals Gruppen von Studenten gebildet, die auf den Beginn einer Vorlesung warteten – wahrscheinlich sogar auf Konrad – und nun feixend die Wartezeit verkürzten. Diese plumpe Neugier fand Laubmann allerdings unstatthaft. Seine eigene Neugier hingegen war einem höheren Wert, nämlich der Klärung eines Mordfalls, dienlich.

An jeder Universität gibt es verdeckten Streit unter dem Lehrpersonal. Jeder empfindet sich als eine Art selbstherrliche Institution, eine Autorität, und fühlt sich oft schon bei der kleinsten Kleinigkeit angegriffen. Daß Neid und Eifersucht zu den üblichen Vorgängen innerhalb der Fakultäten gehören, das war Dr. Laubmann so bewußt wie den Professoren und den meisten Studenten. Es kam bloß selten öffentlich zum Ausdruck.

Und diese beiden Herren da unten mochten gar nicht mehr aufhören. Wie um dies zu bestätigen, wurde die Auseinandersetzung noch intensiver und ungezügelter, und vor allem stimmgewaltiger. Sogar der Name «Franziska» und Ausdrücke wie «Halt doch den Mund!» erfüllten den Hof. An einem der Fenster begannen die Studenten gar zu applaudieren, nachdem es eine besonders deftige Anrede gesetzt hatte. Die Streithähne fuchtelten manchmal so wild herum, daß man das Übergehen des verbalen Streitens in Tätlichkeiten befürchten mußte.

Im Verlauf des sich steigernden Ereignisses gewahrte Laubmann, wie sich seitlich die Tür der Hausmeisterwohnung öffnete. Kurz darauf trat Wendelin Kappas bedächtig heraus. Er war ja schon älter und von der Pensionierung nicht mehr weit entfernt. Ein kleiner, stämmiger Mann mit knolligen, etwas aufgeschwemmten Gesichtszügen und schütterem aschgrauem Haar. Selbst von weitem konnte man ihn an seinem taubenblauen Arbeitskittel erkennen.

Er trat also heraus, hantierte freilich eine Weile unschlüssig an seiner Tür herum, als sei er von dem Hofereignis schamvoll berührt. Dann aber ging er vorsichtig, jedoch eindeutig, auf die Streitenden zu. Die Studenten, die kurz zuvor mit Zurufen und Lachen die Situation angeheizt hatten, waren jetzt ruhig. Alle waren gespannt, welche Wendung die Dinge nehmen würden. Denn der Professor und der Bibliotheksdirektor ließen von ihrem Streit keineswegs ab.

Erst als der Hausmeister neben sie trat, registrierten sie ihn, verstummten und achteten nun auf das, was er mitzuteilen hatte, leise und auf die umliegenden Fenster deutend. Wie Laubmann anderntags erfuhr, hatte auch der Dekan von seinem Fenster aus den Streitfall bemerkt und den Haus-

meister übers Haustelefon gebeten, in seinem Auftrag der Peinlichkeit ein Ende zu bereiten. Jedenfalls sausten Konrad und Prestl wütend in verschiedene Richtungen davon, obwohl der Hausmeister noch mit ihnen redete.
In Philipp überschlugen sich die Gedanken. Wenn einer von beiden der Täter war, also schuld am Tod der Franziska Ruhland – würde er sich so in der Öffentlichkeit präsentieren? – Vielleicht war's einfach unvermeidlich gewesen. Oder: Der Täter war eiskalt und ging in der Öffentlichkeit «mit dem Kopf durch die Wand», um den Verdacht um so mehr von sich abzulenken, weil alle annahmen, ein Täter würde sich unauffällig verhalten.
Schließlich eine letzte Möglichkeit, von der Laubmann für einen Moment richtiggehend fasziniert war: Warum sollten nicht beide zusammen den Mord geplant und ausgeführt haben? Und die beiden haben hier *gemeinsam* eine ganz skrupellose Show abgezogen, um gar keinen anderen Gedanken aufkommen zu lassen als den an einen Einzeltäter! Ein wahres Komplott wäre das! Aber das glaubte Philipp selbst nicht so recht, wenn er auch aus Prinzip alle Möglichkeiten durchspielte.
Und endlich kam es Philipp Laubmann wieder in den Sinn, was er noch vorhatte: Er wollte ein Zeitschema entwerfen, alle Beteiligten des Falls im exakten zeitlichen Vergleich nebeneinander auflisten. Der Abend des 22. Oktober hatte sie alle nachhaltig beeindruckt, denn sie konnten sich sehr gut daran erinnern. Daß er selber an jenem Abend an keinem der relevanten Orte zugegen gewesen war, wurmte ihn nachträglich. Doch dafür mischte er jetzt kräftig mit und stellte seine eigenen Nachforschungen an. Für den nächsten Tag hatte er eine solche geplant.

XXVIII

Das Licht der niedrig stehenden Herbstsonne brach sich gleißend auf der Straße. Die Luft war hart, klar und erfrischend. Laubmann öffnete in seinem weißen Opel die Luftzufuhr und die Fenster, damit der Sauerstoff überall herein konnte. ‹Die Sonnenstrahlen ionisieren die Luft›, hatte er irgendwo gelesen, und er fand, daß sein Atem danach schmeckte. Er genoß die leuchtende Farbigkeit des Herbstes, der die Landschaft so herrlich verändert.

Es wurde eine ungemein entspannende Fahrt. Im Autoradio lief ein nicht allzu feierliches Orgelspiel. Obwohl er klösterlich gestimmt war, war ihm nicht nach Gregorianischen Gesängen zumute. Die CD einer benediktinischen Choralschola würde er ein andermal einlegen. Während der angenehmen Überlandfahrt kam ihm selbst das Automobil, das er sonst nicht unkritisch bewertete, als etwas rundherum Gutes vor.

Schon bald hatte er das Ziel seiner Reise erspäht, die auf einer Anhöhe über dem Flußtal liegende barocke Anlage des Klosters Heiligenberg, die er aus der Ferne im schräg auftreffenden Sonnenlicht erstrahlen sah. Philipp war wirklich beglückt, eines der wichtigsten Werke seines bevorzugten Baumeisters Neumann vor sich zu haben. Die teils weiß bemalten, teils vergoldeten Heiligenfiguren an der

Fassade der Wallfahrtskirche luden ihn direkt ein, dieses Himmelreich zu begehen. An diesem Ort war nichts von Gottverlassenheit zu spüren; hier fühlte er sich aufgehoben, als wäre sein beständiges Fragen, wer er sei und was er auf dieser Welt solle, seit langem beantwortet.

Philipp Laubmann wollte in Heiligenberg den Benediktinerpater Erminold Eichfelder treffen, der in enger seelsorglicher Beziehung zu Franziska Ruhland gestanden hatte. Einer der Termine, die Laubmann alleine wahrnahm, denn Glaser reichte es wieder einmal mit den Klerikern. Mit diesem hier hätte er allerdings seine reine Freude gehabt, merkte Philipp, als ihn der Mönch beseelt lächelnd auf dem gepflasterten Platz zwischen Wallfahrtskirche und Klostergebäude begrüßte. Pater Erminold teilte ihm zwar sogleich mit, das Vertrauen, das ihm Franziska entgegengebracht habe, möglichst nicht verletzen zu wollen – aber da Frau Ruhland verstorben sei und der Fall anscheinend schwerer wiege, wolle auch er zu dessen Aufklärung beitragen.

Laubmann berichtete zunächst viel über sich selbst, seine theologische Profession, seine Freundschaft zu den Kapuzinern über dem Maintal, sogar über seine Beziehungen zu den Kommissaren. Sie verstanden sich sofort gut. Pater Erminold kam Laubmann mit Erzählungen von sich und seinem Klosterleben entgegen. Der klösterliche Mann um die 70 wirkte mit seinem bis zu den Füßen reichenden schwarzen Habit recht imposant und launig zugleich. Durch sein gewinnendes Aussehen mit den Fältchen im Gesicht, die immerzu ein gütiges Lächeln andeuteten, hatte ein Gesprächspartner augenblicklich das Gefühl, sich auf diesen Menschen innerlich einlassen zu können.

Sein ganzer Stolz war die Wallfahrtskirche, die eigentlich die Klosterkirche war, wobei es ihm gefiel, in Dr. Philipp

Laubmann auf einen Kenner des Baumeisters gestoßen zu sein. Zuerst wurde Laubmann in das Zentrum der Kirche geleitet, wo die Stelle, an der eine Heiligenerscheinung stattgefunden haben soll, überaus reich verziert und mit Figuren geschmückt war, so daß sie den Hauptaltar in seiner symbolischen Zentralität fast verdrängte. Am meisten fühlte sich Laubmann von der Figur des heiligen Dionysius angezogen, der mit seinem enthaupteten Kopf in der Hand dastand, während das Blut noch aus seinem Hals spritzte.
«Das gefällt den Kindern immer sehr gut!» gab der Pater schelmisch zum besten.
«Dann müßte man die Figur als Spielzeug an den Verkaufsbuden vor der Kirche anbieten», scherzte Laubmann.
Beide lachten dermaßen, daß sie sich verstohlen umsehen mußten, ob sie nicht die Andacht von Pilgern störten.
«Die Verkaufsstände haben sich leider exzessiv ausgebreitet, weshalb wir die Standplätze jetzt begrenzt haben», erwiderte Pater Erminold. Auch Philipp waren die Verkäufer aufgefallen, und ihm kamen gleich die Geschichten über Jesus in Erinnerung, wie er die Händler aus dem Tempel vertreibt – in allen vier Evangelien.
Inzwischen hatten der Pater und sein Gast die Kirche verlassen und einen abgelegenen und eingewachsenen Spazierweg beschritten. Sie begannen über Franziska Ruhland zu sprechen. Er, Erminold, sei bei weitem nicht so von den strikten kirchlichen Regeln überzeugt wie die höheren Kirchenkreise, die etwa den Priesterzölibat für unverrückbar hielten.
«Ich habe entgegen der offiziellen Regel Frau Ruhland sogar zugeraten, Professor Konrad zu heiraten. Ich halte den Zölibat in einem solchen Fall eher für unsinnig! Sie hätten sich meiner Meinung nach beide offen zu ihrer

Beziehung bekennen sollen. Wenn ich ihr das so dargelegt habe, war Frau Ruhland oft ganz enthusiastisch.»
«Wie hat sich das geäußert?»
«Sie hat sich mit mir begeistert über die Eheschließung und ihr zukünftiges Leben unterhalten. Sie hat sich genau vorgestellt, wie sie dann mit dem Professor zusammensein würde, in einer gemeinsamen Wohnung, wie sie zusammen ausgehen könnten, in Urlaub fahren, in Hotels übernachten und ähnliches. Daß sie vielleicht ein Kind haben würden. – Die Vorstellungen haben sie für Momente sehr glücklich gemacht. Aber das ging so hin und her. Zwischendurch war sie wieder verzweifelt, weil der Traum von der Ehe noch nicht Wirklichkeit war und weil sie Angst bekam, daß es eventuell – auch aufgrund ihrer Gefühle und Bedenken – nie so weit kommen könnte. Ich erinnere mich, bei unserem letzten Gespräch kam sie schon sehr aufgewühlt hier an, und zwar so sehr, daß ich mir Sorgen zu machen begann. Und am Ende des Gesprächs war sie von dem dringenden Wunsch erfüllt, alles mit dem Professor zu besprechen und ultimativ eine Heirat in die Wege zu leiten. Ich hab ihr zum Gebet geraten, wollte sie beruhigen, damit sie nichts überstürzt. – Ich hätte mich mehr darum bemühen müssen. Ich bin nicht frei von Selbstvorwürfen. – Wie heißt es in Psalm 144: ‹Der Mensch gleicht einem Hauch, seine Tage sind wie ein flüchtiger Schatten›.»
«Und wann ist dieses letzte Gespräch gewesen?» Laubmann witterte eine wertvolle Auskunft.
«Da muß ich nicht mal nachdenken: Am 22. Oktober mußte ich verreisen – ich weiß, daß sie an dem Tag gestorben ist. Und am 21. war sie bei mir in Heiligenberg.»
«An diesem Tag haben Sie Frau Ruhland zum letzten Mal gesehen?»

«Wenn Sie mich so fragen … definitiv: ja. Aber, es hat sich noch was ereignet. Seltsamerweise hat Frau Ruhland mich nämlich am nächsten Abend, das war eben jener 22. Oktober, unbedingt noch einmal sprechen wollen.»

«An dem Tag, an dem der Unfall passiert ist?» Laubmann konnte sein Überraschtsein nicht verbergen.

«Ich kann mich sehr gut an das Datum erinnern; ich war ab diesem Tag für zwei Tage zu einem Vortrag in einer Akademie eingeladen. Und als ich am 23. abends zurückgekommen bin, hat mir ein Mitbruder geschildert, wie am Vorabend, also am 22., so um Viertel vor zehn jemand ganz heftig an der Pforte geläutet und geklopft hat. Der Mitbruder hat sich natürlich gewundert, weil es sehr spät war. Im Kloster schlafen wir nämlich um diese Zeit oft schon, weil wir zeitig die Laudes beten, unser Morgenlob.»

«Ich bemühe mich auch, Gebetszeiten einzuhalten, wenigstens ab und zu ins Stundenbuch zu schauen», lobte sich Laubmann seinerseits.

«Für einen Theologen nicht unangemessen, wie ich meine. Das Beten ist eine Frage wahrer geistiger Übung.»

«Und die Person an der Pforte war Franziska Ruhland?»

«Ganz recht; unser Mitbruder hat Frau Ruhland sofort erkannt. Er sagt, sie hat ein weißes Kostüm getragen, mit einem luftigen weißen Schal; ganz seltsam. Sie hat sehr aufgeregt gerufen, sie müßte mich unbedingt sprechen, es sei sehr wichtig für sie. Er hatte fast den Eindruck, als ginge es ihr um Leben und Tod. Leider mußte er ihr dann berichten, daß ich bei einer Tagung bin, und sie wegschicken. Daraufhin muß Frau Ruhland recht verzweifelt gewesen sein; deswegen hat sie unser Mitbruder eine Weile nicht aus den Augen gelassen: Sie ist in ihr Auto gestiegen, wo sie einige Minuten einfach nur gewartet hat. Sie wird wohl nachge-

dacht haben. Und danach sei sie hektisch und energisch losgefahren. Na ja, er übertreibt gern; er kennt sich mit dem Autofahren nicht so aus.»
Laubmann versuchte konzentriert, alle Vorgänge in sein Gesamtbild einzuordnen. Mittlerweile waren sie bei einem Bildstock angelangt. Auf einer Säule befand sich ein würfelartiges Kapitell, in welches das Relief einer Marienkrönung eingemeißelt war.
«Zwei ergänzende Fragen habe ich an Sie.» Philipp sprach mit Bedacht. «Und ich bitte Sie um Ihre ganz persönliche Einschätzung. Glauben Sie, daß Franziska Ruhland selbst Schuld in sich gefühlt hat, daß sie ... wie soll ich das ausdrücken? ... Professor Konrad zu sehr bedrängt hat, daß sie ihn besitzen wollte? Und halten Sie es für möglich, daß sie sich sogar mit Selbstmordgedanken getragen hat, besonders bei ihrem letzten Besuch hier, als Sie nicht anwesend waren?»
Der Pater zögerte, schien für einige Augenblicke in sich gekehrt zu sein, um die Antwort sorgfältig abzuwägen. «Als Theologe werden Sie mich verstehen. Ich möchte das in mich gesetzte Vertrauen auch einer Verstorbenen gegenüber nicht gänzlich brechen – das habe ich Ihnen ja bereits angedeutet –, zumal die von uns geführten Gespräche das Beichtgeheimnis nicht unberührt ließen. – Ich kann Ihnen soviel sagen, ja, da war auch Schuld. Und nein, da trügt mich meine Menschenkenntnis sicher nicht, Selbstmordgedanken lagen ihr fern.»
Philipp Laubmann respektierte die Zurückhaltung Pater Erminolds. Dieser fing an, umständlich in seinem Habit zu wühlen, mal die eine Seite raffend, bald wieder die andere, dabei jeweils einen Zipfel des Gewandes so festhaltend, daß in Philipps Phantasie der Faltenwurf barocker Heiligenfi-

guren auftauchte, vor allem das Bild des heiligen Rochus, des Pestheiligen, der in den Darstellungen immer sein Gewand anhebt, um wehklagend die Pestbeulen an seinem Bein vorzuführen.

Pater Erminold brachte jedoch ein Stück Papier zum Vorschein, das Laubmann als ein Totenbildchen identifizierte: ein kleines Faltblatt, in dem neben Gebeten und frommen Sprüchen das Bildnis und die Lebensdaten eines Verstorbenen abgedruckt werden. Auf der Vorderseite war ein Gemälde zu sehen, das den auferstandenen Christus zeigte.

«Das haben Sie bestimmt noch nicht», sagte der Pater und reichte Dr. Laubmann das Totenbildchen hin. Der faltete es auf und erblickte die Fotografie der Frau, über die er so oft gesprochen hatte. Darunter las er den Namen Franziska Ruhland.

«Woher haben Sie das?» fragte Laubmann entgeistert und vernahm, daß es der Pater, nachdem er von ihrem Tod erfahren hatte, in der Klosterdruckerei hatte anfertigen lassen. Zuvor allerdings hatte er Professor Konrad telefonisch um das Foto und um dessen Zustimmung gebeten, daß er die Herstellung der Totenbildchen übernehmen dürfe. Der Professor habe sich zwar zurückhaltend gegeben, die Sache aber dann geschehen lassen.

«Möglicherweise hat es ihn gestört, zu diesem Zeitpunkt den Tod seiner Geliebten schon so dokumentiert zu wissen», mutmaßte der Pater.

Das Foto von ihr hatte Konrad sicher in glücklicheren Tagen aufgenommen. Sie sah schön und sehr lebendig darauf aus, mit zarten Gesichtszügen. «Brotkorn Gottes bin ich, und durch die Zähne der Tiere werde ich gemahlen, damit ich als reines Brot Christi erfunden werde. Ignatius von Antiochien, Brief an die Römer», las Philipp. «Ein außergewöhn-

licher Spruch», urteilte er und wollte das Bildchen dem Pater zurückgeben.
«Behalten Sie es bitte, sie sollen ja verteilt werden.»
Nachdem Laubmann es nochmals nachdenklich betrachtet hatte, machten sie kehrt und begaben sich schweigend wieder zum Kloster, wo sie sich voneinander verabschiedeten. Philipp Laubmann genoß eine Weile die letzten Sonnenstrahlen. Gelöst schlenderte er um die Kirche herum. Etwas störte ihn freilich. Er wunderte sich; denn meistens konnte er in der Umgebung abgeschiedener Kirchen ruhig vor sich hin meditieren. Dann fiel ihm erneut das Geschwätz der Händler auf, die aus ihren Buden heraus mit den Wallfahrern redeten, anpreisend und beinahe marktschreierisch. – Und nicht der Theologe, sondern der Detektiv Laubmann hatte mit einem Male eine Eingebung, eine Eingebung zum Rosenkranz.
«Das ist die Lösung!» rief er bald genauso laut vor sich hin wie die Händler, so daß sich ein paar ältere Frauen in ländlicher Tracht befremdet zu ihm umdrehten. Die Stichhaltigkeit der Eingebung wollte gleich überprüft sein, da konnten ihn die kitschigen Kreuze und Kreuzchen, Plastikwasserpistolen für Kinder oder die Kerzen nicht im geringsten ablenken. Den von Josef Maria Hüttenberger geschenkten Rosenkranz trug Laubmann, für eventuelle Vergleiche, immer bei sich.

Während der Heimfahrt stoppte er die Zeit, wie lang man brauchte, um vom Kloster Heiligenberg mit dem Auto in die Stadt zu gelangen. Es dauerte vierzig Minuten. Schnell begab er sich, noch ganz angetan von seiner Eingebung, ins Polizeirevier zu Glaser.
«Ich bin wieder weitergekommen – in Heiligenberg!»

schallte es Glaser begeistert und ohne Begrüßung entgegen. Der Kriminalhauptkommissar reagierte mißgelaunt. Er beschäftigte sich mit viel profaneren Dingen. So regte es ihn auf, daß seine Frau jetzt mit dem Essen wieder warten müßte, daß ihm im Dienst mehr und mehr aufgebürdet würde, «aller möglicher Kleinkram» und neue Akten, so daß man nicht einmal richtig Zeit habe, an einem Fall wie diesem dranzubleiben, für den normalerweise eine Sonderkommission gebildet werden sollte.

Laubmann beruhigte den Kommissar. Und vielleicht war es etwas vom Glanze Heiligenbergs, den der Moraltheologe mitgebracht hatte, jedenfalls hellte sich die Stimmung Glasers auf, und zwar schon bevor er etwas von der Eingebung seines Gegenübers vernommen hatte. Der erklärte felsenfest, daß er nun den gesamten Ablauf des Abends vom 22. Oktober aus der Sicht der wichtigsten beteiligten Personen rekonstruieren könne. Es fehle sozusagen nur ein letzter Anlaß, um den entscheidenden Schritt zu tun und den Täter möglicherweise stellen zu können. Und dafür müßten alle Zeugen und Verdächtigen vor Ort anwesend sein, und zwar in St. Vitus, in der Nähe des Tatorts. «Und dieser Ortstermin sollte sehr bald sein», fügte Laubmann hinzu.

XXIX

Vitus, dem sizilianischen Heiligen mit dem Hahn, wird in der gläubigen Verehrung ein außergewöhnlich breites Wirkungsspektrum zugeschrieben. Laubmann dachte, wenn wir schon in seiner Kirche einen ordentlichen polizeilichen Termin anberaumen, sollten wir ein Gebrechen vorbringen, bei dem es sich lohnt, seinen Beistand zu erflehen. Aufregung oder Tobsucht und Massenhysterie unter den Verdächtigen wären so etwas. Stumme, Blinde und Taube sollen bei Mordfällen ja ebenfalls vorkommen.

An der Fassade der Kirche war neben anderen Steinfiguren eine modernere Statue des Heiligen befestigt, der jedoch über gewöhnlich Sterbliche wie Dr. Philipp Laubmann hinwegblickte. Der freilich hatte sich für den Tag vorgenommen, keine großen gedanklichen Abschweifungen zuzulassen – weder bei den anderen noch bei sich –, sondern ausschließlich die Aufklärung des Falles voranzubringen.

Ob gelänge, was er sich wünschte, war ihm noch recht schleierhaft. Freilich würden durch eine Bündelung der Aussagen und durch die Konfrontierung der Verdächtigen mit den von ihnen im Verlauf der Ermittlungen gemachten Angaben die Umstände des Todes von Franziska Ruhland entscheidend erhellt werden. Davon ging er aus. Und das in *der* Kirche, die in ihrer überbordenden Pracht erstrahlte wie an dem Tag, als er sie, in jungen Jahren, zum ersten Mal betreten hatte. Das verlieh ihm Zuversicht.

Kriminalhauptkommissar Dietmar Glaser und Kriminalkommissar Ernst Lürmann hatten in Absprache mit dem Ordinariat – die Teilnahme Laubmanns hatten sie vorsorglich nicht erwähnt – einen Lokaltermin für diesen Vormittag festgesetzt und alle Beteiligten, zu denen Dr. Laubmann einfach gehörte, nachdrücklich aufgefordert, zum vorgesehenen Zeitpunkt in St. Veit zu erscheinen. Dazu war Glaser die Rückendeckung durch den Staatsanwalt gewiß. Er beabsichtigte, wenigstens eine möglichst genaue Gesamtrekonstruktion des Falles zu erstellen.

Eingetroffen waren Konrad und die Steinig, Prestl und Hüttenberger – letzterer direkt aus dem «schmerzenden» Tal. Alle Personen versammelten sich im Hauptschiff nahe dem Eingang. Vor dem Eingang postierte der Kommissar sicherheitshalber zwei uniformierte Polizeibeamte. Könnte ja sein, daß ein Verdächtiger plötzlich einen unwiderstehlichen Drang nach Freiheit verspürte.

Pfarrer Gregor Nüßlein fehlte, hatte angeblich Verpflichtungen, und kam eh meist nur nachts hierher, als würde er das Licht meiden. Glaser und Laubmann hielten seine Anwesenheit eh nicht für nötig. Die Kirchenverwaltung hingegen hätte Pfarrer Nüßlein schon gerne vor Ort gesehen – am liebsten wäre Prälat Glöcklein selber dabei gewesen –, aber man hatte sich mit Nüßlein darauf geeinigt, den Mesner zu beauftragen, nach dem Rechten zu schauen. Der sollte jedoch strikt im Hintergrund bleiben.

Während Prestl und Konrad auf Abstand zueinander bedacht waren, sich permanent «übersahen», Melitta Steinig ihrem Gebetsfreund Hüttenberger heimlich einen elfenbeinernen Rosenkranz zusteckte, was Laubmann keineswegs übersah, bemühte sich Glaser, eine konziliante Einleitung zu formulieren. Er redete über die angestrebte Rekonstruktion sowie die Nachforschungen, durch die Laubmann die Aufklärung des Falles vorangebracht habe. Er hob seine Vertrauenswürdigkeit hervor und bat «förmlich» um seine Mithilfe hier und jetzt.

Hüttenberger äußerte sich so abwehrend, daß es fast gehässig klang: «Mit welchem Recht hat er ‹mitzuhelfen›?» Er deutete auf Laubmann.

«Sagen wir», der Kommissar klang noch versöhnlich, «er spricht in meinem Namen.»

«Wie in der Kirche», meinte Prestl sarkastisch.

Und Philipp antwortete mit einer höflichen Grimasse: «In der Kirche sind wir ja auch.»

«Ich stelle fest», Kommissar Glaser wurde sachlich, «daß Franziska Ruhland am 22. Oktober dieses Jahres gegen 23 Uhr getötet wurde. Ganz in der Nähe dieser Kirche, am Rande des Stadtparks. Das ist allgemein bekannt und so veröffentlicht.»

Lürmann wollte gerne etwas zur Tatzeit einwenden, Laubmann gab ihm jedoch ein verstecktes Zeichen, daß er – vorläufig – dazu schweigen solle. Zudem hatte Laubmann selber sein schriftlich angefertigtes Zeitschema parat.

«Unsere Ermittlungen haben ergeben, daß zwei von Ihnen, Herr Prestl, Herr Konrad» – Glaser sparte sich die akademischen Titel –, «immerhin ein grobes Alibi haben, das in seinen jeweiligen Eckdaten von Zeugen bestätigt wird. Leider genügt das nicht. Sie, Professor Konrad, haben sich im Verlauf des theologischen Vortrags, also von 20 Uhr 30 bis gegen 22 Uhr, im Vorlesungssaal aufgehalten. Darüber besteht kein Zweifel; es ist aber in Anbetracht der Tatzeit unerheblich. Spannender wird's ab 22 Uhr 10, als Sie auf

Ihrem Zimmer im oberen Stockwerk waren und als Ihr Kollege Hanauer Sie verlassen hatte und der Hausmeister, Herr Kappas, mitbekommen hat, wie das Licht in Ihrem Büro über dem Vortragssaal ausgegangen ist.»

«Ich habe geschlafen; mir war übel. Das ist nicht von der Hand zu weisen.» Konrad hatte bisher leicht abwesend gewirkt, wohingegen die anderen Verdächtigen um so aufmerksamer zuhörten.

«Ebensowenig ist von der Hand zu weisen, daß Sie erst ab 23 Uhr 10 wieder ein Alibi haben, als nämlich das Licht in Ihrem Zimmer zum zweiten Mal angegangen ist und Professor Hanauer Sie kurz darauf abgeholt hat. Da dieses Fakultätsgebäude, mit Ihrem Büro darin, einen – wenn auch gesperrten – Notausgang besitzt, die Ihnen bekannte Wendeltreppe, hätten Sie in der Zwischenzeit ungesehen aus- und eingehen können. Die alibilose Zeit dazwischen, zwischen den Aufenthalten Hanauers in Ihrem Zimmer, reicht für den Weg zum Park und zurück und dafür, jemanden vor ein Auto zu stoßen.»

«Ich kann mich nur wiederholen: Ich war krank.»

«Vielleicht vor Aufregung?» mischte sich endlich Philipp Laubmann ein. «Wer ein aufregendes Treffen oder eine Untat vor sich hat, neigt zu Herzrasen und Schweißausbrüchen.»

Konrad ignorierte den frechen Tonfall. «Dann hätte ich mit Franziska verabredet sein müssen. Oder glauben Sie, sie hat ihre Nächte im Park zugebracht? Außerdem, wozu hätte sie dann bei einer bereits getroffenen Verabredung mit mir vor der Veranstaltung im Innenhof auf mich warten sollen?»

«Sie haben sie also gesehen, in ihrem weißen Kostüm?»

«Natürlich; ich hab mich von ihr bloß nicht provozieren lassen, nicht vor all den Leuten.»

Der Kommissar griff wiederum ein: «Sie hätten Frau Ruhland von Ihrem Büro aus anrufen können, denn kurz nach 22 Uhr hat jemand versucht, mit ihr zu telefonieren. Es könnte Frau Schmidt im Auftrag von Herrn Prestl gewesen sein; es wäre aber auch möglich, daß Sie das waren, auch von außerhalb der Fakultät. Sie hätten das Gebäude schon verlassen haben können.»

Dr. Prestl witterte eine Chance: «Richtig! Als ich in der Wohnung Franziskas angerufen habe, war besetzt. Das hab ich ausgesagt.»

Freilich konnte er nicht mit der Wut Melitta Steinigs rechnen, die ihn, um «ihren» Professor in Schutz zu nehmen, mit einem Mal vehement attackierte: «Sie sind ja schuld an allem! Sie haben die zwei schließlich zusammengebracht! Und jetzt wollen Sie Ihren alten Freund reinreiten, nachdem Sie die Ruhland losgeworden sind! Hätten Sie Ihre Verlobte doch behalten! Am besten für immer!»

«Wie denn?» wehrte sich Prestl lauthals. «Er hat sie mir ja gestohlen!»

«Bitte! Haltet beide euern Mund!» Erich Konrad fuhr dazwischen.

«Ich danke Ihnen für Ihr energisches Eingreifen, Herr Konrad; aber es bringt mich nicht davon ab, Ihnen klarzumachen, daß Ihre dumme Situation am Abend der Tat, nämlich von Frau Ruhland bedrängt und möglicherweise bloßgestellt zu werden, mir als Motiv genügt.»

«Eben.» Prestl beeilte sich der Schlußfolgerung des Kommissars beizupflichten.

«*Ihre* Odyssee am Abend des 22., Herr Dr. Prestl, sollte Sie zu mehr Zurückhaltung veranlassen. Was ist denn Ihre Geschichte als Alibi wert? Ihre Verabredung, die angeblich nicht stattgefunden hat? Ihr angebliches Umherirren zwi-

schen der Wohnung Ihrer Ex-Verlobten, der Wohnung des Professors und der Universität? Sie haben definitiv erst ab 23 Uhr 10, vielleicht ab 23 Uhr 05, ein Alibi, als Sie dem Hausmeister aufgefallen sind – und das ist zu spät. Ihre Bibliothekssekretärin, Frau Schmidt, hat Sie sogar erst nach 23 Uhr 20 gesehen. Wahrlich Zeit genug, um vorher jemanden umzubringen.»
«Ich protestiere entschieden! Sie haben keine Anhaltspunkte für Ihre Unterstellung! In all der Zeit wird mir ja wohl irgend jemand begegnet sein, also ein Zeuge, der mich entlastet. Sie haben nur nicht gründlich nachgeforscht und suchen das durch Ihre haltlosen Verdächtigungen zu kaschieren.»
Glaser warf einen Blick zu Laubmann, bevor er darauf antwortete: «Wir haben durchaus nachgefragt und erfahren, daß man Sie gegen 22 Uhr am Haus von Professor Konrad beobachtet hat. Eine Nachbarin. Das schließt aber nicht die Lücke Ihres Alibis zur Tatzeit. Und Ihr Verhalten als enttäuschter Liebhaber und karrierebewußter Bibliothekar halte ich für ein hinlängliches Motiv.»
«Das kann ich bestätigen.» Ein Racheakt Konrads.
«Ich protestiere.» Diesmal klang es weniger nachdrücklich.
«Ich gestehe Ihnen beiden mildernd zu, sozusagen aus meiner langjährigen Erfahrung als Kriminalbeamter, daß es womöglich keine geplante Tat, sondern eine Tat im Affekt war.»
Die meisten schauten betreten an Glaser vorbei. «Ich schlage vor, wir lassen das im Moment so stehn. Denn in unserer Mitte befinden sich zwei weitere Personen, die in Verdacht geraten sind, wie wir glauben.»
«Zumindest eine», präzisierte Laubmann. Und Josef Maria Hüttenberger blickte abweisend um sich. «Motiv: Fana-

tismus und Austrocknen eines vermeintlichen Sündenpfuhls.»

«Oder beide waren's zusammen», meinte Glaser, eine Spur zu ironisch. «Aber, fahren Sie fort; Sie haben mehr Einsicht in die religiösen Motive und entsprechenden Denkweisen in dieser Angelegenheit.»

Dr. Laubmann nahm Maß, indem er Hüttenberger und die Steinig betrachtete. Sie standen nebeneinander; einträchtig, hätte man meinen können. «Hier ist die Sachlage so, daß zwei Personen, die in den Fall verstrickt sind, sich ihre Handlungen gegenseitig bezeugen. Dabei sind Absprachen nicht auszuschließen, die deshalb für sie ungefährlich wären, weil es im Grunde an unabhängigen Zeugen mangelt. Beide verbindet das ‹Geheimnis› der Sühnenächte; somit könnte eine Person der andern ein Alibi aus falsch verstandener Rücksichtnahme gegeben haben.»

Professor Erich Konrad bemerkte mit gespielter Entrüstung und etwas zu rasch: «Das wußte ich gar nicht», nur um vor denen, die es nach seinem Dafürhalten noch nicht wissen konnten, zu verbergen, daß er Melittas nächtliche Ausflüge schon bald nach Beginn entdeckt und ausgenutzt hatte.

Laubmann geriet in Fahrt, mit gerötetem Gesicht. «Herr Hüttenberger und Frau Steinig haben am Abend der Tat die Zeit zwischen 20 Uhr und circa 23 Uhr 15 gemeinsam in dieser Kirche verbracht, in der wir uns befinden. Im Hauptschiff, nehme ich an. – Wo ist Ihr üblicher Platz?» Josef M. Hüttenberger zeigte auf die Kirchenbänke im mittleren Teil der linken Hauptschiffseite, vom Eingang aus gesehen. «Beide behaupten, sich gegenseitig nicht aus den Augen verloren zu haben. Dennoch wollen Sie», Philipp Laubmann deutete auf Josef Maria, «zur gleichen Zeit auch einmal im Beichtstuhl gewesen sein, was Pfarrer Nüßlein

wegen des Beichtgeheimnisses, na sagen wir, indirekt bestätigt.»
«Ich war bei ihm zur Beichte, das muß er bezeugen», begehrte Hüttenberger auf.
«Er fühlt sich halt ans Beichtgeheimnis gebunden, was Sie eigentlich befürworten müßten. Egal. Worauf ich hinauswill, ist folgendes: Sie waren nach eigener Aussage zwischen 22 und 23 Uhr im Beichtstuhl; circa fünfzehn Minuten; und danach – ich schätze, etwa zehn Minuten – zum Beten auf der Kniebank vor dem Marienbildnis, das sich neben dem Beichtstuhl befindet.» Hüttenberger bejahte. Die anderen sahen zur Marienstatue hin. «Das heißt, dieser Beichtvorgang könnte sich sowohl vor als auch während der Tatzeit abgespielt haben. – Widersprechen Sie nicht, es ist logisch. Sie können dafür keine exakteren Zeitangaben anbieten.» Hüttenberger widersprach nicht.
«Ich kenne sämtliche Blickwinkel in dieser Kirche, weil ich sie zufällig mag. Weder vom Beichtstuhl noch von der Marien-Nische aus sind die Stelle, wo Frau Steinig sich aufgehalten hat, oder der Ausgang erkennbar. Ganz abgesehen davon, daß die Kirche dunkel war und die Nische hell und daß Sie andauernd in die vielen Kerzenflammen dort hineingestiert haben. Sie waren vollkommen geblendet.» ‹Wie des öfteren›, fügte Laubmann hinzu, aber nur in Gedanken. «Frau Steinig hätte folglich zur Tatzeit die Kirche verlassen und zurückkehren können, und niemand hätte es bemerkt, denn außer Pfarrer Nüßlein im Beichtstuhl und Ihnen vor dem Marienbild war keine Seele mehr anwesend.»
Kommissar Glaser gab acht; er beobachtete Hüttenberger scharf. Wie würde er auf die Beschuldigung von Melitta Steinig reagieren? Läßt er's zu, freut er sich gar? – Josef Maria reagierte überhaupt nicht, wirkte resigniert und ließ

den Vorwurf gegen sein «Freundin» auf sich beruhen. Selbst die Steinig tat das.

«Es gibt jedoch eine zweite Möglichkeit», setzte Laubmann seine Überlegungen sogleich fort: «Herr Hüttenberger war *vor* der Tatzeit im Beichtstuhl, und anstatt ins Hauptschiff zu gehen, hat er vom rechten Seitenschiff aus die Kirche *zur* Tatzeit verlassen. Wer sollte denn sein Verschwinden schon mitbekommen? Der Beichtvater scheidet aus, weil er's vom Beichtstuhl aus nicht sieht, und Frau Steinig sitzt oder kniet weiter vorne in einer Bank, mit dem Rücken zum Ausgang. Der Ausgang selbst liegt im Dunkeln, die Türen quietschen nicht und der Kirchenraum ist mittels der Lautsprecheranlage erfüllt mit meditativer Orgelmusik, weil Pfarrer Nüßlein zu der Zeit eine CD laufen läßt. Das wirkt außerdem einschläfernd. Schlimmstenfalls mag jemand einen leichten Windhauch beim Öffnen der Außentür verspürt haben.»

«Argumentativ sehr überzeugend, finden Sie nicht?» Glasers Blick machte provokant die Runde. «Damit haben wir in unsrem illustren Kreis insgesamt vier Personen, die ziemlich mühelos zum Unfallort gelangen konnten, um Franziska Ruhland auf die Straße zu stoßen. Ein schönes und klares Ergebnis – und wer hat's wirklich getan?»

«Das hätt' ich bemerken müssen, Herrn Hüttenbergers Weggehen», stieß Melitta Steinig zitternd ob all der Aufregung hervor. Es hörte sich wie der Versuch an, Josef Maria zu verteidigen. Prestl und Konrad hielten sich bedeckt.

Das Kircheninnere verdunkelte sich trotz der vormittäglichen Stunde bisweilen; der Himmel war bewölkt.

Laubmann berücksichtige Melitta Steinigs Einwand nicht, obwohl er ihn registriert hatte, und schickte sich statt dessen an, Glasers wichtige Frage zu beantworten. Scheinbar

recht umständlich. «Betrachten wir mal, wo Franziska Ruhland am Abend ihres Todes überall war. Diese merkwürdig brüchige Spur: Zuerst sieht sie der Hausmeister in der Universität, später eine Nachbarin vor Konrads Wohnung; und schließlich ihr Auftauchen am Wallfahrtsort Heiligenberg.»
Prestl und Konrad sahen sich verwundert an.
«Ich bin sicher, der Schlüssel für ihr Verhalten liegt in dem Besuch bei Pater Erminold Eichfelder am Vorabend, also am 21. Oktober. Er rät ihr als ihr väterlicher Vertrauter immer wieder zur Heirat. Und an diesem Tag wollte sie den Rat noch einmal bestätigt haben. Sie ist völlig aufgewühlt. Und deshalb will sie Professor Konrad, ihren ‹Zukünftigen›, dringend sprechen, gleich am darauffolgenden Tag. Für sie geht es um alles. Aber für ihn steht die Vortragsveranstaltung am Abend im Vordergrund. Er hat an diesem Tag und an diesem Abend keine Zeit für sie, ignoriert ihr Drängen. Franziska stellt sich nach dieser Ablehnung ihrer Bitte um ein sofortiges, alles veränderndes Gespräch, demonstrativ in den Innenhof der Fakultät, im symbolischen weißen Kostüm, um ihn nochmals aufzufordern oder ihn herauszufordern und bloßzustellen. Und er nimmt erneut keine Rücksicht.
Vergegenwärtigen Sie sich ihre Situation. Was soll sie tun? Sie befindet sich vermutlich in einem Zustand echter Bedrängnis, denn sie hat sich mit Hilfe ‹ihres› Paters diesmal endgültig und unwiderruflich zu einer wirklichen und folgenschweren Entscheidung durchgerungen, nämlich einen Priester zu ehelichen, mit all den zu erwartenden kirchlichen Schwierigkeiten, und zwar in allernächster Zeit. Sie muß jetzt einfach etwas tun. Von den ‹unverbindlichen› Planungen des Professors hat sie genug. Doch der ist unabkömmlich.

Sie entschließt sich, als eine Art Ersatz, wenigstens mit Frau Steinig eine Unterredung zu führen, klar Schiff zu machen, damit Melitta Steinig zu keinem Hindernis der angestrebten Heirat wird. Franziska fährt also zur Wohnung Professor Konrads – und sie ist wohlgemerkt mit *ihrem* Wagen unterwegs; Führerschein und Autoschlüssel werden in ihrer Handtasche gefunden. Sie trifft dort aber niemanden an. Wieder nichts.

Sie ist wütend, verzweifelt, traurig; alles zusammen wahrscheinlich. Sie will nicht warten, kann sich an niemanden wenden. Und dann unternimmt sie etwas für sie in dieser Situation Naheliegendes, indem sie ein zweites Mal nach Heiligenberg fährt, um Rat und Trost von ihrem Vertrauten zu erhalten. Zeitlich haut das hin; ich hab die Fahrzeit selbst gemessen. Bedauerlicherweise ist Pater Erminold Eichfelder seit dem Nachmittag auf Dienstreise, wie sie erfahren muß. Das war nun ein außergewöhnliches Pech. Fast ein Schicksalsschlag, das alles. Sie sitzt in ihrem Wagen und überlegt, ob sie aufgeben soll. Die Verabredung mit Ihnen, Dr. Prestl, war ihr längst gleichgültig. Die hatte sie schon davor im Kalender ausgestrichen.»

Dr. Prestl zuckte nur mit den Schultern, und Dr. Laubmann steigerte sich zum Höhepunkt seiner Ausführungen, zur wahren Apotheose. «Und auf einmal fällt Franziska Ruhland doch noch was ein: Wenn Melitta Steinig nicht zu Hause ist, besucht sie bestimmt gerade eine Sühnenacht. Das weiß sie vom Professor.»

Melitta Steinig fragte tonlos, wie unter Zwang: «Du hast es gewußt?» und Konrad gab unwirsch zur Antwort: «Ja, zum Teufel!»

«Herr Kollege Lürmann, wo war der Wagen?»

Ernst Lürmanns Stichwort, und er zelebrierte die Auskunft:

«Wir haben Frau Ruhlands Pkw, einen neuwertigen gelben VW Golf, hier in der Nähe entdeckt, auf einem Stellplatz am Stadtpark, der ausschließlich für die Besucher der Gottesdienste in St. Vitus ausgewiesen ist. Die Frage bleibt, ob eine Sühnenacht als Gottesdienst im Sinne der Beschilderung zu werten ist.»
«Was meine Theorie untermauert, meine Dame, meine Herrn.» Philipp Laubmann ging auf die Lürmannsche Zusatzfrage nicht ein. «Franziska Ruhland kam *hierher.* Ich schätze, so gegen 22 Uhr 45. Sie betritt die Kirche, sieht Frau Steinig und bittet sie nach draußen. Der Rest der Besatzung ist im Beichtstuhl beschäftigt.»
«Wenn Sie damit ernsthaft behaupten wollen, daß meine Freundin, Frau Steinig, in den Todesfall verwickelt ist», lehnte sich Hüttenberger gegen Laubmann auf, «muß ich Sie auf einen Denkfehler aufmerksam machen. Mein Mitbruder, Pfarrer Nüßlein, hat mich selbstverständlich sofort über das Polizeiverhör, dem er sich zu unterziehen hatte, unterrichtet, und er hat mir gegenüber deutlich seine Aussage wiederholt, daß er etwas nach 23 Uhr den Beichtstuhl verlassen und uns *beide,* Frau Steinig und mich, im Kirchenschiff wahrgenommen hat. Wenn sich aber der Unfall, dem Zeitungsbericht nach, erst um 23 Uhr ereignet hat, ist die Zeitspanne zu gering, in der Frau Steinig vom Unfallort aus nach St. Veit hätte zurücklaufen müssen, um sich danach – bevor ich vom Marienaltar aus ins Hauptschiff zurückgegangen bin – in aller Ruhe in eine der Kirchenbänke zu knien. Herr Pfarrer Nüßlein ist ja fast zur gleichen Zeit aus dem Beichtstuhl gekommen.»
«Herr Lürmann!»
Ernst Lürmanns zweite entscheidende Auskunft: «Wir haben genauestens ermittelt, daß die Tatzeit mindestens

sechs Minuten früher anzusetzen ist, also um 22 Uhr 50 oder 52!» Sie spielten sich nun die Bälle zu.
Laubmann knüpfte daher ohne Verzögerung an: «Und wir haben noch ein zusätzliches, höchst aufschlußreiches Indiz zu bieten.» Er zog den einfach gestalteten Rosenkranz aus der Jackentasche. «Den haben wir bei der Leiche aufgelesen.» Laubmann hielt ihn sofort Melitta Steinig hin und sagte ihr mit Bestimmtheit, jedes einzelne Wort betonend: «Das ist der Ihre! *Sie* waren am Tatort!»
«Nein!» wehrte sie heftig ab, «der gehört der Ruhland! – Meiner sieht so aus!» Dabei nestelte sie an ihrer schwarzen Handtasche und brachte eine teuere Elfenbein-Arbeit zum Vorschein.
«Woher wissen Sie, daß der Rosenkranz in meiner Hand Franziska Ruhland gehört hat?» setzte Laubmann nach.
Frau Steinig war verunsichert. «Ich hab ihn bei ihr gesehen.»
«Wann?»
«Irgendwann mal; das ist schon länger her, vielleicht vor ein paar Wochen.»
«Frau Steinig», Laubmann wurde todernst, «Sie können ihn nur ein einziges Mal gesehen haben, nämlich in der Nacht des Unfalls. Franziska Ruhland hat diesen Rosenkranz erst am Vortag erworben. Dafür kann ich eine unumstößliche Zeugenaussage beibringen.» –
Da brüllte sie es heraus: «Die verfluchte Hure! Sie hat mir mein Leben vernichtet, hat meine Hingabe mit Füßen getreten, sie hat mich mißachtet, hat mich voller Haß angeschrieen, daß sie von jetzt an über Erich ganz allein verfügt und daß sie den Segen der Kirche dazu erhalten hat! Sie hat mich mit ihrem herausgeputzten weißen Kleid gedemütigt da draußen, und was noch schlimmer war, sie hat mich ver-

höhnt, daß sie und Erich meine Abwesenheit in den Sühnenächten benutzt haben, ja daß sie mir seine Veranstaltungstermine vorgegaukelt haben, um sich in *meinem* Haus zu vergnügen! Wie ich ein einziges Mal früher zurückgekommen bin, hab ich mich nicht hineingetraut, weil sie drin war. – Ich hab ihr ins Gesicht geschrien, daß sie das Böse ist; ich war so furchtbar wütend auf sie. Und auf einmal hat sie mir unverschämt diesen Rosenkranz vors Gesicht gehalten, ja als ob ich ein Teufel wär. So richtig beschwörend vor mich hingehalten hat sie das Kreuz! ‹Weiche du Satan›, hat sie gezischt! – Der Herrgott möge mir vergeben, ich bin auf sie losgestürzt, hab sie gepackt, sie weggestoßen … richtig weggestoßen von mir …» Sie stockte und nahm die Hände vor die Augen. –
Professor Erich Konrad fiel nichts anderes ein, als entsetzt und wie erstarrt «Melitta!» auszurufen. Nicht zum ersten Mal dachte Lürmann, welch außergewöhnlicher Vorname das doch sei.
Kommissar Glaser stellte sachlich, wenn auch überflüssigerweise fest: «Dann sind Sie gleich hierher zurück in die Kirche.» Melitta Steinig bewegte hinter ihren Händen nur sachte nickend den Kopf.
Schließlich meinte sogar Hüttenberger, etwas zur Aufklärung beitragen zu müssen. Mit nahezu verzückter Stimme sprach er: «Als ich dort vor Maria auf den Knien war, war mir damals, als hätten die Kerzen kurz geflackert.»

Melitta Steinig wurde in Polizeigewahrsam genommen. «Ihr» Professor hatte ihr zwar angeboten, sich um sie zu kümmern, war jedoch nur auf Ablehnung ihrerseits gestoßen. Er würde es trotzdem tun. Für heute ging er in sich gekehrt nach Hause. Der stellvertretende Bibliotheksleiter

schlug betont auffällig die entgegengesetzte Richtung ein. Hüttenberger hatte sich wie so oft in die Marienkapelle verzogen. Laubmann, Glaser und Lürmann verweilten ein wenig vor dem Gotteshaus.
«Sie hatten recht», wandte sich Philipp Laubmann an den Kommissar, «mit Ihrem Anfangsverdacht gegen Frau Steinig.»
«Alles Routine.»
«Ich bin zu langsam dahintergekommen.»
«Dann aber sehr geschickt. Vor allem die verworrene Geschichte um den Rosenkranz. Damit haben Sie genau ins Schwarze getroffen. Der Rosenkranz als Abwehr gegen das Böse. An diesen Satz von Ihnen erinnere ich mich. Und wie hat sie gesagt? ‹Als ob ich ein Teufel wär.›»
«Als wäre Franziska Ruhland ein guter Engel gewesen und Melitta Steinig in jenem unglücklichen Moment ein böser; und beide stünden im Kampf miteinander. Aber das ist zu einfach. Beide wollten das Gute in ihrem Leben verteidigen, das Gute, das sie gefunden zu haben glaubten. Und doch verlief beider Leben in dieser Situation ungut, schlug vielleicht sogar ins Böse um. – Ich halte», fügte Laubmann an, «Melitta Steinig nicht allein für schuldig. Einen Teil der Verantwortung hätte selbst Franziska Ruhland zu tragen – und trägt der Professor.»
Lürmann plagte noch immer die Neugier. Alle Fragen sollten letztlich geklärt sein: «Wollen Sie uns nicht Ihr überraschendes Schlußargument erläutern? Die unumstößliche Zeugenaussage?»
Laubmann erzählte nicht allzu abschweifend von seinem Besuch bei Pater Erminold, dem Benediktiner, und der Betrachtung der Devotionalienstände Heiligenbergs. «Wir sind von der falschen Annahme ausgegangen, daß der

Tatort-Rosenkranz dem Täter zuzurechnen ist respektive der Täterin. Was aber, wenn er Eigentum des Opfers war, hab ich mich wie aus heiterem Himmel gefragt. Ich hab mich bei den Devotionalienhändlern am Wallfahrtsort umgehört, ihnen das Totenbildchen, also das Foto Franziskas, und den Rosenkranz gezeigt, den ich von Hüttenberger geschenkt bekommen habe. Glück, Zufall, auf jeden Fall ein Volltreffer. Einer hat Franziska Ruhland erkannt. Sie hat den Tatort-Rosenkranz dort erworben», ja sie habe den Händler sogar um Auskunft gebeten, wie der Rosenkranz zu benutzen sei. «Pater Erminold hatte ihr geraten, neue Kraft aus dem Gebet zu schöpfen. Seit ihrer Kindheit hatte sie keinen Rosenkranz mehr gebetet.» Weil es jedoch das vorletzte Exemplar in der Schachtel des Händlers gewesen sei, habe der am selben Abend noch ein Bestellformular ausgefüllt. «Er hat mir die Durchschrift bereitwillig vorgelegt. Das Datum lautet auf den 21. Oktober.»

«Und vorhin, welcher Rosenkranz war das, den Sie präsentiert haben, um Melitta Steinig zu überführen?» erkundigte sich Lürmann.

«Das war meiner, das Geschenk von Hüttenberger.»

Währenddessen holte Glaser aus der Innentasche seines Mantels den echten und mit Laubmanns Rosenkranz identischen, wenn auch zerrissenen Tatort-Rosenkranz hervor, der sich in einer durchsichtigen Plastikhülle befand und den er nicht gern aus der Hand geben wollte. «Sie haben der Steinig gegenüber geschwindelt, Herr Dr. Laubmann.»

«Das stimmt, Herr Kommissar; Not kennt kein Gebot.»

Lürmann war enttäuscht und erbost: «Das heißt, meine gesamte Rosenkranz-Recherche war für die Katz.»

«Ganz so irrelevant war die Geschichte mit den teueren Rosenkränzen nicht», versuchte ihn Glaser aufzurichten.

«Er hätte uns immerhin das Motiv der Täterin näherbringen können … näherbringen müssen. Wie wichtig ihr das Geschenk ‹ihres› Professors war, wie sehr sie also auf Konrad fixiert gewesen ist.»
Laubmann meinte, er sehe ein Bündel von Motiven; nicht nur eine seelische Abhängigkeit Melitta Steinigs von Konrad, «obwohl bei der Tat viel Affekt dabei war. Ein sehr unglücklicher Sturz im großen und ganzen.» Die Steinig befürworte den Zölibat, was allerdings ihre Aufopferungen für den Professor, sozusagen ihren Lebenspartner, nur verstärkt habe. «Und nicht zuletzt mag sie sich im Vergleich zu Franziska Ruhland als die unattraktivere Frau empfunden haben, und sie hatte vielleicht Angst vor der Einsamkeit. Ich grüble immer wieder darüber nach, was sie alles an Gefühlen und Gedanken unterdrückt und weggeschoben hat, allein schon in den ersten Minuten nach dem Unfall? Wie ist ihr das Unglück – oder *ihr* Unglück – nach und nach bewußt geworden? – Ich fürchte, daß selbst eine noch so ausgefeilte Bußfertigkeit sie nicht vor ihrem Gewissen retten kann.»
«Und Hüttenberger?»
«Na, ob der glücklich ist, seinen wertvollen Rosenkranz zurückzuhaben? Der ist ihm nämlich vorhin von ihr zugesteckt worden. Ihren eigenen hat sie bestimmt wiedergefunden, und den hat sie uns hingehalten. Jetzt hat unser Josef Maria allerdings den Elfenbein-Rosenkranz doppelt, weil er die Lücke in seiner Sammlung nicht ertragen konnte. – Ich für meinen Teil sammle lieber Teufelchen.»

XXX

Wie eine gigantische, gleichmäßig matt schimmernde Milchglasscheibe hing eine Wolkendecke über der Stadt, den Straßen, den Wohn- und Geschäftsvierteln, ihrer Theologischen Fakultät und über dem mehr als 150 Jahre alten Hauptfriedhof, den man als zentrale Begräbnisstätte angelegt hatte, um die zu eng gewordenen Friedhöfe um die Kirchen herum aufzulösen.

Es war kalt an diesem Tag, an dem die ganze Landschaft vom weißen Tuch des ersten Schnees sanft überdeckt wurde. ‹Nicht unpassend für ein Leichenbegängnis›, war einer von Laubmanns Gedanken am Morgen gewesen. Der Schnee lag auf den akkurat ausgerichteten Wegen, den blumengeschmückten wie auch den vergessenen Gräbern, den stolz repräsentierenden und den bescheidenen Grabsteinen, den kahlen und den immergrünen Bäumen – und auf dem Erdaushub des Grabes, in dem Franziska Ruhland zur letzten Ruhe gebettet war. Ihr Leichnam war von amtlicher Seite aus freigegeben worden.

Philipp tat die Kälte wohl. Er ging oft auf Friedhöfen spazieren, mochte ihre Atmosphäre und kannte viele Grabstätten. In manchen Fällen wußte er etwas über das Leben der Verstorbenen, in anderen ließ er seine Phantasie spielen. Gelegentlich fand er bei seinen Friedhofsexkursionen auch Belustigendes, etwa die friedhofsamtlichen Beschilderungen mit ihren um Sachlichkeit bemühten Verwaltungsvorschriften. Zum Beispiel, daß das Ein- und Aussteigen über die Friedhofsmauer verboten ist, oder die Ermahnung, daß in biologische Abfallgruben nur Unkraut und verwelkte Sträuße gehören. Am Kolumbarium, dem Gebäude für die Urnenbestattung, hatte Laubmann einmal gar eine graue Mülltonne wahrgenommen, auf der die Aufschrift zu lesen war: «Keine heiße Asche einfüllen!»

Es war ein stattlicher Trauerzug gewesen, denn viele waren gekommen, um der Toten die letzte Ehre zu erweisen. Die meisten aus tiefer Anteilnahme, etliche, weil sie glaubten, daß es sich gehöre, oder weil sie nicht wollten, daß man schlecht über sie rede. Die Spitze hatten ein Mesner der Domkrypta mit einem Vortragekreuz und die Sargträger mit dem hellen Eichenholzsarg auf einer rollenden Bahre gebildet. Direkt hinter dem Sarg war der Priester gegangen, Professor Raimund Hanauer, mit zwei Ministranten. Er hatte die Leitung des Gottesdienstes und der Begräbnisfeier übernommen, hatte er es doch seinem Kollegen Konrad mitfühlend angeboten, wofür ihm dieser dankbar war.

Professor Erich Konrad war zutiefst bewegt, hatte sich während der Zeremonie am Grab immer eng an der Seite Hanauers gehalten. Laubmann hatte erfahren, daß Konrad sich um den Erwerb des Grabes gekümmert hatte, eines Doppelgrabes, wobei er den freien Platz für sich selbst vorsah. Hartnäckig verbreitete sich das Gerücht, die Tote trage ihr weißes Kostüm im Sarg, wenn auch gereinigt. Außerdem hatte Konrad in seinem Schmerz einen Grabstein mit einer Engelsfigur in Auftrag geben wollen, einem trauernden Engel, was Kollege Hanauer ihm jedoch hatte ausreden können. – Laubmann würde Elisabeth per E-Mail über all

das berichten, nicht zuletzt darüber, daß Erich Konrad seiner Haushälterin, wie es hieß, verziehen hatte. Durchaus ein Grund, ihm mit großer Hochachtung zu begegnen.
Und wer hatte sich nicht alles eingefunden: Dr. Berthold Prestl, mit dem sich Konrad inzwischen ausgesprochen hatte, Wendelin Kappas, der Hausmeister der Universität, die Besitzerin des Ladens gegenüber Konrads Haus, Erna Ferdl, unweit von ihr Philipps Mutter und seine Cousine Irene; dann Sibylle Schmidt, die sich von Prestl endgültig getrennt hatte, und in offizieller Mission der Dekan der Theologischen Fakultät, Professor Friedrich mit Namen; Prälat Albert Glöcklein, gleich dahinter Philipps Freunde aus dem Kapuzinerkloster in ihren dunkelbraunen Ordensgewändern mit dem weißen Strick als Gürtel und mit den nur noch selten verwendeten ebenfalls dunkelbraunen weiten Umhängen aus grobem Wollstoff darüber, wobei sie diesmal die spitz zugeschnittenen Kapuzen nicht über die Köpfe gezogen hatten; die Devotionalienhändlerin Eva Weißhaupt und ein Händler von Heiligenberg oben, natürlich Pater Erminold Eichfelder mit weiteren Patres, jeweils in einem schlichten schwarzen Mantel über dem ohnehin schwarzen Habit.
Ganz dicht bei Hanauer waren sogar einige Verwandte Franziskas, die zum Teil von weither angereist waren, zu entdecken gewesen, daneben Almut Werner, die Cousine Elisabeths; außerdem Josef Maria Hüttenberger, Walter Frantz, der Zeuge, Pfarrer Gregor Nüßlein sowie Theresia Schmitthans-Jungbauer als Leiterin des Liegenschaftsamtes. Philipp Laubmann hatte sich extra weiter hinten neben den Kommissaren Glaser und Lürmann sowie deren Sekretärin Christine Fürbringer eingereiht.
Eduard Lang, der Fahrer des Unfallwagens, war nicht hier.

Er war noch nicht über das Unglück hinweggekommen. Pfarrer Dominikus Schultz war es von Prälat Albert Glöcklein untersagt worden, sich am Friedhof blicken zu lassen. Glöcklein hatte ihn sozusagen erneut strafversetzt; er hatte ihm in Absprache mit dem Generalvikar nicht nur absolutes Stillschweigen über die Vorfälle, sondern Hausarrest auferlegt, den er betend und fastend zubringen sollte.

Nach der Beerdigung blieb Philipp Laubmann am Parkplatz stehen, um sich von Dietmar Glaser und Ernst Lürmann zu verabschieden, denn er war von Professor Konrad höchstpersönlich zum Leichenschmaus eingeladen worden.
Die Trauergäste zogen auf dem Rückweg nun gewissermaßen in umgekehrter Reihenfolge an Phillipp vorbei, in kleinen Gruppen oder einzeln. Fast alle grüßten ihn, sogar einige ihm unbekannte ältere Frauen und Männer aus dem Seniorenstift bei Konrads Wohnung, die am Grab wie auf ein verabredetes Zeichen hin verbrauchte Medikamentenfläschchen mit Weihwasser darin hervorgezogen und dieses über dem Sarg verspritzt hatten. Seine Mutter und Irene winkten ihm zu. Überhaupt schien sich die Trauerstimmung gelöst zu haben, als wäre in diesem Begräbnis kein Ende, sondern ein Anfang zu sehen.
Kurzentschlossen verabredeten sich die Kommissare in Anbetracht der gelungenen Zusammenarbeit mit Laubmann auf ein Rauchbier in der Altstadt, das ihm jedesmal erst ab dem zweiten Glas zu schmecken begann. Mochte der Leichenschmaus, der ebenfalls in der Altstadt begangen wurde, ruhig ein halbes Stündchen warten.
«Herzlichen Glückwunsch zur Ernennung!» hörte Philipp Laubmann schließlich in der Nähe einen ihm fremden würdigen Herrn zu Dr. Prestl sagen. Der war ganz überrascht,

denn anscheinend war ihm von seiner ersehnten Beförderung selber noch nichts bekannt gewesen. Der Moraltheologe Laubmann freute sich darüber. Es war ihm wichtig, in der höchsten Leitung seiner so geliebten Universitätsbibliothek einen Menschen zu wissen, der ihm die kostbarsten Bücher zu besorgen verstand.

Glossar

Agnostiker
lehnt den Glauben an Gott ab, weil man über seine Existenz nichts sagen könne und seine Erkennbarkeit überhaupt in Zweifel zu ziehen sei.

Alumnus
Absolvent einer höheren Bildungseinrichtung; im katholisch-kirchlichen Bereich ein Theologiestudent und/oder Priesteramtskandidat.

Angelologie
die Lehre über die Engel.

Apotheose
aus altorientalischen Ursprüngen kommende Vorstellung, einen lebenden oder verstorbenen Menschen zum Gott zu erklären (z.B. bei römischen Kaisern). Im Theater der Barockzeit ist unter Apotheose ein szenisch grandios gestaltetes Schlußbild zu verstehen.

Brevier
Stundenbuch, d.h. Lese- und Besinnungsbuch für die täglichen Einkehrmomente und Gebete der Priester in der römisch-katholischen Kirche.

Cherubim
eine der wichtigsten Gruppen innerhalb der «Himmlischen Heerscharen», also der Engel, in der Bibel. Sie bewachen unter anderem mit dem «Flammenschwert» den Eingang ins Paradies und verhindern so die Rückkehr des Menschen dorthin.

Devotionalien
Kerzen, Bilder, Rosenkränze oder andere Gegenstände aus dem Bereich der Religionsausübung, die vor allem der Erinnerung an den Glauben im allgemeinen oder an den Besuch einer Wallfahrtsstätte dienen.

Diabolos
griechische Bezeichnung für den Teufel, wörtlich der «Durcheinanderwirbler». Die Bibel sieht Gott als den großen Ordnenden. Alles Sündhafte und Gottfeindliche, das diabolische Prinzip, personifiziert im Teufel, stört den göttlichen Schöpfungsplan.

Diaspora
die Diaspora ist für eine Religion oder Konfession dort, wo sie in der Minderheit ist. Die jüdischen Siedlungen, die übers ganze Römische Reich verteilt (griech. «verstreut») waren, beheimateten beispielsweise die «Diasporajuden».

Dogmatik
theologisch-wissenschaftliche Lehre von den Glaubensgrundsätzen der christlichen Religion, in der katholischen Kirche unter besonderer Berücksichtigung der «Grundsatzentscheidungen» des kirchlichen Lehramts, vor allem der Konzilien und des Papstes («Dogmen»).

Exegese
die theologisch-wissenschaftliche Erklärung und Auslegung der Bibel.

Exerzitien
religiös-geistliche Gespräche, Gebete, Besinnungen, gemeinsame Feiern oder andere «Übungen» (so die wörtliche Übersetzung), häufig im Rahmen einer Veranstaltung für eine Gruppe von Gläubigen, meist in einer kirchlichen Institution über mehrere Tage hinweg.

Glossolalie
ein unverständliches lautmalerisches Sprechen in Ekstase, oft als „Zungenreden“ bezeichnet. In einigen Stellen des Neuen Testaments erscheint die Glossolalie als Gnaden- bzw. Geistesgabe. Innerhalb der Pfingstbewegung und der charismatischen Bewegung hat die Glossolalie einen besonderen Stellenwert.

Gregorianik
der Ausdruck «Gregorianische Choräle» bezieht sich auf liturgische Gesänge der Kirche des frühen Mittelalters, die der Komposition Papst Gregors I. (um 600) zugeschrieben wurden. In Wirklichkeit handelt es sich um Melodien aus dem Zentrum des Frankenreiches (vor 800) mit römischen Wurzeln.

Kamillianer / Camillianer
ein 1584 von Camillus (Camillo) de Lellis (1550–1614) in Rom gegründeter Orden, der sich der Krankenpflege und der Krankenseelsorge widmet.

Ökumene
bezogen auf die großen christlichen Konfessionen (repräsentiert unter anderem durch die katholische Kirche und die evangelischen Kirchen) meint Ökumene seit dem 20. Jahrhundert eine anzustrebende Gemeinschaft ihrer Organisationen und Glaubenslehren, vielleicht sogar in einer gemeinsamen Meßfeier.

Ordinariat
Begriff für die kirchliche Oberbehörde, die in ihren verschiedenen Abteilungen (Universität, Schule, Finanzen, Soziales usw.) einem Bischof unterstellt ist und in seinem Auftrag ein Bistum leitet und verwaltet.

Ordinarius
sogenannter Ordentlicher Professor an einem Universitäts-Institut, Inhaber eines Lehrstuhls für ein bestimmtes Fachgebiet, das heißt, er hat die Stelle inne, die extra für dieses Fach vorgesehen ist (Planstelle); in der katholischen Kirche: höchste Amtsträger (Papst, Bischöfe, Ordensobere).

Pastoralreferent / Pastoralreferentin
Theologen/ Theologinnen im Laienstand, also ohne Priesterweihe, die nach einer theologischen (Studium) und einer praktischen Ausbildung

(Pastoralassistent) in der Pfarrgemeinde oder in anderen kirchlichen Aufgabenfeldern tätig sind.

Prälat
in der katholischen Kirche Titel eines hohen geistlichen Amtsträgers oder des Vorstehers einer Teilkirche, aber auch als reiner Ehrentitel gebräuchlich. In einigen evangelischen Landeskirchen wird mit dem Titel eine besondere geistliche Leitungsfunktion benannt.

Psalmen
eine Sammlung von 150 Liedern im Alten Testament, worin die Glaubensgeschichte Israels zum Ausdruck gebracht wird.

Sakramente
kirchliche bzw. gottesdienstliche Handlungen mit symbolischem Charakter, durch die die Gnade Gottes vermittelt werden soll (z.B. Taufe, Buße).

Stoa
eine nach einer Säulenhalle in Athen benannte griechische Philosophenschule, die um 300 v. Chr. durch Zenon von Kition begründet wurde. Das Zentrum ihrer Lehre ist die Ethik, die sich an der Vernunft, an den Tugenden sowie der Beherrschung der Affekte orientiert.

Vikar
in der katholischen Kirche der Stellvertreter eines geistlichen Amtsträgers, z.B. des Bischofs, der ständig oder zeitlich begrenzt eine festgelegte Aufgabe übernimmt.

Zelebration
die Feier der heiligen Messe, zu der sich der Priester und die Gemeinde versammeln.

Zölibat
die Ehelosigkeit katholischer Priester und Ordensleute.